U0152446

George Orwell
喬治・歐威爾

一九八四

劉紹銘 譯

香港中文大學出版社

《一九八四》

喬治．歐威爾 著

劉紹銘 譯

國際統一書號（ISBN）：978-988-237-130-9

2019年第一版
2023年第八次印刷

出版：香港中文大學出版社
香港 新界 沙田．香港中文大學
傳真：+852 2603 7355
電郵：cup@cuhk.edu.hk
網址：cup.cuhk.edu.hk

Nineteen Eighty-Four (in Chinese)

By George Orwell

Translated by Joseph S. M. Lau

ISBN: 978-988-237-130-9

First edition 2019
Eighth printing 2023

Published by The Chinese University of Hong Kong Press
The Chinese University of Hong Kong
Sha Tin, N.T., Hong Kong
Fax: +852 2603 7355
Email: cup@cuhk.edu.hk
Website: cup.cuhk.edu.hk

Printed in Hong Kong

出版說明

今年是《一九八四》(*Nineteen Eighty-Four*)出版七十周年,一九四九年歐威爾寫就的這部反烏托邦小説,直至一九八四年才有完整的中譯本。一九八四年,香港前途未明,《信報》創辦人林行止邀在美國威斯康辛大學教書的劉紹銘教授翻譯此書,自該年一月起連載其報紙內,連載既完,單行本同年由臺灣皇冠出版社出版,到一九九一年東大圖書公司購得版權再度出版。現在香港市面已難得見到這個版本,有的是臺灣不同譯本與簡體版本。我們選劉紹銘教授這個版本再版,一是其中的香港淵源,二是信服劉教授的譯筆。他對中國文學與翻譯的熱誠至耄耋之年還不減退,現在仍提筆重譯歐威爾另一經典《動物農莊》。

七十年前對極權社會的想像——改寫歷史、控制語言、人面識別、情緒監測,現在讀來並不陌生,劉教授説當年是帶着誠惶誠恐的使命感來翻譯《一九八四》的,並希望「在國人中多一個讀者,就多一分對極權政治的警惕」。我們曾着劉教授替這個香港版本寫幾句話,但他説書已經譯好幾十年,要説的話都説了,只補充當年乃根據Harcourt, Brace & World, Inc.在一九六三年出版的*Orwell's Nineteen Eighty-Four: Texts, Sources, Criticism*翻譯的,最後拋下一句話:「若歐威爾還在生,又懂中文,他準會問現在是人間何世!」

香港中文大學出版社編輯部

二〇一九年六月

目 錄

東大版《一九八四》譯本前言

我翻譯歐威爾的《一九八四》，除了個人情感和知性的衝動外，不敢忘情忽略的，是香港《信報》林山木兄給我的鼓勵。難得的是他特闢篇幅，每天連載我翻譯這本並不消閒的小說。

《一九八四》並非像武俠或言情小說，難在千把字間出現什麼高潮。這部小說確是「益智」讀物，要好好的體味歐威爾個人對未來世界發展的憧憬，得靜下心來鑽研一番。

我在臺灣編報紙副刊的朋友頗多，但一直不願意強人所難，請他們考慮給我分日連載，就是這個道理。

八十年代中，臺灣的出版事業相當發達，也日見專業化。哪一類作家寫的書，幾乎都有旨趣相當的出版社接受。

《一九八四》這類翻譯，究竟應該投靠誰家門下，一時頗費思量。後來有好心的朋友建議我寫信給皇冠出版社聯絡試試看。果然一通音訊，水到渠成。

皇冠月刊連載了幾章後，一九八四已到急景殘年。編輯部朋友來信說，此書既要出單行本，不妨放棄每月刊登一章的計劃，結集在年底前發行。

《一九八四》因此也在同年跟臺灣讀者見面。就我所知，這是唯一的全譯本。在拙譯面世前，坊間有兩三個版本，我都拜讀過了。發覺一來刪節的地方不少。二來譯文「以訛傳訛」。那就是說，甲本的譯文，乙本和丙本的譯者拿來參考，甲本出現的誤譯，也如數的出現在乙丙本內。

《一九八四》在中國大陸的譯本，公開出現的比較晚。朋友給我「搜購」到的，只有廣州花城出版社的版本，譯者是董樂山。出版年份是一九八八年六月，只印了四百二十冊。

歐威爾這本死前兩年咯着血寫成的反烏托邦小說的經典價值在哪裏，我在序文〈日見伸長的影子：歐威爾與《一九八四》〉已有交代。讀者千萬別放過的是收在附錄的〈大洋邦新語〉。依歐威爾看，極權統治者要千秋萬世的騎在人民頭上，最直接也最恐怖的手段無疑是「思想警察」。但摧殘人性更徹底的方法，無疑是消滅歷史與破壞語言。正因語言是表達思想的媒介，要實施愚民教育，最有效的途徑莫如把「不合時宜」的文字刪除。這一關鍵，已在〈大洋邦新語〉闡明，茲不贅。

二十年來，我翻譯過不少英美小說。有些是為了滿足個人趣味，如馬拉末的《夥計》、辛爾的《傻子金寶》。但以誠惶誠恐的「使命感」從事的，只有《一九八四》。

拿我這年紀的人來說，今天在香港和臺灣這些地方長大的二三十歲左右的年輕人，是幸福的一代。借用董樂山先生的話：「如果說，我們今天讀來覺得書中描述的令人毛骨悚然的情景有幸沒變成事實的話，那麼這並不是說將來就不會出現。我們最好還是把它看作一九九四年或更遠一些的未來可能出現的危險，而有所警惕。」

董先生的話，是一九八六年說的，那時「國內形勢」，還真「一片大好」。可是六四屠城後，中共政權，又走回頭路。當大陸老百姓的人倫道德、價值觀念和對黨的形象全被機槍坦克粉碎之餘，「老大哥」不得已，只好重新祭起像雷鋒這種「迷理部」創造出來的英雄偶像來，讓「普理」學習、膜拜。

雷鋒這樣一個人物是怎樣創造出來的？《一九八四》有詳細的解答。

《一九八四》的意義，因此遠超書名所記的年份。我個人的希望是，在國人中多一個讀者，就多一分對極權政治的警惕。

為此原因，我非常感激平鑫濤先生慷慨的把版權交還給我。

更感謝東大圖書公司劉振強兄毅然答應重排出版。我趁再版之便，把譯文文字若干沙石都撿出來了，希望盡量做到譯文唸起來時不太像翻譯的味道。

劉紹銘識於威斯康辛
一九九〇年十二月五日

日見伸長的影子：
歐威爾與《一九八四》

如果你沒有看過喬治·歐威爾（George Orwell, 1903–1950，原名Eric Arthur Blair）的小說《一九八四》，那麼八三年除夕的意義，跟任何一年不會有什麼分別。過一年長一歲。即拿宇宙的年齡來講，一九八四只不過是較一九八三更接近地老天荒的極限而已。

但你如讀過此書，知道史密斯和朱麗亞等人的遭遇，那麼你可能自掩卷那天開始，心中便蒙上一層恐怖的陰影——既不想看到《一九八四》所預言的事翻到眼前來，卻又明白這個年份早晚會降臨是不改的歷史事實。

以小說藝術來評價《一九八四》，此書算不上偉大，但是如果我們以欣賞福婁拜或亨利·詹姆斯的眼光來看《一九八四》，那我們就辜負歐威爾的心血了。他自己這樣解釋過：「如果我生逢太平盛世，說不定我會措典麗之詞，書寫不夾個人感情的文字。我可能連自己的政治愛憎也搞不清楚，可是我們今天所處的環境，不是昇平之世，使我不得不寫問題小說。」

歐威爾究竟是怎樣一個人？一九八三年十一月二十八日的《時代週刊》就用他的生平作封面故事，執筆者Paul Gray，在參加該雜誌為書評欄編輯前是普林斯頓大學英語系教授。跟一般

《時代週刊》的封面故事一樣，這篇題名〈一九八四——老大哥之父〉（"Big Brother's Father"）的特寫是為大學以上程度的知識分子而寫的。資料方面，用得適可而止。文章內容，少見文學上專門術語。這是《時代週刊》一貫的宗旨——深入淺出，務求各行各業的高級知識分子都能看得懂。

但這雜誌所用的資料，有些不是在圖書館找得到的。就拿歐威爾的生平來說，有一部分就是第一手的訪問紀錄。《時代週刊》派了研究員去訪問這位作家生前的同學、同事和朋友。這些人對他的印象，拿他的著作來比對，顯得相當浮光掠影。以下是他三位同業對他的觀感。

V. S. Pritchett：「我對他的了解，只可以說到某一程度而已。他為人相當難捉摸，正當你認為可以掌握他某些見解時，他又自相矛盾了。」

Julian Symons認為歐威爾的脾氣有點怪誕，「說話行動有時坦率得令人難受，因此樹敵不少。」

在Malcolm Muggeridge的記憶中，「歐威爾瞧不起知識分子，同時也藐視那種被稱作『穿涼鞋的人』。他自己也是個知識分子呵！」

難怪Paul Gray說他們看錯人了。他們目中這個「怪物」最了不起的地方就是面對歷史，敢作逆耳之言。除了性格如此，他一生的遭遇對他後來的信仰極有影響。

歐威爾在印度出生，父親為大英帝國的公務員。在貴族學校伊頓畢業後，家裏供不起他到牛津或劍橋唸大學。這對他打擊相當大，因為他知道在他中學的朋友看來，他從此是「陌路人」了。在無可奈何的心情下，他追隨了父親的步伐——到印度去當「皇家警察」，後奉命調駐緬甸。

二十世紀初，英國人在南亞的霸權還未沒落——他們在殖民地上，真可説是君臨天下。歐威爾親自體察了在殖民地做順民是怎麼一回事後，就辭職回到英國去，決心從事寫作。五年當「皇家警察」經驗積聚下來的犯罪感使他苦悶不堪。他童年時就已隱現的心態，此時更明朗化了——他要替受壓迫的人説話。

他第一本書《愁困巴黎倫敦》(*Down and Out in Paris and London*, 1933）紀錄的就是這兩個大城市的下層社會生活。《到威根碼頭之路》(*The Road to Wigan Pier*, 1937）前半部寫的，是不景氣中英國礦工和工人的悲慘命運。這是一本極不尋常的著作，因為一方面作者堅信只有社會主義才能消滅資本主義貧富不均的現象和階級的異同，另一方面卻又是對當時英國社會主義者無視工人實際問題的指責。此書充分表露了他的識見，在左派的理論鬥爭中，當權者永遠佔上風，但最後不論鹿死誰手，本質都一樣——以暴易暴。

給歐威爾認識到共產黨和共產主義真正面目的機會，卻是西班牙內戰。西班牙選出了左翼政府，致力推翻大元帥佛朗哥(Francisco Franco)。歐威爾覺得這是體驗「民主政制抗拒法西斯主義」千載難逢的機會。

一九三六年冬他抵達西班牙的巴塞隆納(Barcelona)，一個現在完全由「無產階級」統治的城市。

「這是我生平第一次住過的由工人當家的城市，」他在一九三八年出版的《向加泰隆尼亞致敬》(*Homage to Catalonia*)這樣追憶說：「除了少數女子和外國人，你不會再找到衣飾華麗的人。幾乎可以說每個人都穿工作服，藍工裝褲或一種改良過的軍裝。當日的情形，有許多地方我是不大了解的。有的地方我甚至感到厭惡。可是我馬上感覺到，這種新發展值得我賣命去維護。」

當日令歐威爾感到「呼吸着平等空氣」的因素，包括這些小節——他要給電梯操作員小費，卻為經理制止；理髮店的椅子，都掛着牌子說理髮師再不是奴隸階級了。

他說要為維護新政而賣命，倒不是說着玩的。他參加了當地一個民兵單位，與佛朗哥軍隊對抗，結果受重傷(子彈穿喉，幾乎致命)。在醫院養傷期間，局勢轉變得完全出乎他意料之外。原來西班牙政府中的共產黨把歐威爾認同的抗佛朗哥激進分子列為非法。

這樣，歐威爾和他的戰友就被西班牙和歐洲的共產黨報紙目為法西斯主義者和佛朗哥僱用的殺手。巴塞隆納城內的清算鬥爭運動已開始了，因此他一出院就躲起來了，找機會偷渡回英國。他這個體驗「民主經驗」的歷程，前後只有半年。

回到英國後，他每天閱讀報章上有關西班牙局勢的報導。這又是一次令他大開眼界的經驗，也直接影響了他最後一本小說

《一九八四》的構思。原來報章所報導的，全是「歷史創作」。「那兒根本沒有放過一槍一彈的地方，報章上卻說『戰況慘烈』；那兒死人無數的，卻又隻字不提，我親眼看到的英勇作戰的軍隊，被貶為懦夫、叛國者；那些根本沒聽過槍聲的人，卻被捧為『光榮戰役』的英雄。」

這種跡近大洋邦「真理部」製造出來的新聞，令他擔心不已：「因為我覺得『客觀事實』這個基本觀念，已逐漸在世界中消失了。」

歐威爾決定以餘生制止這趨勢蔓延。值得注意的是，他口誅筆伐的對象不限於納粹、史達林主義者和一切認為為了「大原則」撒謊無害的人，他對近代哲學和文學所倡導的唯我論深惡痛絕。那種揭櫫現實僅是文字組織起來的大千世界的理論，無疑是為獨裁者顛倒是非黑白的作為鋪路。《一九八四》的口號中不是有「戰爭是和平」、「自由是奴役」和「無知是力量」的說法嗎？

歐威爾堅信，要拆穿極權者瞞天過海的把戲，唯一可靠的法寶就是理性和常識。一個真正了解自由和奴役分別的人，絕對不會接受「自由是奴役」這種「矛盾統一」的說法。

語言的煽動力，其破壞性不下於武器。歐威爾提醒他的讀者說，希特勒崛起德國政壇，最後成為大獨裁者，就是因為他曉得操縱語言，打動民心。二次大戰前夕歐威爾就說過這種發人深省的話：「今天的專制政府最可怕的地方，就是因為其性質史無前例。這些政府將來結果如何，實難逆料。歷史上過去每一種暴政早晚終被推翻。最少也有人去抗暴。這是因為人性先天愛好自由的關係。可是我們再也不敢肯定『人性』是否永遠一成不變。⋯⋯收音機、出版界的檢查制度、統一受理的教育方針和秘密警察之出現——這種種事實已改變了我們對人性的假定。『羣眾意見』是過去二十年內才出現的一種科學，將來發展如何，現在誰也不曉得。」

由上面這些話看，我們也許可以下結論說，歐威爾對人類的前途，看法很悲觀。更令我們擔心的是，他預言的極權手段，不少今天已擺在眼前，如封鎖新聞、改寫歷史、施酷刑迫使「罪犯」出賣親人朋友，這都可以說是不幸言中了。

可是我們應分清一個事實，歐威爾的看法可能悲觀，但他捍衞自由的決心和做人的態度是積極的。《一九八四》是他一面咯血一面打字寫出來的作品。一個悲觀厭世到了極點的人，絕對無此強烈的使命感。他死前要把這部著作留給我們，無非證明他對人類前途並未絕望。他在《到威根碼頭之路》中肯定了這個信念：「經濟上的不合理現象，只要我們決定哪一天要廢除，哪一天就可以廢除。而且，只要我們有誠意，用的是哪一種方法，倒是無關重要。」

看來歐威爾在這方面又顯得太樂觀了。不過我們卻可由此調整看歐威爾兩大政治寓言小説《動物農莊》(*Animal Farm,* 1945)和《一九八四》的觀點——作寓言而非預言看。正如他自己所説，《一九八四》所描述的社會不一定會降臨，但類似的事情卻會發生，除非我們及早預防。

怎樣防止這種「類似的事情」發生？歐威爾寄望於文字。他認為政治上的混亂，與文字的墮落有關。拿「大洋邦」的例子來看，這就是官方的強詞奪理。要是無知是力量的邏輯可以成立的話，那麼「不愛共產黨就等於反政府」這種話，一樣可以言之成理了。

歐威爾寄望於文字以阻止「大洋邦」陰影之伸展，也實在是知識抗拒極權主義的唯一辦法了。為了極明顯的理由，《一九八四》在中國大陸一直到一九八八年才有公開發售的譯本；臺灣有譯本，卻非全譯本。為了紀念這位作家，英美兩國一九八四年聯合發行十七卷的《歐威爾全集》。《一九八四》自一九四九年出版以來，被譯成多種文字，單英文版已銷千萬冊。

歐威爾的精神遺產對英美知識分子有多大影響？我想這不是可以用數字統計算得出來的。潛移默化的影響一定很深廣，因為《一九八四》與卡夫卡的《審判》(*Der Prozess*) 一樣，是本過目難忘的書。一本不忍一讀再讀的小說。搶新聞、爆黑幕是競爭激烈的美國報界一貫作風，但揭露「水門事件」的兩位記者，說不定就是為了秉承歐威爾的精神而去捋虎鬚的。

以此意識來說，世界上多一個《一九八四》的讀者，就是多一個懂得在極權政府下生活是怎麼一回事的人。

我們應該多多推廣歐威爾的小說。藉着他文字的感染力，我們才有撥亂反正的機會。只要我們還認識到「無知是力量」實在是強姦了「知識是力量」演變出來的話，那我們可以安慰自己說：「《一九八四》的社會還未出現。」

作為「反烏托邦」小說看，《一九八四》有許多前身。別的不說，赫胥黎（Aldous Huxley, 1894–1963）的《美麗新世界》（*Brave New World*, 1932）就是個驚心動魄的好例子。

但如果你在兩書間要作一選擇，我建議你看《一九八四》。

如果有人要我列出十本改變我一生的書，我會毫不考慮的選上《一九八四》。

一九九〇年

九八四

第一部

戰爭是和平
自由是奴役
無知是力量

1

四月中明朗清冷的一天。鐘樓報時十三響。風勢猛烈，溫斯頓·史密斯低着頭，下巴貼到胸前，不想歪風撲面。他以最快的速度閃進勝利大樓的玻璃門，可是狂風捲起的塵沙還是跟着他進來了。

一進門廳就聞到煮捲心菜和霉舊地蓆的氣味。門廳一邊盡頭的牆上貼上一張大得本來不應室內張貼的彩色圖片。圖片上是一個超過一公尺長的漢子的臉，看來四十五歲模樣，留着濃濃的小鬍子，輪廓還算模糊中帶細。史密斯拾級走上樓梯。即使在風調雨順的日子，這電梯也少見運作正常，何況現在白天裏連電源都關掉。「仇恨週」快到，一切都得節省。史密斯住八樓，雖然才三十九歲，但右足踝生了靜脈疽，只好慢慢的走，中途還停下來休息好幾次。每上一層樓，就看到懸在電梯對面那張大彩照凝視着你。這彩照設計特別，無論你走哪一個方向，那雙眼睛總跟着你。圖片下面有一說明：「老大哥在看管着你。」

史密斯一踏入自己的房間，就聽到一個運腔圓潤的聲音，正在一板一眼地唸着大概是與生鐵生產有關的數字。房間右邊的牆上嵌了一塊長方形的鐵板，看似一面濛濛的鏡子。那聲音就從那兒來的。史密斯調節了一下開關，聲音低了下來，但生產數字仍清晰可聞。這鐵板就是「電幕」，畫面明暗可以調節，卻是不能完全關掉的。他移步窗前。本來細小的史密斯，穿上黨的制服藍布套頭衣褲，更顯得瘦弱了。他頭髮金黃，臉色紅潤，只是皮膚被劣質肥皂、笨鈍的刀片和剛告一段落的嚴冬天氣折磨得粗糙不堪。

即使從緊閉的窗子望出去，外邊的世界仍是冰冷的。街道上，碎紙片和塵沙隨風捲起，翻滾成無數的大小漩渦。豔陽高張，天邊一抹藍，但除了無所不在的彩照外，再也看不到什麼顏色。黑髭大臉在每一個要塞角落瞪眼望着你。史密斯對面房子的前面就有一張：「老大哥在看管着你」。那雙黑眼睛目光如電，直照他心底。街道上有一張彩照的一邊脱落下來，隨風舞盪，照片下面的兩個字，「英社」——英國社會主義——也因此時隱時現。遠處有一直升飛機時而在人家的屋頂掠過，像一隻大頭蒼蠅，盤旋一下後又竄出去。這是巡邏警察的直升機，從人家的窗子窺看裏面動靜。巡邏警察沒有什麼可怕的，思想警察才要命。

史密斯背後那個電幕聲音還是喋喋不休的在報告生鐵生產數字和第九個三年計劃的超額完成。電幕能放能收；不管你在房內説話的聲音壓得多麼低，這機器還是一樣收聽得到的。而只要你站着或坐的地方對着電幕的視野，那麼你一切舉動和言語盡收老大哥眼底。當然，你無法知道他哪一分鐘在看管你。思想警察究竟在哪個時候，或者用什麼法子去收聽哪一個人的活動，你只好自己猜猜看了。說不定他們每一分鐘都監視着你。總之，他們哪個時候心血來潮，哪個時候就可以接近你。你活着就得作這麼一個假定：你的一言一語，都被人聽見，而除非在暗黑的地方，你的一舉一動在別人目中一覽無遺。起先這不過是心理上一種戒備，慢慢就變成一種本能了。

史密斯背着電幕。這樣較為安全些，雖然他也知道一個人的背部有時也會洩漏秘密的。離勝利大樓一公里，就是他辦公的地方：真理部，一座屹立於四周灰暗環境中的白色大廈。「這兒就是『第一號航道』的大城倫敦了，也就是大洋邦第三個人口最密的省分。」史密斯想着，感覺到有點反胃。他盡力思索，想找回一些兒時的記憶，比對一下究竟倫敦以前是否這個樣子。那個時候倫敦的房子，是否盡是搖搖欲倒的十九世紀建築物？屋子的四周是否都得用大木條支撐着？窗口貼滿了紙板？屋頂年久失修，也是架滿鐵柱鐵板？花園圍牆破裂得東歪西倒？那些被轟炸過的地點，塵土飛揚，柳枝蔓生於破瓦殘垣上，以前的本來面目又如何？還有那些被炸彈夷平了一大塊土地，現在都蓋上了像鷄籠一樣的木板平房，從前究竟是什麼一番景象？可是不管他怎樣集中精神去追索，童年的記憶僅是一片空白，好像以前發生過的事，既無什麼背景，也不大明其所以。

真理部大廈，或者，用大洋邦新語說，「迷理大廈」。那是一所在視線以內與其他景物截然不同的建築物。白混凝土金字塔式的樓宇，高達三百多公尺，一層繞一層的指向蒼天。從史密斯立腳的地方，可以遙望到三句精工刻出來的黨的口號：

戰爭是和平
自由是奴役
無知是力量

迷理部共有六千房間：地面上層三千間，地下層也是三千。分佈於倫敦四周還有三座與迷理部類似的政府建築物。由於這些樓宇高大，環繞着其間的別的房子就顯得特別渺小了。站在勝利大樓的屋頂上看，這四座高樓大廈盡收眼底。這四個部門的個別職責是：迷理部管新聞、康樂、教育和藝術；和平部管戰爭；仁愛部管法律和社會秩序；裕民部管經濟。真理部的新語簡稱上面介紹過。現在這三個部門在新語中分別叫：迷和，迷仁和迷裕。

迷仁部最是怕人，連窗戶也沒有。史密斯不但沒到過裏面，他連靠近這大廈半公里的範圍也沒有涉足過。除了有公事要辦，你根本不可能越此禁區一步。到了裏面，你就置身在一個佈滿鐵絲網的迷宮，除了名副其實的銅牆鐵壁，還有隱閉的機關槍陣。就是通到這大廈外圍柵欄和閘口的街道，也佈滿了身穿黑制服，手執連環警棍，面孔長得像大猩猩的守衛，四面巡邏。

史密斯驀然轉身，掛着一面祥和而樂觀的表情。現在他面對電幕了，最好裝裝樣子。他越過房間到狹小的廚房去。這個時候離開了迷理部，就吃不到膳堂的午餐了，而他也知道除了留着作明天早餐用的那大塊霉黑的麵包外，廚房再無其他食物了。他從架子上取下一瓶無色液體，上面貼了一條蒼白的標籤：勝利杜松子酒。這東西氣味難聞，油膩膩的，就像中國的米酒。史密斯倒了一茶杯的份量，抖起精神來準備接受打擊，然後像服苦藥一般的一口吞下。

反應也真快，他馬上面色猩紅，眼淚也跟着流出來。這液體像硝酸還不算，吞下去後那種感覺，簡直就像腦袋後面被人用膠棍子悶悶的擂一記。可是也不是絕無好處，腹中燃燒的感覺冷卻後，這世界也跟着變得好過些了。他從一包被壓得扁扁緺緺上書「勝利香烟」的東西中取了一根出來，一不小心把紙烟豎起，裏面的菸草全部倒在地板上去了。掏第二根時他就加倍小心了。他回到房間，在電幕左邊一張小桌子前坐下，又從桌子的抽屜取出鵝毛筆管、一瓶墨水和一本厚厚的四開本新日記簿來。此簿裝釘考究，底是紅的，封面是雲石紙。

史密斯房間的電幕，也不知道為了什麼原因，竟安放在一個不尋常的位置上。通常都是嵌在面對進門的牆上的，因為這樣可以俯覽全局。他的電幕呢，居然裝在對窗的牆上。牆的一邊有一個淺淺的壁龕，大概初建這房子時是打算放書架用的。史密斯現在坐的地方，就在這凹壁。他如果身子貼得緊緊的，就會置身電幕視野之外。老大哥當然還會聽到他的聲音，但最少看不到他目前的動靜。就是因為他房間的位置特殊的緣故，他才會想到要幹他馬上要動手做的事。

還有另外一個原因：他剛從抽屜拿出來的日記本子；這真是一本美得可以的記事簿，雖然紙面因日子久了而顯得微黃，但質地光滑異常，最少是四十年前的產品了。照他猜想，還可能不止四十多年呢。他是在城中一個貧民區（至於是哪一區他現時記不起來了）一家又髒又亂的舊貨店的窗櫥看到的。真是一見生情，看到了就忍不住馬上要佔有。黨員照理是不准跑到普通店鋪去的，因為那等於「在自由市場交易」。但規矩管規矩，卻鮮見認真執行過。不說別的，除了「自由市場」，哪裏還可以買到像鞋帶刀片之類的東西？史密斯朝街頭街尾匆匆張望了一下，一轉身就閃進那家鋪子，以二元五角把那本子買下來。在掏錢的時候，他還不清楚究竟要這東西來做什麼。他把它放在公事包內，帶着像犯了什麼罪似的心情回家。即使他不記上一字一句，他收藏着這一個空白的簿子也可做成「授人以柄」的機會。

他正在着手做的事是寫日記。這並不是非法的事，因為既無法律，也就無法可犯了。但假若這事被查出來，不判死刑，最少也要勞改二十五年。史密斯拿起一個新的筆尖插進筆管，然後用嘴巴吮了一下，把油光的部分吸去。這鵝毛管鋼筆可說是老古董了，現在連簽名都不大用。日記簿的紙質既是這麼油光水滑，不應用鉛筆書寫，只有真正鋼筆的筆尖才配得上。他花了一番工夫，偷偷摸摸的才把這寶貝弄來。事實上他不習慣手書；除了極其簡短的便條外，其他文件他都慣於用「錄音書寫器」處理。他現在要記的東西，自然不能用這種機器代勞了。他筆尖蘸了墨水，然後猶豫了一下。他的肝腸翻動着，要把筆尖擦上紙面是決定性的行動。他的字寫得笨拙而細小：

一九八四年四月四日

把這日期記下後，他癱坐下來，感到什麼都不對勁。就說日期吧，他實在毫無把握今年就是一九八四。不過想來也應該差不多了，因為自己三十九歲大概錯不了，而自己要不是在一九四四年出生，就是一九四五。今天要想正確指出這是哪一年發生的事，實在不容易呵。

另外還有困擾：這日記究竟為誰寫的？為未來；為還未誕生的人。就在他思想繞着那個剛寫在紙上但尚待考證的年份兜圈子當兒，一個新語的字眼突然在心中湧現出來：「雙重思想」。就在這一刻，他第一次體會到自己現在做的事情是多麼關乎宏旨的了。但你怎可以與未來通訊息呢？根本上這是不可能的事。未來可能就是現在的翻版。果是那樣，他說的話不會有人聽，未來如果與現在不同，那麼他目前的窘境也就毫無意義可言。

他還是獃獃的坐着，目不轉睛的盯着面前攤開的白紙。電幕的節目已換，此時是刺耳的軍樂。說也奇怪，他不但失去了表達自己的能力，連本來打算要記的事也忘了。幾個星期以來他一直就準備着這時刻的來臨。當時只想到，只要有勇氣，事就好辦。真要寫出來倒不難，只要把他多年來在腦中常常出現的獨白記在紙上就是。可是偏在這個時候腦袋空空，一句獨白也想不起來。更要命的是靜脈疸這時也開始癢得難受，他不敢抓，一抓就發炎。一分一秒的平白過去，除了面前的白卷、足踝上的皮膚癢、聒耳的軍樂和杜松子酒做成的微醺外，他再無其他感覺。

突然他像發狂似的引筆疾書。寫些什麼，連他自己也僅知朦朧概念而已。他細小而孩子氣的字體上下蠕動，文法錯亂，最後乾脆連標點符號也省掉。

一九八四、四月四日。昨夜看電影。全是戰爭片。妙的是地中海某處一滿載難民的船被炸的那部。觀眾看到一個大胖子被直升機窮追掃射想泅水逃命時大叫過癮。首先你看到他在水面划水如海豚，後來你在直升機上的機槍瞄準器看到他，他身上滿是彈孔，周圍的海水變紅，一下子他好像身上彈孔入水過多下沉。觀眾看到他下沉時笑聲震天。這時出現了一條滿載兒童的救生艇，上面有直升機盤旋。有一貌似猶太人中年婦女坐在艇前，手抱年約三歲小孩。小孩嚇得驚叫，頭深埋女人胸前，女人自己也嚇得面色發青，但雙手緊抱孩子，哄着他。她一直用身子掩護小孩，好像她的雙手可以揮去機槍的子彈似的。直升機投了一個二十公斤的燃燒彈火光熊熊救生艇已成着火的火柴盒子。有一特別精彩鏡頭小孩的手在水中向天揮舞直升機前面的照相機一定緊追不捨黨員特座鼓掌叫好但普羅位中有一婦人突然大嚷大叫說不應在孩子面前放映這個不對不該後來還是由警察帶走我想她不會出事誰管普羅說什麼他們的例行反應老大哥從不——

史密斯寫到這裏就停下筆來，肌肉起了痙攣是原因之一，但他自己也不知道為什麼一下子寫了這麼多廢話。奇怪的是，就在他引筆直書的當兒，一件與上述截然不同的舊事，突然翻上心頭，歷歷如繪，就如重看舊日記那麼清晰。現在他才明白，就是為了這樁心頭舊事，他今天才突然決定回家寫日記。

這是那天早晨在部裏發生的事——如果這種不明不白的事也說得上「發生」的話。

大概是十一點鐘吧，在史密斯工作單位紀錄科內，大家忙着從暗室搬出椅子來，排列在大堂大電幕前面，準備參與「兩分鐘仇恨時間」的節目。史密斯正準備在中間一排就位時，有兩個面孔很熟，但從未交談過的人出其不意的走進來。其中一個是女的，走廊上常常會碰面。他不知她叫什麼名字，只知她任職「子虛科」。因為有時他看到她滿手油污，拿着扳鉗之類的工具，他猜想她大概是保養「小說生產機」的技師。她約莫二十七歲吧，濃濃的黑髮，面帶雀斑，行動如體育家那麼敏捷，神情滿有敢作敢為的氣概。她繫着一條細長的猩紅腰帶，在套頭工作服上一圈又一圈的拉得繃緊，正好襯托出她豐滿的臀部。那紅帶是「青年反性聯盟」的標誌，因此可說是貞操帶。

史密斯第一次看到她就討厭。她的一舉一動，都自然令你想到曲棍球場的氣氛，或者是冷水浴、社團徒步旅行，再不然就是屬於「思想純潔」的一切。他幾乎討厭所有女人，特別是年輕漂亮的。對黨盲從附和的、不假思索就相信所有口號的、業餘的探子與好管閒事愛打小報告的，通常都是女人，尤其是年紀輕輕的。可是這個黑髮繫紅腰帶的女郎，他特別覺得危險。有一次他們在走廊碰上了，她斜斜的睨了他一眼，好像把他渾身看得透明一樣。他一時嚇呆了。雖然照理說這是不大可能的事，但那一下子他竟然懷疑到她是思想警察。這以後她一接近他，他就忐忑不安，是一種恐懼和敵意混淆起來的情緒。

第二個不速客是奧布賴恩，「內黨」的一分子。史密斯知道他位居要津，但大概正因他高不可攀吧，史密斯對他的身分，極其量也是一知半解。大堂裏圍着椅子正要就座的人，一看到穿着黑制服的內黨黨員走近，一時鴉雀無聲。奧布賴恩塊頭大，脖子粗，臉部表情雖然顯得幽默輕鬆，但輪廓粗魯得近乎殘忍。他外表雖神聖不可侵犯，態度倒還有可親之處。他把眼鏡壓在鼻梁的姿勢，非常別致。你也不知怎樣解釋才好，總之看來非常「文明」就是。如果你還有這種印象的話，那麼可以說他戴眼鏡的姿勢，近乎十八世紀的貴族把自己的鼻煙盒拿出來待客的神情。

史密斯在過去十一、二年內，大概也見過他十來次吧。他對他深具好感，而這種微妙的情感，並不是純因為看了他拳擊手的體格與紳士型的風度這個鮮明的對比而產生出來的。更大的理由是史密斯內心存在的一個信念——或者說信念不對，就說僅僅是一個希望吧。那就是，他希望奧布賴恩的政治觀念，並不完全正統。他面上表露的某種神情，就會引誘你作這種推想。再說，浮現於他面上的表情，非但不屬「正統」，簡直可以說是智慧的流露。總之，此君的外貌和長相，就像一個你可以推心置腹的人。那就是說，如果你可以騙過電幕的耳目，能夠拉他單獨相處一會的話。可是史密斯從來沒有找任何機會求證他這推想對不對。事實上他即使想找機會也無法辦到。

這個時候奧布賴恩看了看腕錶，曉得快到十一點了，顯然已決定留下來參加紀錄科的「兩分鐘仇恨」節目。他就在史密斯那排位子隔了兩張椅子坐下來。夾在他們中間的是個瘦小沙色頭髮的女人，在史密斯隔壁的辦公室做事。那個黑頭髮的女郎就坐在他後面。

跟着大堂末端的大電幕傳來一種令人難以忍受的撕帛裂簡的聲音，好像一座沒有加上滑油的大機器在輾研着。聽到這聲音令人咬牙切齒，毛髮直豎。仇恨節目開始了。

和往常一樣，電幕上出現了伊曼紐爾．戈斯坦——人民公敵——的面孔。觀眾的噓聲馬上此起彼落。那個瘦小沙髮女人一聲尖叫，含混着既恐怖又厭惡的意味。戈斯坦是個反動的叛徒，多年前(究竟多少年前倒沒有人記得了)是黨的領導分子，幾與老大哥平起平坐。後來他因犯反革命罪而被判死刑，不知怎的又神秘的逃脱，最後失踪了。「仇恨」節目每天不同，但每次都抓戈斯坦來當主角。他是賣國的主犯，最早玷污黨的清白的人。所有後來反黨賣國的罪行、陰謀傾覆的勾當、異端邪説以及離經叛道的思想，都可直接歸咎於他挑撥離間的結果。

他仍活着，匿藏於某一角落施展他的陰謀。也許他受別國津貼，身居海外。但也許他就躲在大洋邦某個地區，最少有這種謠言流傳過。

史密斯的胸口覺得有什麼東西在堵塞住。每次看到戈斯坦出現電幕，難免產生複雜而痛苦的情感。戈斯坦是猶太人，臉孔瘦削，滿頭絨絨的白髮，留着山羊鬍子。這相貌聰明伶俐，可是你總覺得這人天性無恥卑鄙。他那副眼鏡垂落在那長而單薄的鼻梁上，這又給人一種年邁蠢鈍的感覺了。戈斯坦長得確像一張山羊臉，連説話的聲音也有山羊的音調。

這山羊臉説的又是老套，惡毒的攻擊着黨的理論清規。雖然內容誇大其詞，邏輯荒誕，三歲小孩都可以看穿，但你聽來難免擔心到，説不定就有頭腦不如小孩清醒的人上當。

他在罵老大哥呢！對黨專政制度的攻擊，更是不遺餘力。

此外他要求馬上與歐亞國締結和約，尊重言論自由、出版自由、集會自由和思想自由。隨後大聲疾呼的說：革命已被出賣了！他說話速度既快，又愛用多音節字眼，與英社黨員常見的辭令與作風竟有點神似。他話中還夾雜了新語呢，而且出現的次數比一般黨員在日常生活中所用的還要多。你以為戈斯坦這些話僅是說着玩的？你看看他發言時的背景：在他身後，一縱隊一縱隊歐亞大軍列陣而過。這都是毫無表情的亞洲人的面孔，一隊人馬在電幕湧現一刹那，消失了，又出現了一隊樣子看來差不了多少的人。他們軍靴踏步發出的有節奏的回音，成了戈斯坦咩咩嘶叫的配樂。

「仇恨」節目開始了還不到半分鐘，大堂內半數以上的人已忍不住大喊大叫了。那張自滿自得的山羊臉，再加上背景出現的歐亞軍隊的驚人軍力，使他們受不了。實在說，看到了戈斯坦的樣子，甚至想起他的名字，也會自動產生恐懼與憤怒的情緒。他成為比歐亞國或東亞國還要大的憎恨對象，因為大洋邦要是和其中一國交戰，就會和另一國修好。

但令人奇怪的是，儘管戈斯坦是每人憎恨和藐視的核心，儘管他的論調每天、每分鐘在講臺、電幕、報紙和書上被否定、粉碎、調笑，讓大家看到他話中可憐無知的部分——妙的地方就是他的影響力絲毫不減。願意受他騙的笨蛋，前仆後繼。思想警察差不多每天都捉拿到受他指揮的間諜和破壞分子。他是一支龐大影子軍隊的指揮官，又是立意要傾覆大洋邦政府地下組織的統領人。這組織的名稱據說叫「兄弟會」。又傳聞戈斯坦寫了一本總其異端邪說之大成的魔書，在本地和海外秘密流傳。此書無名，如果有人需要提到，只說「那書」。可是這些事僅屬傳聞。普通黨員能夠避免的話，絕不會把「兄弟會」和「那書」掛在嘴邊的。

「仇恨」節目一踏入第二分鐘，大家的表現更顯得如醉如狂。有的手舞足蹈，又叫又跳，想以自己的呼聲壓倒來自電幕那像羊咩的聲音。那沙髮小女人此時臉色紫紅，嘴巴一張一合，恍如被海水沖上沙灘的魚。

連奧布賴恩的臉也是熱得通紅。他挺身屹坐椅上，碩大的胸脯顫得一起一伏，好像是要抗拒一個迎面而來波浪襲擊的樣子。一直坐在史密斯後面的黑髮女郎此時「豬玀！豬玀！豬玀！」的叫喊着，跟着撿起一本新語辭典使勁的朝電幕摔去。字典落在戈斯坦的鼻尖上，彈了回來。但山羊似的聲音一樣毫不饒人的咩咩叫下去。在極其清醒的一剎那，史密斯發現自己不但跟着其他人嘶喊着，而且還用鞋跟拚命踢着椅子的橫槓。

「兩分鐘仇恨」節目最可怕的地方，不是有明文法例強迫你參加演出，而是那種令你身不由己的氣氛。只要你置身其中三十秒鐘，你不需要任何藉口，自然會感染上一種近於瘋狂的恐懼和復仇意念。任何一個觀眾這時都有衝動要殺人、用刑折磨人，或用雪橇把敵人的腦袋打得稀爛。每個人都會像觸電一般的受到這種激昂情緒所左右，意志力完全鬆懈，變成面目猙獰，狂呼亂舞的瘋子。可是大家感到的憤恨卻是抽象的，像你點燃氣燈時所用的火種一樣，隨時可以轉移目標。就拿史密斯來說，有一部分時間他的仇恨對象不是戈斯坦，而是老大哥、英社和思想警察。這個時候他對電幕上那個備受嘲弄的異端分子深表同情。這個孤獨的人，也因此在他心目中成了謊言世界中唯一維護真理與理性的象徵。可是下一秒鐘他的感受可能截然不同。跟在座的人一樣，他會認為所有加諸他身上的罪名都是罪有應得。此時他對老大哥暗懷的厭惡一下子轉變為崇拜。老大哥的形象漸漸高昇——是一個勇猛剛強、戰無不勝的護守天神，像岩石一樣的抗拒着亞洲湧來的人潮。而戈斯坦呢，雖說是孤立無援，雖然他是否仍是活着仍值得懷疑，此刻看來倒像個魔法師，只消唸唸有詞就可以把文明毀滅。

不但這樣，你有時甚至可以自動的把心中仇恨轉移方向。突然間，史密斯就像在做惡夢時把頭猛然抬起一樣，他已成功地對電幕上山羊臉的恨移到後面那位黑髮女郎身上。他腦海馬上泛起清晰美麗的聯想。他用膠棍子把她打死。他脱光了她的衣服，縛在刑柱上，然後就像異教徒對待聖塞巴斯蒂安一樣，給她來個「萬箭穿心」。或者，乾脆把她強姦算了，達到高潮時就在她喉頭一刀了事。現在他比以前更明白為什麼他恨她恨成這個樣子。因為她雖然年輕漂亮，卻是個「反性」的女人。因為他想跟她做愛，卻明知無此可能。因為她柔軟溫香的腰圍，引誘你去摟抱，卻偏要繫着那條拒人千里的猩紅貞操帶去折磨你。

「仇恨」節目已達高潮。戈斯坦的聲音真的變成羊鳴，而下一個鏡頭他的臉也化作山羊臉。山羊臉淡出後，就是一個巨大恐怖的歐亞士兵向觀眾衝來，手上的機槍格格響個不停。看來他真的會隨時由電幕跳下來呢，因為前排的觀眾嚇得連忙把椅子拉後。就在這一刻，救星到了，那來勢洶洶的形象融去，老大哥的容顏出現，黑髮黑髭，神情出奇的鎮靜，透發着無邊的權能與威力。他的面越來越大，幾乎擠破了電幕。誰也沒聽清楚老大哥在說什麼。那不過是簡簡單單幾句安慰勉勵的話吧，那種通常在戰況激烈時才說的話，雖然單獨的句子不易分辨，但只要老大哥說了話，大家的信心就恢復了。老大哥的容顏最後也消失了，電幕上出現了黨的口號，全部是大寫字體：

戰爭是和平
自由是奴役
無知是力量

但老大哥的容顏在電幕上好像還沒有完全消散，大概是給人的眼球感應力太鮮明了，一時不能由別的形象取代。沙髮小女人撲倒在前面的椅背上，顫抖的聲音喃喃自語，聽來好像是叫着「我的救主！我的救主！」她雙手向電幕伸展，又收回來掩着臉。她顯然在祈禱了。

這時全體觀眾爆出深沉、緩慢而又有點像聖詠節奏的調子：

「老大哥！老大哥……老大哥！」他們一遍又一遍的吟着。先唸「老大」，然後頓了頓，再「哥——」這種沉重的吟聲，揉合着背後好像有人光着腿踏着的拍子與類似土人「咚咚」的擊鼓聲，聽來有點野蠻。

他們這樣詠誦了三十多秒鐘。每逢情緒激昂的時候，你就會聽到這詠奏。當然這是對老大哥光輝偉大和無上智慧的一種敬意，但實際上這也是一種自我催眠，一種故意用節奏的聲音來壓抑理性心智活動的手段。

史密斯渾身發冷。在「仇恨」節目的時間裏，他不得不跟大家共同陷入忘我的瘋狂狀態，但這種只有未開化的人才會幹的集體呻吟，每每引起他強烈的恐懼感。自然，他也得跟着呻吟，那有什麼好說？隱瞞你的感受、控制你臉上的表情、人云亦云、你唱我和——這已成本能的反應了。但儘管這樣，總有一兩秒鐘的時間他眼色不受控制，也因此可能洩漏他的心事的。而就在這電光火石的一瞬間，前面提過那件不尋常的事發生了——如果真有此事的話。

他跟奧布賴恩的目光不期然的接觸了一次。奧布賴恩此時已站了起來，正在把已脱下來的眼鏡調整一番，再掛在鼻尖上。就在他們目光偶然接觸的一瞬間，史密斯心裏就明白，真的，他非常明白：奧布賴恩的心事與他一模一樣。他們已在這短短的一秒間互傳心曲。這恰似他們兩人已放開懷抱，憑藉眼光傳遞心中的秘密。「我和你同一陣線」，奧布賴恩好像用無聲的語言對他說：「我非常清楚你的感受，也知道你多瞧不起這一切，你的仇恨，你的厭惡！但放心好了，我站在你一邊。」但奧布賴恩這智慧的一剎那，隨即消逝。他的面又恢復了原先跟別人一般的表情：深不可測。

就是這麼一回事了。史密斯也沒把握這事究竟有沒有發生過。像這類事件是沒有續篇的。極其量這種事僅是維持他的信念，或者是希望：除了自己外，還有別人一樣是黨的敵人。說不定有關地下組織的謠言是真的，而「兄弟會」確有其事。儘管殺的殺了，迫供的招了，抓的抓了，你仍然不能肯定「兄弟會」僅是屬於傳說的組織。史密斯有時相信它存在，但有時不禁懷疑起來。這種事拿不出證據來的，只憑一些浮光掠影的跡象去猜度。譬如說偶然從旁人談話聽來的一些蛛絲馬跡、廁所牆上塗的模糊字句，甚至有時兩個陌生人碰在一起，舉手投足間也許可以看出別有用心的暗號來。但這不過是他猜想而已，很可能根本是幻想。

他連看也不看奧布賴恩一眼就回到自己工作的小房間，也沒有再想要怎樣保持這次暫短的目光接觸。即使他曉得怎麼進行，危險也大得不敢想像。在一兩秒鐘內，他們交換了曖昧的眼色，而故事也到此為止了。可是過程雖然如此暫短，在他迫於環境非接受不可的寂寞生活中，這已有回憶的價值了。

史密斯抖起精神坐起來，打了個嗝。杜松子酒氣味自胃升起。

他的視線又重新集中在日記簿上。這時他發覺他癱坐入神冥想當兒，手上的筆卻沒停下來。那真是一種憑着本能反應寫出來的文字了。字體也不像他原來笨拙的蠅頭小字。他的筆尖居然在光滑的紙面上揮灑出這樣豪邁的字來，全部都用大寫，佔了整整半頁的篇幅。

打倒老大哥！
打倒老大哥！
打倒老大哥！
打倒老大哥！
打倒老大哥！

他自己也不禁慌亂得發起抖來。説來也是荒謬，因為説「打倒老大哥」這種話，本身並不比偷寫日記這回事危險。説是這麼説，他可真的動過念頭把已寫下來的幾頁紙撕毀，乾脆就放棄整個計劃。

但是他沒有這麼做，因為他知道撕了也是枉然。他寫了「打倒老大哥」，或者忍下來沒有寫，事實都一樣。他的日記繼續寫下去也好，這時放棄了也好，都沒有分別。思想警察最後還會抓到他。他犯了(即使他沒有寫一個字)彌天大罪，萬惡之源。他們叫「思想罪行」。「思罪」不是可以永遠掩人耳目的。你可以瞞他們一些時候，甚至好些年，但早晚總會被他們揭發的。

抓人的時間總在晚上，幾乎沒有例外。把你從夢中一推，巨靈之掌撼着你的肩膊，手電筒照射着你的眼睛，寡薄無情的面孔環繞在你的床前。大部分的案子是不會經過審判的。連你被抓了也沒有人知道。犯「思罪」的人只是在夜間失踪而已。你的名字從名冊簿消失，你所做過的事一切有關紀錄也從此一筆勾消。你曾經一度活在世上這事實先被否認，後來大家也就忘記有你這麼一個人了。你被排除、毀掉。他們的常用語叫「蒸發」。

他繼續寫下去：

他們會射殺我不在乎他們會自我脖子後面開槍我不在乎打倒老大哥他們都是從人家脖子後面開槍我不在乎打倒老大哥——

他倒在椅背，把筆放下，自己也感到一點慚愧。不到一分鐘後他又重新振作，引筆直書。有人敲門了！

這麼快！他像一隻老鼠一樣靜坐不動，心中存在一個渺茫的希望：不管是誰，希望他聽不到有人應門就知趣離開。但沒有用，那傢伙再接再厲的敲着。這個時候最不智的事就是拖延時間了。他的心像一個小鼓的怦怦響着，可是他的臉，由於經年累月習慣的關係，大概仍是毫無表情的。他站了起來，步伐沉重的走到門口。

2

史密斯把手按在門的把手時才想到日記簿還在桌上攤開，而「打倒老大哥」幾個字寫得其大無比，隔着半個房間的距離還可以清楚看到。真想不到自己笨成這個樣子。呀，想起來了，一定是墨水未乾，而他實在不願意把簿子合上，把光滑的紙張弄髒。

他深深的吸了一口氣，開了門。看到站在外面的是個全無生氣、受盡折磨、頭髮蓬鬆、滿面皺紋的女人時，才放下心頭大石。

「呀，同志，」她說話的聲音近乎哀鳴：「我是聽到了你進來的聲音才敲你的門的。可不可以麻煩你看看我們廚房的洗滌槽？有什麼東西堵住了——。」

來者是柏森斯太太，同樓一位鄰居。「太太」這種稱謂，黨是不認可的，誰稱呼誰都該叫「同志」，可是看到某些女人，你本能的就稱她太太了。

柏森斯太太年紀不過三十模樣，但看來蒼老多了。你看看她臉上的皺紋，可像真的埋着塵土呢，的確是滿面風塵。史密斯跟着她走出通道。這種業餘的修補工作，幾無日無之，煩死人了。勝利大樓是老房子，大約是一九三〇年建成的吧，誰也搞不清楚，總之日漸破落就是。天花板和牆壁上的灰泥時見剝落，水管一到冰點以下就爆裂，下雪的日子屋背就漏水。克難節約時期，蒸汽的暖氣系統全部關掉。但即使是全面操作時期，暖氣管也僅是半溫半熱而已。什麼地方出了毛病，除非你可以自己動手，否則就得先由一個天涯路遠的什麼委員會批准。修理一個玻璃窗，說不定也會拖你兩年的時間。

「湯姆如果在家，就不用麻煩你了。」柏森斯太太含含糊糊的說。

柏森斯的公寓比史密斯的大一些，而髒亂的情形也個別不同。房內每一件東西都予人一種殘破和被人踐踏過的感覺，好像這個家剛為一條兇猛的巨獸搗亂一番似的。這真是橫七豎八的具體表現。曲棍球棒、拳擊用的手套、爆了缺口的足球、一條翻了底的汗臭短褲——都淩亂的散置在地上。桌上杯盤狼藉，還有脫頁摺角的孩子功課練習簿。牆壁上則掛滿了猩紅的少青隊和探子團的旗幟和一張老大哥全身的玉照。

房間裏瀰漫着煮捲心菜的氣味，可說是本大樓公有的氣味。不同的是，這房間捲心菜的氣味夾雜着特別強烈的汗臭。雖然這實在難以解釋，但你一聞就知道這汗臭來自目前不在這房間的主人。在另外一個房間裏，有人用衞生紙貼在梳子上作樂器，和着電幕播出軍樂的拍子。

「小孩玩的把戲，」柏森斯太太說，一面有點慌張的往房門瞧了瞧：「他們今天一天都沒離開室內一步呢。當然——。」

柏森斯太太老愛在句子未完前就把話打斷。洗滌槽積下來的污水已到邊緣，氣味比捲心菜還要難聞。史密斯蹲下來看看水管接口的部分。他討厭用手來幹粗活，更怕蹲在地上，因為這準會引起他咳嗽不停。

柏森斯太太一籌莫展的站在旁邊看着。

「當然，如果湯姆在家的話，不消幾分鐘就弄好了，」她說：「他就愛幹這種事。他的手就比人家靈活！」

柏森斯太太口中的湯姆，就是史密斯在迷理部的同事。他是個肥胖但非常活動的人，笨得近乎癡獃卻又滿腔熱誠。他任勞任怨，忠心耿耿，在維持黨的秩序安定而言，他比思想警察還要可靠。他現年三十五歲，剛因超齡關係而被迫脫離少青隊，而在加入少青隊以前，他又幹了超過法定年齡的「探子」一年。

他在迷理部幹的是一個不需要什麼知識的附從職位。可是在別的方面卻活動得很呢。譬如說在體育運動委員會中他就是個主腦人物。此外凡是需要糾合羣眾參加的活動，如公社郊遊、自動自發的遊行示威、節約儲蓄運動或諸如此類的節目，你可相信絕對有他一份。他會咬着煙斗得意的告訴你，過去四年內他每天晚上都在公社中心露面。他每到一處，身上強烈的汗臭可聞，即使人走了，氣味歷久不散。他完全不露痕跡就讓你知道他每天的生活多繁忙吃重了。

「你有扳手麼？」史密斯按着水管接口的螺絲帽問道。

「扳手？」柏森斯太太軟弱的反問：「我不知道。或者小孩——。」

小孩衝進客廳時，皮鞋咯咯作響，又在他們的「樂器」上重重的吹了一口。柏森斯太太把扳手給了史密斯。他先讓污水流出，然後噁心地把堵塞水管的毛髮取出。在水槽用冷水淨手後，就轉身走到隔壁的房間。

「舉手！」一個兇狠的聲音向他喊叫。

原來一個面貌清秀，但表情悍悍然的九歲男孩子，突然從餐桌後面跳出來用玩具自動手槍指着威嚇他。而大概比他小兩歲的妹妹，動作跟哥哥一樣，只是用的不是手槍而是板條。兩人都穿藍短褲、灰襯衣，脖子繫着紅巾，這就是探子團的制服了。

史密斯如命舉起雙手，但心中感到極度不安。這男孩子的態度這麼邪惡，簡直不像在玩遊戲了。

「你這個叛徒！」男孩子嚷道：「思罪犯人！歐亞國的間諜！我一槍把你殺死！把你蒸發掉！送你到鹽礦去冷死餓死！」

突然兄妹二人繞着他又叫又跳，「叛徒！」「思罪犯！」鬧個不停。哥哥做什麼，妹妹跟着學樣。這真有點怕人。史密斯好像看到兩頭快要長大吃人的乳虎在他面前嬉戲。男孩子的眼睛露出一種近乎深思熟慮的兇光，一種知道自己的個子快要壯大得可以踢打史密斯的明顯表現。「幸好他拿的僅是玩具手槍。」史密斯心裏說。

柏森斯太太張皇的目光在自己的孩子和史密斯之間流來流去。客廳的燈光較亮，史密斯這時注意到原來柏森斯太太臉上的皺紋真的有塵埃呢。

「被他們吵死了，」她說：「還不是因為沒人帶他們去看絞刑！我忙不過來，湯姆下班後又來不及了。」

「我們為什麼不能去看絞刑？」男孩子聲音粗暴的問。

「我們要看絞刑！我們要看絞刑！」小女孩附和着她哥哥，邊叫邊跳的說。

史密斯記起來了，這個晚上有好些歐亞國的戰犯要在公園問絞刑。這是每月一次備受歡迎的節目，小孩子總愛纏着大人帶他們去看熱鬧。

史密斯辭別了柏森斯太太就朝房子的出口走，可是在通道跑不上幾步，頸背被什麼東西扎了一下。他感覺到的痛楚，與被人用燒紅的鐵釘戳了一記差不多。他猛然轉身，剛好看到柏森斯太太又拉又扯的把兒子拖回房門口。那小鬼正忙着把皮彈弓放回口袋。

快關門時那孩子還不放過他，氣呼呼的罵了他一句：「戈斯坦！」但給他印象最深的還是他母親灰白面孔所流露的無援的驚慌。

一回到自己的房間，史密斯馬上加快腳步越過電幕的視野，在桌子旁邊坐下，手忙着揉着頸背的創痛。電幕播送的音樂已停，代之而起的是一個簡短有力的軍人聲音。用近乎強暴的自我陶醉的口吻，介紹着剛在冰島和法羅羣島之間建立起來的「浮游堡壘」的武裝裝備概要。

帶着這樣的寶貝兒女，柏森斯太太自然每天生活於恐懼之中了，史密斯想。再過一兩年，他們就會日夜的監視着她，看她有無可疑的異端思想表露出來。今天的小孩子幾乎都沒有例外：可怕透了。更可怕的是政府依賴着探子團這類組織，把孩子訓練成父母無法管教的野獸，可是妙的地方就在這裏：這些小野獸對黨的綱紀，卻從無造反的傾向。正好相反，他們崇拜黨和跟黨有關的一切。打着旗幟唱歌遊行、遠足郊遊、用玩具步槍操演、狂呼口號、膜拜老大哥——你說好了，這都是他們快樂光榮的玩意。他們心中暴戾之氣，就衝着以下的對象發洩：國家公敵、外國人、叛徒、陰謀破壞分子和思罪犯。為人父母的，年過三十歲就害怕自己的孩子，這已是司空見慣的事了。這也難怪，差不多每一個星期你總可以在《時報》看到一段這類的消息：一個竊聽父母談話的小鬼，抓到了一些足以構成罪行的言談，然後就到思想警察告發。當然，《時報》的新聞不會稱他們為「竊聽小鬼」，通常是美其名為「英雄小將」的。

頸背的痛楚已止。他又心不在焉的拿起筆來，試想着還有什麼可記的事。突然間他又想到奧布賴恩了。

多年前——究竟多少年呢？一定是七年以前的事了。他做夢走過一個漆黑的房間。就在這時，原來一直坐在房間一邊的一個漢子對他說話了：「我們將來會在沒有黑暗的地方見面。」說話的聲調平靜，可以說是隨口說出來的，而且聽來像是一種聲明，而不是命令的口吻。

史密斯沒有停下來，繼續向前走。怪的地方是在夢境中這句話沒有留下什麼印象。他是後來才慢慢的體會到話裏也許有特殊的意義。是做這個夢以前或以後他才第一次看到奧布賴恩的？現在記不起來了。他也記不清楚什麼時候才第一次發覺到，這聲音原來就是奧布賴恩的。這一點沒錯。在黑房中對他說話的就是奧布賴恩。

儘管今天早上跟他眼神相遇，史密斯還是不能肯定奧布賴恩究竟是敵是友。其實這也無關重要。只要他們間有一種默契存在就成了，這比他們間是否有感情或政治思想是否相同更為重要。「我們將來會在沒有黑暗的地方見面。」這是他說過的話。史密斯還是不明所指，只是相信這一刻總會到來的。

電幕上那個介紹「浮游堡壘」的聲音停下來。一陣清銳的喇叭聲響起，飄越了沉滯的空氣傳到他的耳朵。跟着是一個刺耳的聲音：

「注意！大家請注意！我們剛從馬來巴前線收到新聞紀錄片。我軍在南印度贏了光輝燦爛的戰役。本人得官方授權宣佈，我軍此次行動已把這場戰爭的時間縮短，全面勝利指日可待。現在請看新聞片——。」

壞消息來了，史密斯想道。果然，緊隨着一個怎樣把歐亞軍隊毀滅的血腥報導後(傷亡和被俘虜的數字可真驚人)，就是一項公佈：從下星期開始，巧克力糖的配給份量由三十克減至二十克。

史密斯又打了嗝。杜松子酒的功力消失了，只留下一種癱瘓無力的感覺。電幕傳來大洋邦國歌：「壯哉大洋，吾儕為汝……。」這個時候，本來是應該肅立聆聽的，但史密斯坐的地方是電幕眼看不到的，也就懶得管了。

「壯哉大洋，吾儕為汝」過後是比較輕鬆的音樂。史密斯站起來又跑到窗前，背對電幕。天氣還是那麼明朗清冷。遠處有火箭彈墜地爆炸的聲音，傳來沉悶的迴聲。大概每星期有二、三十個火箭彈落在倫敦地區。

街上，那張被風吹得一起一落的報紙又出現眼前，而「英社」這兩個字也因此時隱時現。英社，神聖不可侵犯的英社理論和原則；新語、雙重思想和歷史的伸縮性。他覺得自己好像在海底森林流蕩着，迷失在一個自己也是一分子的魔鬼世界中。他孤獨無伴。過去的已經逝去，未來如何，不敢想像。他有什麼把握可以知道，在這世界中有一個活着的人是跟他站在一起？而誰又能說黨的統治不是天長地久、海枯石爛的？好像是解答他心中的問號一樣，刻在迷理大廈白磚牆的三句口號在他腦海中重現；

戰爭是和平
自由是奴役
無知是力量

他從口袋掏出一個兩角半的銅板。他們在這裏也不放過你，銅板的一邊就清清楚楚的刻了這三句口號。另一邊是老大哥的容顏。即使鑲在銅板上，他的眼睛還跟着你的方向移動。銅板、郵票、書的封面、旗幟、標語，甚至香煙的紙包——老大哥和這三句口號無所不在，處處都在。他的眼睛看管你，聲音包圍你。不論你是醒來或睡着，工作中或吃飯、室內或室外、在浴室或在床上——一句話，你逃不了。除了你腦袋內那幾公克的腦漿外，沒有別的東西是屬於你的。

太陽西移，金字塔形迷理大廈的窗子，陽光照不到時分外深沉恐怖，如堡壘的槍眼。面對着這巨型金字塔建築物，史密斯的心不覺沉下來。這銅牆鐵壁是攻不進去的，一千個火箭彈也炸不毀。他再次問自己：究竟為誰寫這日記？為未來、為過去——為一個可能僅是空想出來的時代？他面對的，不是傳統的死亡，而是徹底的毀聲滅跡。日記化為灰燼，他自己則被「蒸發」掉。他記下來的事情，只有思想警察才會看，看完後付之一炬，世間根本不會知道有這回事。如果你死後不能留下一點痕跡，甚至不能以無名氏的方式留下片紙隻字，那你又怎可以向未來呼喚？

電幕報時十四響，在十分鐘內他就得動身，十四時三十分前他得回到辦公的地方。

奇怪的是，報時的鐘聲響後，他精神為之一振。他是寂寞的孤魂野鬼，說着無人能聽得到的真話。但只要你肯說，不論情況怎麼朦朧，人性還可以延續。別人聽不到你說什麼，但只要你自己保持清醒，那就保存了人性的傳統。

他回到桌子執筆寫下：

此日記獻給未來或過去。獻給思想自由那一個時代：人人個別不同，不再孤獨自守。獻給真理存在而發生了的事不用被毀跡的日子。

我們活於盲從附和、寂寞荒涼歲月的人，活於老大哥和雙重思想時代的人——謹向你們致意。

「我已經死了，」他想。想來僅在這一分鐘，僅在思路清晰這一刻，他才走這決定性的一步。這一步的後果就是步子的本身。他繼續寫道：

思罪不招引死亡：思罪本身就是死亡。

既已把自己看作已死的人了，史密斯覺得有能多活一分鐘就多活一分鐘的必要。他兩隻手指蘸了墨水，而這正是露馬腳的標準痕跡。迷理部自有不少好表功的耳目，懷疑他為什麼不在部裏吃午飯，偷偷寫什麼來着？他為什麼用舊式的鋼筆呢？寫了些什麼？説不定就因此給有關當局一些暗示了。這些耳目可能是個女人，譬如説那個細小的沙髮女工，或子虛組那個黑頭髮的。

他到浴室去用沙紙似的棕黑肥皂淨手。肥皂把你皮膚磨得紅紅的，目前正好用得着。

淨手後他就把日記簿放在抽屜內。雖然實在說來這是多此一舉，但最少他可以知道這個思罪紀錄被人發現了沒有。在紙頁的末端放一根頭髮太明顯了。他用指尖黏起了一粒可以認識的白沙粉，放在簿子封面一角，誰把簿子撿起來，沙粉一定滑下。

3

史密斯夢見他母親。

他母親失蹤那年，自己一定是十歲吧？再不然就是十一歲。她長了一頭美麗的金髮，身材高大，輪廓清晰，但舉止相當緩慢而又沉默寡言。他對父親的印象就模糊些，僅記得他面容消瘦而皮膚微黑，常常穿着整整齊齊的黑衣服，戴眼鏡。有一個印象倒特別鮮明，那就是他父親那雙鞋的鞋跟很是單薄。

他父母很顯明的在五十年代大清算運動中犧牲了。

此刻他母親在他下面一個地方坐着，離他遠遠的，懷裏抱着他妹妹。除了還記得他妹妹是個瘦弱沉靜、長着警惕性大眼的小娃娃外，史密斯再也想不起什麼來了。

母親和妹妹舉頭望着他。她們是在地下一個什麼地方吧，譬如說井底，或一個深深的墳穴，只是這塊本來就在地下的地方還是繼續下沉。

她們是在一條下沉着的船的客廳內，透過越來越見暗黑的海水望着他。客廳仍有空氣，他們還可以互相張望，只是船身繼續下沉，不一會兒，他們就再也看不到對方了。他身在有空氣有光線的地方，而她們被死亡之掌硬拖下去。她們下沉的原因，正因為他是在上面的關係。他心裏明白，而他知道媽媽和妹妹也明白。從她們面上的神情就可以看出來。他們的心裏和面上毫無責備的意思，只有這種認識：為了讓史密斯活下去，她們非死不可。這就是世事無可避免的一種秩序。

他記不清實在發生了什麼事了，但在夢中只知道他母親和妹妹為了某些緣故，犧牲了她們的性命來成全他的。他做過不少夢，夢境都大同小異，但每一個夢都是他知性生活的延續，因為你醒來後，夢中所見的事實和想到的概念，還是一樣印象鮮明，極有價值。目前史密斯感受最深的是他母親之死所產生的哀傷和悲劇意義。那差不多是三十年前的事了，這一代的人不會有這種感覺。由此他認識到悲劇是屬於古代的；屬於愛情、友情和不受干擾的自由還可以存在的年代。屬於家庭的核心分子可以不問情由而大家互相支援的那種時代。

想起了母親心中就感到一陣刺痛。她愛孩子至死不渝，而他當時太小、太自私，沒有回報。令他痛心的另外一個原因，雖然他不知細節，但他曉得她的死近乎殉道。她是為了維護一個她認為絕不能妥協的觀念而犧牲性命的：忠誠。這種事今天也無可能出現的了。今天只有恐懼、憎恨、痛苦，但沒有尊貴的情感，沒有深切複雜的悲哀。

他從母親和妹妹大大的眼睛裏看到這一切。她們隔了幾百噚的海水瞪眼望着他，船還在下沉。

突然他已站在柔軟的草皮上。這是仲夏的黃昏，夕陽金光染黃了大地。面前的景色在他夢中多次出現過，但他也不知道究竟在現實的世界有沒有親歷其境一次。他清醒的時候就叫這地方「金鄉」。這是個舊牧場，草木遍佈兔子嚙啃的痕跡，中間有橫過的小徑，鼹鼠窩隨處可見。越過草地就是一個久未修剪的圍籬，裏面榆樹濃密的枝葉隨着微風輕盪，像女人的頭髮。雖然現在看不到，但離這兒不遠有一清澈的小溪，水流不急，在柳蔭下的小池塘你可看到雅羅魚在其中浮游。

黑髮女郎越過牧場向他這邊走來，就這麼一翻手，她就把衣服脫得乾乾淨淨，不屑一顧的就扔在一旁。她胴體潔白可愛，但一點也不引起他的慾念。他根本沒有好好的看她一眼。最引他注意的倒是她脫下衣服拋在一旁那種姿勢；他佩服極了。那種優雅和漫不經心的姿勢，足以把整個文化和思想系統否定，好像只消她舉手投足之間，就可把老大哥、黨和思想警察一筆勾消似的。這種姿勢也是屬於古代的。史密斯醒來時，還喃喃唸着莎士比亞的名字。

電幕傳來震耳欲聾的哨子聲，持續了半分鐘。早上七時十五分，是辦公室工作人員起床的時候了，史密斯好不容易把身子擰下床來。他沒有穿睡衣，是光着身子睡的，因為一個外黨的黨員每年只配給到三千張衣物券，而一套睡衣就要用六百張券換來。他隨手就在床前椅子取下霉舊的汗衫和短褲穿上。健身運動三分鐘內就要開始。他此刻咳嗽得特別厲害，幾乎每次起來都是如此的。他咳得好像兩邊的肺都要吐出來，只得重新躺下深呼吸了一陣子才透過氣來。咳嗽咳得這麼用勁，血管都露出青筋，靜脈疽也癢不可當。

「三十到四十歲的一組！」一個刺耳的女音狺狺叫道：「三十到四十的，請各就各位！」

史密斯馬上抖起精神跳到電幕前面。這時一個年紀尚輕，身材消瘦但肌肉結實，足登運動鞋、穿着緊身上衣的女子已在電幕出現。

「舉手彎身，」她粗聲喊道：「聽我的口令做！一、二、三、四！一、二、三、四！來吧，同志們，多用點氣力！一、二、三、四！一、二、三、四！」

剛才那陣咳嗽引起的痛楚並沒有完全驅散史密斯夢中的印象，而現在早操規律性的動作又恢復了一些先前的記憶。他機械性的舉手挺身之餘，面上還得裝出對這個節目極為欣賞的樣子。可是他思想並沒有空下來：他正在拚命追溯早期童年那段暗淡的日子。這真是非常困難的事呵。五十年代後期以前發生過的事，已經淡忘了。如果沒有可以稽查的紀錄，你甚至連你自己生命的輪廓也一樣模糊呢。你想起來的驚天動地的事，可能根本就沒有發生過。有些事情呢，細節你倒記得清楚，但當時氣氛如何，你還是茫然。這還沒算到那些漫長空白的段落，那些你怎樣苦思也找不出什麼意義的日子。那個時代與現在完全是兩回事。國家的名字和它們在地圖上的形狀也不一樣。譬如說一號航道吧，那個時候不是這麼叫的。那時稱作英倫或不列顛。倫敦倒是個例外，因為他記得這是個原來的名字，一直沒有改。

史密斯想不起他的國家哪一個時期是沒有戰爭的。不過，顯然在他童年時有過一段較長的太平日子，因為他早年的記憶中有一次是空襲，每個人都為此突如其來的事大吃一驚。可能那次就是科切斯特遭原子彈轟炸的時候吧。空襲的情形如何，他想不起來了。他只記得他父親緊握着他的手匆忙走下一個深埋地下的地方。他們沿着吱吱作響的螺旋樓梯走，走到他腳發麻，哭了出來，父親才停下來休息。他母親腳步慢得像夢遊，遠落在他們之後。她抱着他的小妹妹。或者那不是小妹妹而僅是一包毯子，因為他不記得那時小妹妹出生了沒有。最後他們抵達一個既擁擠又嘈雜的地方，原來這是地道車站。

石板地上坐滿了人。有的大概早來些，大家擠坐在鐵板架床上，一層疊一層的。史密斯一家在地板上坐下。一個老人和一個老婦，就在他們附近一張架床並排坐看。老人穿的是一套滿體面的黑西裝，頭上的布便帽推到腦後，露出一頭白髮。他面色猩紅，藍色的眼睛充滿淚水。杜松子酒的氣味從他身上噴出來。史密斯相信酒精的氣味來自他的皮膚而非汗水，使人不禁想到他的眼淚也可能是純杜松子酒。雖然有點醉了，但你可以看出他心中的哀傷是真實的、難以忍受的。史密斯幼小的心靈猜想到，一種不可原諒的和無可挽救的事，一定發生在老人家身上了。他還相信自己已經知道這是怎麼一回事了：老人家一個至親至愛的人，就説是小孫女吧，遇害了。每隔幾分鐘他就重複着説：

「早不該相信他們。我不是早説過了麼，孩子的媽？相信他們就有今日的結果。我説了，我們不該相信那些狗娘養的。」

但那些不該信賴的「狗娘養的」究竟是誰，史密斯現在記不起來了。

從那時開始，戰爭連綿不絕，雖然交戰國不一定相同。他還清楚記得童年時倫敦發生過亂打亂殺的巷戰。如果你追查那段歷史的整面，找出那個時候誰跟誰打仗，這是絕對辦不到的事。除了目前的盟國外，以前與任何他國的關係，一概隻字不存：既無檔案紀錄，也不會有人在談話中提到。就拿今年一九八四年來説吧(如果確是一九八四的話)，大洋邦正與歐亞國作戰，與東亞國聯盟。不論公私場合，可從沒有人承認過這三個國家也有過合分無常、敵我互易的時候。史密斯記得很清楚，才不過四年前，大洋邦的盟友是歐亞國，對陣的卻是東亞國。但這不過是他記憶不受控制的緣故，而這事實也因此屬於不可告人的隱密之一。在官方而言，大洋邦從來沒換過盟友。歐亞國目前是大洋邦的敵人，因此從來就是大洋邦的敵人。敵人永遠被描繪成面目猙獰的，這等於説，大洋邦永遠沒有跟魔鬼定什麼協議。過去沒有，將來也沒有。

可怕的是，他想過千百次了——現在他忍着痛楚，雙手壓着臀部，倒彎着腰旋轉，據説對背肌很有好處——可怕的是這一切都可以弄假成真。如果黨可以插手干預過去的歷史，説這事那事從來從來沒發生過，那真要比死亡和嚴刑拷問還要恐怖。

英社黨説大洋邦從未與歐亞國結過盟。他——溫斯頓．史密斯——卻知道大洋邦與歐亞國站在同一陣線，才不過是四年前的事。但這史實紀錄在哪裏？只存在他的記憶中，將來總有毀滅的一天。如果每個人都接受黨製造出來的謊言，如果所有的紀錄都記下同樣的話，那麼謊言在歷史流傳下去就變成真理了。

「誰控制過去，就控制未來。誰控制現在，就控制過去！」黨的口號這麼説。歷史是不難任意刪改補添的，黨給你的，就是這樣的歷史。現在是正確的事，到海枯石爛那天還是正確的。就這麼簡單一回事了。你要做的事，也不過是克服你頑固的記憶而已。他們稱這種行為曰「現實控制」。新語則叫「雙重思想」。

「稍息！」女指導員喝道，只是態度似乎和藹些了。

史密斯這才鬆弛兩手，深深的吸了口氣。他的思緒已陷入雙重思想的迷幻世界了。明知卻假裝不知；本來對真相始末一清二楚，卻要費盡心思編造瞞天過海的謊言。同時擁有兩種牴觸的意見，雖識其互相矛盾處卻依然相信兩種説法並行不悖。用邏輯推翻邏輯；一面排斥道德，一面自己卻又包辦道德；相信民主政體不可能實現，而黨卻以民主的捍衛人自居。忘記需要忘記的事情，可是到再有需要的時候又把這記憶召回；派過用場了，又一次的把它置諸腦後。在同一層次和時間內達成兩種境界，這才是雙重思想精妙細緻的最高表現：自覺的把自己帶入無意識狀態，然後馬上又要忘記你剛才自我催眠的活動，你要了解雙重思想是怎麼回事，首先就要曉得雙重思想的思維方法。

女指導員又叫他們立正準備了。

「現在我們看看誰的手指可以摸到足尖！」她熱心的說：「好，同志們，先繞頭過膝……一、二！一、二！」

史密斯最恨這一節了，刺骨的痛楚由他腳跟延到屁股，常因此引發一陣咳嗽。從沉思得來的那一點點樂趣也失去了。「歷史不但被竄改，根本就被毀滅了。」他又回到他沉思的境界去。如果除了你的記憶，此外任何紀錄都沒有，你怎可以確立一個最明顯的事實？他苦思着第一次聽到人家提起老大哥的年份。應該在六十年代吧，但又不敢肯定。當然在黨史上老大哥一直是革命的領導人和監護人。他的勳功偉業呢，一直往後推——推到像童話故事一樣迷人的四十年代，三十年代——那時資本主義的大爺，戴着奇形怪狀的圓筒禮帽，坐在閃閃發亮的汽車，再不然就是配有玻璃板廂座的馬車，遨遊倫敦街頭。

是不是實情如此？或是杜撰出來的？誰也不知道。史密斯甚至不記得這個黨是在什麼時候建立的，但他相信一九六〇以前沒聽過「英社」這新語。但如果把意思翻成舊語，那就是說，「英國社會主義」，那淵源就更早了。

每一件事情都籠罩在煙霧中。有時你當然找到瞪着眼說謊的例子。譬如說飛機是黨發明的，這明明是假話，可是黨的史書都這麼說。他記得早在童年時期就看到飛機了。但這有什麼用？你的證據呢？他一生中只有一次掌握到黨改史的鐵證。而就是那一次——。

「史密斯！」電幕突傳一聲尖叫：「對，就是你，六〇七九號的史密斯！請你彎低一點。你能做的不止這一點，你根本沒有好好的做。再彎低一點；對了，不錯。現在稍息，你們全體看我怎樣做。」

史密斯突然身冒熱汗。他的面部表情仍然保持平淡如常；別顯得張皇失措，別露不滿之情，你眼睛眨得不對，人家就看出來。他站着看女指導員把手舉高，繞過頭部，再彎身把手指第一個關節墊在腳趾下。雖不能說姿態美妙，但動作實在敏捷伶俐。

「是不是，同志們？這就是我要看你們做的。再看一次。我三十九歲了，生過四個孩子。喏，看着。」

她又彎身了。「看到了沒有？我的膝蓋不是彎着的。你們肯多花點氣力，一樣可以做到。」現在她站起來，繼續說：「沒過四十五歲的人都辦得來。既然我們不是每人都有福氣上前線打仗，那最少也應保持健康體格呵。你想想看，我們在馬來巴前線的士兵和在浮游堡壘的同志，他們過的是什麼生活！現在再來一次。對啦，同志，那比以前好多了！」她鼓勵的說。原來史密斯奮力一彎身，多年來第一次不用彎起膝蓋就貼到腳趾。

4

史密斯不自覺地深深的嘆了一口氣，把面前的「説寫器」拉近自己一點，把吹口上的塵埃吹去，然後戴上眼鏡準備工作。他每天開始工作時都這樣，即使明知可能有電幕在監視着他，他也忍不住要嘆那口氣。在他桌子右邊的氣筒，已有四小卷資料「噴」了出來等待他處理。他翻開來剪下有關部分。

他辦公的小房間共有三個氣筒噴口。説寫器右邊是個小口，專門為傳送備忘錄之類文件用的。左邊的孔穴較大，是送報紙的。最大的一個設在邊牆，長方形，四邊圍着鐵絲格柵，專為處理廢紙用的。這也是史密斯伸手就夠得到的地方。

類似的洞穴在迷理部大廈數以千計，不但辦公室有此設備，走廊上每隔幾尺的距離也有同樣的方便。不知是誰想出來的主意，把這些長方形的孔道雅稱「思舊穴」。誰知道哪一份文件行將作廢，或者誰看到一張廢紙隨處飄盪，都會習慣性的把身邊的「思舊穴」蓋子揭開，隨手一丟。這份文件或廢紙就會沿着穴道傳來的一股暖流，奔騰到設在迷理大廈某些隱蔽角落的大熔爐去。

史密斯把剛才解下來的四張字條打開來看。每一字條只有三言兩語，而且用的是一種揉合了新語和迷理部內部通用術語的縮寫。非專家實難明究竟。這四項分別是：

一、時報一九八四・三・十七老大演辭誤報非洲訂正

二、時報一九八三・十二・十九預測三年計八三年度末季誤據現報校正

三、時報一九八四・二・十四迷裕誤報巧克力訂正

四、時報一九八三・十二・三老大授動雙倍加非好涉及非人全改呈層待存

看到第四項時，史密斯微微產生了一種工作上的成就感。他先把這一條擱在一邊，因為有關問題比較複雜，需要慎重處理。其餘三項只是例行公事，雖然第二項比較煩瑣，得翻閱許多舊資料和數字。

史密斯在電幕的「資料」欄中撥了一個號碼，要找《時報》某月日的舊件。不消兩三分鐘，他要的資料就從氣筒鑽出來了。他剛收到的四項指示，就是因為《時報》上登的新聞或特寫，其中有的地方為了某些理由需要改寫——或用官方口吻說，「訂正」。

譬如說第一項的實際情形是這樣的。三月十七日《時報》報導老大哥在十六日發表的訓令中曾預言南印度陣線會繼續寧靜，但歐亞國將會短期內在北非發動攻勢。後來局勢發展正好相

反：歐亞統帥在南印發動攻勢，對北非卻秋毫不犯。這就是需要改寫的理由了。老大哥預言的事都得一一實現。

第二項。十二月十九日《時報》刊載了官方預測一九八三年度末季各種消費品的生產數字。這一季剛巧又是第九個三年計劃的第六季。今天的報紙公佈了實際的數字，與預測的數目大有出入。史密斯的差事就是根據新數字去「訂正」預測的數字。

第三項最不花工夫。原來在二月間迷裕部對大家許下諾言(官方用語是「絕對保證」)，說在一九八四年內不會減少巧克力的配給額。可是史密斯心裏明白，這個星期結束後，配額將由三十克減至二十克。史密斯要改的地方不多，把「保證」訂正為「警告」就是——說如果情勢需要，政府可能於四月間減少巧克力的配額。

史密斯把三項指示辦理後，就把說寫器打出來的「訂正稿」夾在原版《時報》上，然後投入氣筒。跟着他以近乎毫不自覺的動作，把三張字條連同他擬的草稿一併投入思舊穴去，頃刻化為灰燼。

那麼，那些訂正稿投進氣管後命運又如何呢？詳情他不太清楚，但大概情形總知道一些。據他所知，哪一天的《時報》需要訂正的稿件收齊了以後，就會把那一天的報紙重印一次。不用說，原來那一天的「正本」就得毀掉，檔案存的，就是修訂本。這種不斷修「史」的程序，不但報紙如此——書、期刊、手冊、標語、傳單、影片、錄音帶、漫畫和照片也不例外。總之，任何一種帶有政治性或含有意識形態色彩的文件都屬「訂正」範圍之內。如此一來，過去發生的一分一秒的事情都跟得上時代。這也不過是說，黨所作的各種預測，不但準確得料事如神，而且還有證據可尋。為了這個緣故，任何與目前需要發生衝突的意見與新聞，都不容許存在。歷史不是一面鏡子，而是粉板上的記號，可以隨時擦去，隨時填補。更為可怕的是，一旦塗改了，你找不到證據去證明這是竄改歷史的作為。紀錄科員工最多的一個部門（比史密斯的單位龐大多了），主要的任務就是把所有「過時」的書籍、報紙和諸如此類的文件找出來送到思舊穴的。檔案中還有不少《時報》的原件，要嘛是因為政治上的結盟中途起了變化，就是老大哥的預言沒有兑現，一直就擱在那兒，等候「指示」。老大哥刊在《時報》上的各種説法，也許需要「訂正」多次，但目前尚未收到跟與已公佈的説法互相矛盾的紀錄。

已出版了的書籍，亦常收回來，但儘管「修訂本」一出再出，你絕不會找到任何説明修訂本與原本的異同在哪裏。就拿史密斯所收到的指示來做例子好了。那些他一處理後就毀掉的字條，從來不會給你留下一點痕跡，使人懷疑你是偽造文件。字條上的指示，只不過是要你做編輯和校對的工作而已。堅決指出魯魚亥豕，誓死不讓張冠李戴。這都是為了維護新聞正確報導的大原則啊！

嚴格的説，這不能稱作偽造文書，他一邊把迷裕部的數字調整一邊想道。因為實際的情形是把烏有的數字化為子虛的產額而已。你要處理的資料，大部分跟現實的世界無任何關係。你做的工作，不外是替一些瞪着眼說出來的謊話補過。他們原先發表的統計數字就是天方夜譚。這還有什麼「正」需要「訂」的？從頭到尾都是玄虛的數字遊戲而已。

大部分的時間，這種玄虛的加減工作得由你自己負責。譬如說，迷裕部估計本季生產鞋子一億四千五百萬雙。實在造出來的，據說有六千兩百萬雙。史密斯在「訂正」原來預測的數字時改為五千七百萬隻，讓大家看來又有「超額完成」的感覺。其實，你說六千兩百萬也好，五千七百萬也好，其與現實數字的距離跟一億四千五百萬也差不多。因為可能一雙鞋子都沒有造出來。更可能的是究竟生產了多少，或實在有沒有造，大家根本不知道，也不感興趣。大家知道的只有一點：每一季總有天文數字的鞋子在報紙上生產出來，而大洋邦大約有半數居民光着腳。其餘各種事實的紀錄，不論大小多寡，均可類推。反正結果總是一樣，大事小事沉落於迷離世界，最後連年份日期也搞不清了。

史密斯朝走廊對面的小室看了一眼。一個下巴黑黑、身材細小但樣子看來一絲不苟的男子正在埋頭工作。他叫提洛遜，膝上放着一份摺疊的報紙，嘴巴貼近說寫器的吹口。他的神情好像要讓人知道，他現在說的話，內容除他自己外只有電幕曉得。這時他抬起頭來，透過眼鏡敵意的瞪了史密斯一眼。

史密斯跟他毫無交情，也不知道他負責的是哪一類的工作。

在紀錄科上班的人，很不願談到自己的工作。長長的走廊開列着兩排不設窗戶的小室，除了沙沙發響的紙聲，就是對着説寫器吹口的呢喃聲。在這些小室工作的同事，史密斯連名字也叫不出來的，少説也有十來個，雖然每天都看到他們在走廊上匆忙得像煞有介事，或者在兩分鐘仇恨節目中看到他們舉手作態。

在他隔壁那位沙髮小婦人幹的是什麼工作，他倒知道。她每天忙來忙去，就是要從報紙或其他刊物找出已被蒸發掉的人的名字，把他們刪掉，因為他們從來沒有在這世界上生存過。她自己的丈夫兩年前被蒸發掉，現在由她來做這種除名工作，也可以説得上是人選適中。

離他幾個小室的地方，有個叫阿普福思的傢伙，溫溫憨憨，糊裏糊塗，一派不食人間煙火的模樣。他耳毛特別長。由於他精於英詩的韻律和格式，他在迷理部的工作就是把若干詩作「創新」——也就是他們所謂「提供最後修訂本」。這些詩的意識形態本來很有問題，卻不知為了哪種原因而決定在詩選內保留下來。

史密斯工作這個樓廳，全部大約有員工五十人，僅是紀錄科一個分組而已。換句話説，僅是紀錄科這個龐大而複雜組織中一個小小的單位。離此樓廳以外，以上和以下不知還有多少職員幹着千萬種難以想像的事。規模宏偉的印刷廠中，有的是編輯人才和特技專家，隨時可以在設備齊全的攝影室偽造照片。電藝組更是人才濟濟，製作人和工程師外，還有一羣特經挑選的演員，最精於模倣別人的聲音。

此外還有難以勝數的資料人員，負責登記行將沒收的書報雜誌的名字。這金字塔式的大廈還騰出了不少地方作貯藏室，存放「訂正」了的文件，而另外一些不易為人看見的角落，可能就是思舊穴所在，焚毀原件。

最後是絲毫不露眉目的某點某據：首腦級人物坐鎮之所。整個紀錄科的操作由他們牽引，政策路線，由他們執行。不消說，歷史哪一部分該保留，哪一部分該「訂正」，和哪一部分該付之一炬，都是由他們決定的。

我們不該忘記的是，紀錄科不過是迷理部許多單位中的一個。迷理部的主要任務，不是重組歷史，而是給大洋邦國民供應報紙、電影、教科書、電幕節目、戲劇和小說等。總之，此部門提供所有有關新聞、教育或娛樂的資料和需要。從給某某立雕像到決定一句口號的內容，從抒情詩到生物學專題論文，從幼童啟蒙書籍到「新語辭典」的編訂，都是迷理部管轄的範圍。

迷理部要管的事情還不止這些。它一方面照顧黨的各種需要，另一方面做便民工夫：把給黨看的一套水平降低，讓普羅大眾易於接受。部裏因此設有不少單位，分別負責普羅文學、音樂、戲劇和一般娛樂性的需要供應問題。你看到的那種除了體育新聞、犯罪案件和醫卜星相外幾無任何消息的小報，就是這些單位的傑作。此外還製作五分鐘一本的奇情刺激小說和桃色電影。最可圈可點的想是他們炮製出來的靡靡之音，歌詞樂譜全由一種叫「萬花筒」的「譜樂器」機械化生產出來。這兒還有一個新語叫「黃社」的分組，專門製作超低級色情電影，用密封包裹寄出。除了直接負責製片的工作人員，其餘黨員一律不得觀賞。

史密斯埋頭處理「訂正文件」時，又有三張紙條由氣管鑽出，但性質簡單，他在「仇恨節目」時間開始前就辦好了。仇恨完畢後他回到小室，從架子取下「新語辭典」，把說寫器推在一旁，擦擦眼鏡，然後靜下心來開始今天早上最重大的任務。

他一生最大的樂趣也就是工作了。雖然大部分的差事都屬煩瑣的例行公事，但其中也有非常傷腦筋的複雜文件，令你一開始思考就不自覺的像墮入一個數學問題那樣廢寢忘餐。偽造或竄改性質微妙的文件就屬於這種例子。磨人的地方就是上方毫無指示。你唯一可以依靠的法寶就是你對「英社」的理論和黨規的認識，以及你對黨在此情形下會要你怎麼說的判斷。史密斯老於此道。有時他甚至受重託，訂正《時報》全用新語寫成的特稿。他把早些時間擱在一邊的字條翻開來看。

時報一九八三・十二・三老大授動雙倍加非好涉及非人全改呈層待存

上面這個指示，可用舊語（即標準英語）這樣翻譯出來：

《時報》一九八三年十二月三日有關老大哥授勳章的報

導極為不妥，提及的人有些根本不存在。此文應全部改寫，在歸檔前將稿送層峯請示。

史密斯把這篇問題文章細心看了一遍。原來老大哥授勳那天的訓令，主要是頌揚一個叫「浮堡後勤會」所做的工作：供應香煙和其他物品給浮游堡壘的海軍將士享用。老大哥特別點名提到的，是一位顯要的內黨黨員，叫威瑟斯。在那天拿到特殊成就二等勳章的就是這位同志。

三個月以後，浮堡後勤會不知何故解散了。你也許會猜想威瑟斯及其同僚失寵了，可是報紙和電幕隻字沒提過。其實這也是正常的事，政治犯很少被公審或在公開批鬥的場合露面。牽連千萬人的大清算則是例外，但這是兩年不超過一次的示範場面。在這種大公審出現的人，不是叛國者就是思罪犯，你會在那個時候聽到他們可憐兮兮的招認所犯的各種罪名。過後，他們就蒸發掉了。

在一般情況下，誰犯了黨的清規律誡，從此在世界上失蹤就是。他們的命運究竟如何，你想找一些線索也找不到。有時失踪並不就等於死亡，雖然我們不知道實際情形。史密斯認識的人中，不包括他父母在內，失踪了的就大概有三十個。

史密斯用文具紙夾子輕輕的揉着鼻子。對面小室的提洛遜還是老樣子：嘴巴貼着說寫器的吹口。偶然抬頭跟史密斯打了個照面，目光一樣充滿了敵意。史密斯猜想提洛遜現在埋頭苦幹的工作，說不定跟他的一樣。這是極有可能的事，因為這麼棘手的一份文件，絕不會假手於一個人。但如果成立一個委員會專門辦理此事，那無疑不打自招，公開承認黨在改史了。很可能現在有十一、二個人各出心計，給老大哥那篇演辭作定案，給他決定他實在說了什麼話。這十一、二個版本呈上後，內黨中自有主腦人物從中挑選一份，然後再予修訂。修訂後，其他先前出現各說法中的矛盾，就依此版本做必要的統一工作了。此一經過加工的謊話就入了永久檔案，成為事實了。

史密斯不知道威瑟斯的問題出在哪裏。可能是貪污或無能。可能是老大哥要除去一個功高震主的部屬。可能是威瑟斯親信中有反動分子，已被發現。但最可能的是，清算與蒸發乃大洋邦政府維護其政權不可或缺的一種手段。威瑟斯出了問題，說來也就是這麼簡單了。那字條的指示中最關鍵的字眼就是「涉及非人」，這也就是說威瑟斯已經死了。如果一個人只是逮捕了，不會用「非人」的字眼。這些人會釋放出來，自由自在的活一兩年後再被蒸發。有時一些你認為已經死去的人，會像鬼影一樣突然在公審場合出現，指控上千上萬的人——然後就永遠消失了。這時候他們才算「非人」。

威瑟斯不同。他是非人，不存在，而且從來也沒有存在過。史密斯因此明白單是改變老大哥的口風是不成的。最好還是讓他講一些與威瑟斯和浮堡後勤工作風馬牛不相關的事。

他可以讓老大哥循例譴責叛徒與思想犯一番，但那改史的痕跡太明顯了。如果偽造前線一次輝煌戰果或第九個三年計劃超額增產的故事，則要牽連一大串訂正的手續。突然他腦中靈光一閃，一個好像事先已繪製好的形象浮現出來：在最近戰役光榮犧牲的奧茲維同志。老大哥有時會在訓令的場合中舉一些身世寒微、地位不高的黨員來做例子，勉勵別人以他們的一生（或死）來做榜樣。今天就讓老大哥紀念奧茲維同志吧。不錯，大洋邦本無奧茲維其人，但只消由技工組合出一張照片，加上兩三行說明，不就可以把他帶到世上來麼？

史密斯沉思一會兒後就把說寫器拉到面前來，開始用老大哥慣用的文體口述一番。這文體既富軍人本色，也帶學究氣味。而且由於他說話有自問自答的習慣，他的演辭不難模倣。舉個例子。他會這麼自說自道：「同志們，我們由此得到什麼教訓？那教訓——也同時是英社基本信條之一——就是……。」

奧茲維同志三歲時，除了一個鼓、一枝衝鋒槍和一個模型的直升機外，對其他玩具一律不感興趣。六歲時，由於特別放鬆了標準的關係，他提早了一年加入探子團；九歲選為隊長。十一歲他向思想警察告發叔父，因為他竊聽到他的談話，覺得他有犯罪傾向。十七歲時他是少年反性聯盟的地區組織人。十九歲他設計了一種手榴彈，旋為和平部採用，並於第一次試用時一舉殺了三十一個歐亞國敵人。

二十三歲殉國。他在印度洋上空執行任務時，為敵機窮追猛打，迫得把機槍紮在身上以增加下沉重量，連同攜帶的重要文件一同跳出直升機葬身海底。這種光榮犧牲的方式，教人想來羨慕——老大哥說。最後老大哥還補充的說了幾句有關奧茲維同志守身如玉與一心一意忠黨愛國的精神。他一生煙酒不沾，除每天一小時在體育館健身外，並無其他消遣。此外他還立誓獨身一輩子，因為他深信婚姻生活和家庭負擔與一天二十四小時獻身工作崗位的志氣難免有衝突。他談話主題不離英社信條，而人生除了消滅歐亞國敵人、清除在大洋邦活動的間諜、傾覆分子與思想犯外，別無其他目標。

史密斯口述到這裏，盤算了一下究竟要不要授奧茲維同志特殊成就勳章。最後想到這一來必增加許多文件上必須統一的矛盾，乃決定免了。

他又一次舉頭看了對面小室的對手一眼。他有一種感覺，提洛遜正在忙的，也是同樣的文件。雖然最後哪個人的版本會被層峯接受無法逆料，但他深信自己的創作一定會被採用。一小時以前，奧茲維同志還未誕生，現在已成事實。這真是怪誕的事，他想，「無中生有」可以隨心所欲，活人活事卻不能造次。事實不存在的奧茲維同志，現在已名留青史。一旦「做史」這經過被後人忘記後，奧茲維同志在歷史上的地位，就會跟查理曼大帝或凱撒大帝一樣的信實可靠了。

5

深埋在地下的膳堂，天花板很低。排隊吃午餐的人慢慢移動上前。廳內已塞得滿滿的，嘈雜不堪。櫃檯後面的爐子傳來飯菜的氣味，酸酸而帶鐵質，難以掩蓋勝利杜松子酒發出的酒精氣味。廳內遠遠的一角有個小酒吧——其實只是牆上挖空的一個小洞。一毛錢可買一小杯。

「呀，正是我要找的人哪！」史密斯背後有聲音說。

他轉頭，原來是他的朋友西明，在研究科工作。也許「朋友」兩字用得不妥。今天朋友已不存在，只有同志。但有些同志比別的同志讓你比較樂於接近。西明是語文學家，長於新語。他現在正和一大夥語文學家忙於編輯第十一版「新語辭典」的工作。他個子比史密斯瘦小，黑頭髮，大得隆起的眼睛有時看來神傷得很，但有時卻滿帶嘲弄意味，特別是他跟你説話，要研究你面部表情的時候。

「我只想問你有沒有多餘的刀片。」西明說。

「沒有，」史密斯微帶負疚的心情急急的説：「我什麼地方都找過了，好像這東西已不存在。」

幾乎每個人都問你要刀片。實際上他還有兩片備而不用的。過去幾個月鬧刀片荒。官家的店子隨時隨地缺少某項必需品的供應。有時缺的是鈕扣，有時是毛線或鞋帶。現在是刀片。如果這些東西還存在的話，那你真要踏破鐵鞋，往「自由市場」去找。

「我那張刀片用了一個半月。」他口是心非的補充的說。

隊伍又向前移動了幾寸。停下來時他轉身又面對西明。他們每人從櫃檯末端那堆金屬托盤取下一個來，摸着還有點油膩膩的。

「昨天你去看戰俘問絞刑了沒有？」西明問道。

「沒有，我那時正忙着，」史密斯淡然的說：「也許看紀錄片時會看到吧。」

「那根本不是同一回事了。」西明說。

他用嘲弄的眼色看了史密斯一眼。「我了解你，」他眼睛好像對史密斯說：「你的心事我怎會看不穿？我當然明白你為什麼不去看那些傢伙吊死。」

在政治認同方面，西明正統得近乎惡毒殘忍。他跟你講大洋邦飛機空襲敵人村落，公審思罪犯和他們招供的細節，或在仁愛部執行的死刑，口氣和神色總顯得那麼悠然自得，令人無法忍受。如果你不想聽這種話，只有把話題岔到新語，尤其是比較專門性的問題去。在這方面他是權威，而且說得頭頭是道。史密斯微微別過頭去，躲開他黑色大眼審視的目光。

「昨天的絞刑還算可以，」西明帶着回想的口吻說：「可惜的是死人的腳縛起來。我要看的就是他們搖身踢腳的時候。當然，還有在他們斷氣前把舌頭——藍色明亮的舌頭——吐出來的刹那。我最欣賞的就是這些細節。」

「下一位！」穿着白圍裙、手執長柄勺子的同志嚷道。

史密斯和西明把托盤推前，那同志就動作快捷的把午餐「定食」倒下來。一小碟煮得稀爛呈淡紅淡灰的碎肉瓜菜、一塊麵包、一片乳酪、一杯無牛乳拌調的勝利咖啡和一粒糖精。

「在電幕前那邊有空檯子，」西明說：「我們先買些杜松子酒吧。」

酒吧的同志給他們用無耳的瓷器杯子盛酒。他們小心翼翼的穿過擁擠的廳堂，把托盤在金屬面的檯子放下。檯子的一角有好像是前一位食客吐出來沒擦去的殘羹。

史密斯舉起杯子，頓了頓作心理準備，然後一口把那杯油膩膩的液體灌下；眼淚從眼睛滲出來後，他突然覺得餓了。他一調羹一調羹的把那類似漿糊的東西往嘴巴送。裏面那些軟得像海綿一樣的粉紅小方塊準是肉類的一種了，他想。兩人在吃完小碟子所盛的東西前，一直沒有再説過話。史密斯左邊後面有人喋喋不休的説話，聲音沙啞，像鴨叫。大概正因此音與眾不同，廳堂雖然嘈雜，還是一樣響徹雲霄。

「字典編得怎麼樣了？」史密斯提高聲音問。

「慢得很，」西明説：「我負責的是形容詞部分。這東西夠迷人的。」

一提到新語，西明馬上神采飛揚起來。他把小碟子推到一旁，纖細的手，一邊拿起麵包，一邊執着乳酪，彎着身子靠近檯面説話。為了不想叫喊，只好這樣跟史密斯交談了。

「第十一版是確定本了，」他説：「我們的目的是把新語修到化境，到時每人除新語外再不會説別的了。工作完成時，像你這類人就得從頭學起。我敢打賭，你一定以為我們主要的任務是創新字。那就大錯特錯了。我們在消滅字彙，每天毀掉的，數以百計。我們要把語言的渣滓除去，務使第十一版所收的字，沒有一個會在二〇五〇年以前過時的。」

他像餓壞了似的啃着麵包。吞了兩口後，繼續以一種學究式的熱情説下去。瘦黑的臉驟然充滿生氣，連嘲弄的眼光也收斂起來。他現在的神情真是如醉如癡。

「把多餘的字刪掉——呀，這感受美得可以。文字中最大的浪費自然要算動詞和形容詞，但名詞中也有不少可以省掉的。不但同義字可省，反義字也何嘗不可以省？任何一個形容詞本身就可以變換為反義，何必節外生枝的另外用一個字？就拿『好』來説吧。既有『好』這麼一個字，『壞』就用不着了，是不是？説『非好』不就成了麼？不但成，而且比『壞』還要準確，因為『非好』才是『好』的反義。」

「或者，你要表達『好』的各種不同程度，那也易辦，絕對用不上『優秀』或『精彩』諸如此類的多餘的字。『加好』就包含了這一類形容詞的意思。如果你再要強調多『好』，那也成，説『雙倍加好』就是。不錯，我們目前偶爾也採用這種形式，但到確定本完成時，這就是唯一的形式了。那個時候，全部有關好壞的觀念都用六個字來表達：『好』、『加好』、『雙倍加好』；『非好』、『加非好』，和『雙倍加非好』。但實際上，你知道，只有一個字。你說吧，這是不是一種美得可以的感受？對了，這主意原來是老大哥的。」他好像一時想到才加了這麼一句話。

史密斯一聽到西明提到老大哥時，面上馬上露出一種熱切的神情。可是西明也馬上察覺出史密斯並不熱心。

「你對新語並不真心賞識，」西明用近乎憂傷的口吻說：「即使你寫的是新語，心中想的還是舊語。你在《時報》發表的文章，有些我拜讀過，實在不錯，可惜在我看來這不過是翻譯。新舊比對之下，看來你還是愛用含義模糊、語文繁冗的舊語。難怪，你不懂得消滅多餘的文字是多美的一回事。你知不知道新語是世上唯一字彙每年減少的文字？」

史密斯當然知道。但他沒有答腔，恐怕說溜了嘴，只淡淡的笑了笑——希望對方看來這是深有同感的表示才好。西明又啃了那塊灰黑的麵包一口，嚼了嚼，然後繼續說：

「你沒想到麼，新語的最後目標是把思想的範圍縮小。到時要犯思罪也不可能，因為根本沒有語言構成異端邪說。每一個需要表達的觀念都可以由一個字正確的表達出來。對了，一個字——言簡意賅，絕無任何附會可能的一個字。什麼草蛇灰線、霧裏看花的舊把戲，忘的忘了，刪的刪了。」

「這個境界，十一版已快達到了，但這種毀字的工作，你我死後還會繼續下去。字數每年減少，而我們意識的活動範圍，也相應縮小。當然，即使在目前，我們也沒有理由或藉口犯思罪。這是個人的約束和現實控制，不過到那時候，連這個也用不着了。語言改革臻至善之境時，革命也就完成了。新語是英社而英社就是新語，」說到這裏他頓了頓，然後露出近乎神秘的滿足感，補充說：「老兄，你有沒有想過，到二〇五〇年，不會再晚了，世界上再沒有一個活着的傢伙聽得懂我們今天的談話了！」

「除了 ——」史密斯用懷疑的口吻說了一半就頓住。

他本想說「除了普羅大眾」，只是他不敢肯定這句話是否不存異端成分，因此住了口。西明可猜出他滑到了嘴邊的話。

「普羅大眾不是人，」西明毫無顧忌的說：「到二〇五〇年，可能更要早些，我們所有有關舊語的知識不復存在。舊文學那時已煙消灰滅。喬叟、莎士比亞、米爾頓、拜倫，這些人的東西只在新語版出現了，不但改了，而且改得跟他們原來說的意思相反。改的不限於舊文學，黨的文字也得改，包括口號與標語。自由的觀念已經廢除了，你還說『自由是奴役』，誰懂？整個思想的習慣會完全不同。其實，以我們今天所下的定義看，到時沒有思想。思想正確就是沒有思想，不必思想。正統思想是無意識。」

「總有一天，」史密斯突然想道，而且深信這想法錯不了：

「西明會被蒸發掉的。他太聰明了，看得太清楚，說話又沒遮攔。黨不喜歡這種人。有一天他會失踪。他的命運已刻在面上。」

史密斯已把麵包乳酪吃完。他移動了一下身子，坐到椅子旁邊去喝咖啡。左邊檯子那個聲音沙啞的漢子，仍喋喋不休的聒聒叫着。背對着史密斯的是個年輕的女人，大概是他的秘書吧。那漢子說一句，她恭聽一句，而且看來無事不表衷心贊同的樣子。史密斯不時聽到她說「你講得對極了，我完全同意你的意見！」聲音聽來青春活潑，雖然女性得近乎傻兮兮的。

但不管她在講什麼，那漢子還是滔滔不絕的聒聒下去。史密斯認出來了，他在子虛部工作，地位頗高，但他所知也僅如此而已。看來差不多三十歲，喉頭大，嘴巴部分的表情特別靈活。他微揚着頭。由於他所坐的位子的關係，他那雙埋在眼鏡片後面的眼睛，反映着燈光，在史密斯看來像兩個空白的小圓盤。更可怕的是，他雖然像連珠砲似的叫個不停，你連一個字也難聽得清楚。就這麼一次史密斯聽到半句話，「最後完全消滅戈斯坦」。這半句話說得又急又快，像一行新鑄出來的完全沒有標點符號的鉛字。其餘史密斯能聽到的，就是聒聒、嘎嘎、聒——嘎。

那漢子實在說了些什麼你雖然聽不清楚，但談的內容，你用不着猜也知一二。他要不是痛斥戈斯坦，就是在說思罪犯和陰謀破壞分子這類人，應用更嚴厲的手段對付。再不然就是力數歐亞國軍隊暴行之不是。也可能在稱讚老大哥的為人，或者是在馬來巴前線服務的英雄。不過，他在說什麼都沒有分別，因為你可以肯定他用的每一個字都是思想正確的，非常「英社的」。史密斯看着那張無眼的臉的嘴巴上下移動時，忽產生異樣的感覺：眼前說話的不是一個人，而是一具可以發出聲音的木偶之類的東西。聲音不受大腦操縱，僅是聲帶的振動、振動出來的東西雖用文字組成，但不能說是語言，只是無意識狀態下發出來的聲音，猶如鴨叫。

西明久久沒有說話，正用調羹柄在檯角那灘菜汁上無聊地畫花紋。隔檯那個鴨音還是聒個不休。

「在新語中有一個字，」西明說話了：「我可不知道你聽說過沒有。那就是『鴨語』，其話如鴨叫的意思。這個字有兩種完全矛盾的意義。如果敵人『鴨語』，那就是廢話。如果與你見解相同的人『鴨語』，那是綸音。」

「毫無疑問，西明早晚要被蒸發掉的。」史密斯不禁又想道。他覺得有點黯然，雖然他明知西明瞧不起他，甚至不太喜歡他。如果他找到什麼證據或理由，西明絕不會猶疑指控他為思罪犯。可是這個人不知怎的就是有點問題。他粗心大意，不懂得「若即若離」和「大智若愚」這兩句話所包含的處世之道。你可不能說他思想有問題；他奉信英社的訓條，崇拜老大哥。打勝仗了，他欣喜若狂。他仇視異端分子，態度熱情而誠懇，對他們的一切瞭如指掌，這就非一般黨員能及的了。雖然如此，他還是予人一種不太守本分的感覺。不該説的話他説了。書看得太多。這還不算：他居然常去泡栗樹咖啡館，那個畫家和音樂家最愛去鬼混的地方。沒什麼法律——明的沒有，暗的也沒有——規定你不能到那兒去，只不過那地方實在有點兒邪門而已。不少如今名譽掃地的黨領袖，在未受清算前就是那咖啡館的常客。據説戈斯坦幾十年前也光顧過呢。

西明的命運如何也就不問可知了。但如果他此刻捉摸到史密斯的心事，他會馬上轉身，向思想警察告發。其實別人也不例外，只是西明比別人行動更快而已。空懷對黨一腔熱誠還不夠。西明自己不是説過麼，最正確的思想就是無思想、無意識。他早晚要出問題的。

西明抬起頭來，看了一看，跟着説：「柏森斯來了！」聽他的口吻，幾乎恨不得加一句：「那大笨蛋來了！」

柏森斯就是史密斯在勝利大樓的鄰居。現在果見那金髮、青蛙臉、中等身材的芳鄰搖着水桶似的身子越過擁擠的廳堂前來。才三十五歲的年紀，肚皮和脖子已長了一層層肥肉，只是動作還算敏捷就是。他整個外貌就像一個發育過早的大孩子，因此他穿的雖是套頭制服，你無法不聯想到他穿的實在是探子裝：藍短褲、灰襯衣、紅領巾。你閉起眼睛也可以看到他這個形象：皺紋滿佈的膝蓋與捲起袖子露出來的渾圓臂膀。此形象並非虛構，因為每逢公社旅行或任何能找到藉口的運動場合，他都一定穿短褲。

柏森斯興沖沖的跟史密斯和西明打過招呼，就一屁股坐下來。怕人的汗臭已開始散發，粉紅的面冒着汗珠。他的汗腺一定特別發達。在公社中心的運動室裏，你只要看看網球拍子的把手是否濕潤，就可知他有沒有來過了。

西明掏出了一張印滿了字句的條子，捏着原子筆，一本正經的研究起來。

「你瞧嘛，吃午餐不忘工作，」柏森斯用肘子推了推史密斯說：「喂，老學究，你看的是什麼東西，這麼着迷？準是我看也看不懂的。哦，對了，史密斯，你知我為什麼找你？你忘了捐款！」

「捐哪種款？」史密斯邊問邊本能的摸口袋掏錢。每個人的薪水約有四分之一是要拿出來作志願獻金用的，但名堂這麼多，史密斯一時不記得他答應了捐什麼。

「每家每戶要負責的仇恨週基金呀！本人就是我們區的財務員，我們決定要轟轟烈烈搞一搞。讓我告訴你，勝利大樓到時一片旗海，全區無人能比！你說過捐兩塊。」

史密斯找到了兩張又髒又縐的紙幣，交了過去。柏森斯慎重其事的用文盲字體一筆一劃的在記事本上記下來。

「對了，聽說我家那個小流氓用彈弓打了你。我修理了他一頓，告訴他下次再犯，就把彈弓沒收。」

「我想是因為沒看到絞刑，他才這麼不高興吧。」史密斯說。

「呀，說的是，說的是，這正是他愛國精神的表現，對不對？實在說，我那兩個小嘍囉頑皮是頑皮極了，但一談到對黨的熱忱，那是另外一回事。他們一天念念不忘的，就是探子團的活動和戰爭。你知不知道我那寶貝女兒上星期六到伯哈斯德郊遊時做了什麼好事？這是探子團的集體行動，對不對？她居然找到了兩個女團員跟她一起溜隊，整個下午跟蹤一個陌生人。穿過樹林到達阿米薩姆時，她們就把他交給巡邏警察。」

「她們幹嘛跟蹤他？」史密斯有點吃驚的問。

「我那孩子肯定他是敵人的探子，」柏森斯得意的說：「就譬如說他是跳降落傘下來的吧。但最要緊的一點是，你知道她怎麼想到要跟蹤他的？她說他穿的鞋子怪得很，她從來沒看過。她由此推論他是外國人！才七歲的小鬼，腦筋滿靈的呢，是不是？」

「那人後來又怎樣了？」史密斯問。

「這個我就不知道了，可是如果他被這個的話，我一點也不會覺得奇怪。」柏森斯邊說邊做了一個瞄準步槍的姿勢，然後舌頭發出咔嗒一聲。

「好極了。」西明心不在焉的說，眼睛一直沒離開那張字條。

「實在說，這種事我們真的不能疏忽。」史密斯也只好附和着說。

「我要說的，就是這意思，現在是戰時哪！」柏森斯說。

好像是要證明柏森斯說的不是廢話，他們頭上的電幕喇叭聲大作。但這次奏的，不是軍事捷報的音樂，僅是迷裕部公佈的前奏曲。

「同志們！」一個充滿青春活力的聲音喊道：「同志們請注意，我們有天大的好消息宣佈。我們在生產的戰線又打了一次勝仗。我們各種消費品生產的數字已經完成，證明了我們今年的生活水準，比去年提高了百分之二十以上。今天早上大洋邦各地均有自動自發的慶祝遊行，工人同志們離開工廠和辦公室，到街上去高舉大旗，歡呼感謝老大哥的口號，感謝在他英明的領導下給我們新而幸福的生活。以下是我們生產的數字：糧食類——。」

「新而幸福的生活」這句話一再出現，這是迷裕部最近的口頭禪。柏森斯的注意力受喇叭聲所吸引，這時半張着嘴巴，煞有介事的全神傾聽着。迷裕部的數字他是沒法聽懂的，只是下意識的知道，這一定又是值得慶祝的成就。他掏出一個又大又髒的煙斗來，裏面半斗菸絲雖已燒得差不多了，卻沒有挖出來。菸草的配給額是一星期一百克，你又怎能常常把煙斗塞滿？

史密斯小心翼翼的平拿着紙煙，稍微斜了一下菸絲就會倒出來。新配給明天才開始，而他只剩下四根了。此刻他傾聽着電幕瀉出來的新聞和數字，離他較遠的人聲和鴨語就聽不到了。看來好像還有人遊行喊口號，感謝老大哥把巧克力的每週配給額提高到二十克呢。可是昨天不是才宣佈過，配額「減」為每週二十克的麼，這怎可能？迷裕部的報告硬把「減」說成「增」，老百姓又怎能夠吞下去？不錯，他們吞下了。柏森斯就像癡呆的動物一樣，毫無困難的吞下了。左邊檯子那無眼珠的木偶，更會熱烈的、毫無異議的吞下去。不但如此，他還會不遺餘力的去追查任何一個露口風說過上週的配額是三十克的人。查到了就檢舉，直看到他被蒸發為止。西明呢，也吞下了，雖然心態比較複雜，可能牽涉到雙重思想。

「是不是只有我一個人還沒有失去記憶的能力？」史密斯問自己。

電幕繼續傳來迷裕部公佈的神話數字。與去年比較，今年我們有更多的食物、衣服、房子、家具、燒飯鍋、汽油燃料、船隻、飛機、書籍、孩子。總之，除了疾病、犯罪案件和瘋狂病症沒有增加外，其他什麼東西都增產。每年每月每日每分每秒，每人每事都隨着一片景氣颼颼上升。

史密斯也學着西明剛才的樣子，拿起調羹在檯面那灘已蔓延四周的菜汁上長長的畫了一條痕。他一肚子怨氣的沉思着。他們現在過的物質生活，過去也是這個樣子麼？吃的東西，是不是一向都味同嚼蠟？他目光在飯廳瀏覽了一周。天花板低低的，人又擁擠，牆壁經過多少人在上面揩拭過，摸着黏黏膩膩的。金屬做的檯子椅子，老弱傷殘，排得密密的，你坐下來吃飯，無法不碰到旁人的肘子。調羹彎折、托盤缺口、杯子質料粗糙笨拙。杯盤外面油污未淨，裂縫藏污納垢。飯廳浮蕩的氣味集各種酸臭之大成：劣質杜松子酒和咖啡、瓜菜肉汁的鐵腥味和食客穿的髒衣服。你的肚子和皮膚每分每刻都向你抗議，使你覺得你的生命像被剝奪了一些本來屬於你的東西。

不過，說起來在他的記憶中，過去的日子跟現在也沒有什麼顯著的分別。自他能夠清楚的記憶開始，好像從來沒有過足夠吃的一天。襪子和內衣褲總是那麼百孔千瘡、家具搖搖欲墜、房子暖氣不足、地下車擁擠、樓房盡見斷瓦殘垣、麵包灰黑、茶葉難得一見、咖啡味如洗盤水、香煙供量不足——而除了用化學原料製成的杜松子酒大量廉價供應外，其他不是缺貨就是價格驚人。

自然，這種情形到你年歲增長，體力日衰時，滋味會分外不好受，但這不正也表示了這種生活一點也不正常麼？髒亂不堪的環境、物質的匱乏、無休無止的冬天、濕黏黏的襪子、難得操作正常的電梯、洗澡無熱水、岩石一樣的肥皂、捲得鬆兮兮的紙煙和食而無味的飯菜——你一想起，心就下沉。這是正常現象麼？我們一定有某種隔代遺傳的記憶，曉得從前的東西不是這樣子的。否則我們為什麼一想到現狀，就覺得事事難以忍受？

史密斯又在飯廳四周看了一次。幾乎每個人都醜得可以，即使不穿套頭藍制服而改穿其他衣服，還是一樣的醜。飯廳遠遠的一角，一個身材細小，相貌極似甲蟲的男子獨據一桌，默默的飲着咖啡，小眼睛不時疑神疑鬼的溜來溜去。如果你不好好的看看，你真會相信黨為大洋邦男女立的典型——身材高大、孔武有力的少年男子，胸脯健美的女子，個個金髮、皮膚曬得紅潤、充滿青春活力、無憂無慮——不但存在，而且普遍得隨處可見。這真是神話，史密斯想。其實以他眼光看來，大部分居住在一號航道的居民，都是矮小、黝黑和其貌不揚的。怪的是政府各部門多的是甲蟲類型的男人。他們個子矮小，未到中年就發起福來，兩條短短的腿行動還算靈活就是，嵌着兩粒小眼珠的厚肉臉上卻毫無表情。只有這類人在黨的統治下還是活得好好的。

電幕響了一陣喇叭聲，原來迷裕部的公告已畢。接下來的是輕音樂。柏森斯顯然是被剛才報出的數字迷住了，從嘴裏拿開煙斗說：

「迷裕部今年的成就可不賴呵，」他善頌善禱的搖着腦袋瓜：「對了，史密斯，你有沒多餘的刀片借我？」

「抱歉，」史密斯說：「我自己那塊已用了六個星期。」

「唔，我也只不過問問而已。」

「真抱歉。」史密斯又說了一遍。

鄰座的鴨語剛才停了一陣，此刻捲上重來，音色勝前。不知怎的，史密斯突然想起了頭髮疏落、風塵滿面的柏森斯太太。不消兩年，她的孩子就會向思想警察檢舉她。她會被蒸發掉。西明會被蒸發掉。史密斯自己會被蒸發掉。奧布賴恩會被蒸發掉。柏森斯呢，他不會的。那個有眼無珠說鴨語的木偶也不會。那些行動敏捷，在政府機構走廊內進進出出的甲蟲人永遠不會被蒸發。而那個在子虛部工作的黑髮女人，她永遠不被蒸發。史密斯好像有第六感似的，知道誰可以保住性命，誰難逃大限。可是究竟怎樣才可以保住性命，卻又不易說出來。

這時他突然從沉思中驚醒。左邊檯子的女郎半轉過了身，睨着他。原來她正是黑髮女郎！她雖然只是側面看他，目光一樣熾熾迫人。一見史密斯也打量着她時，就別過面去了。

史密斯脊骨冒着冷汗，嚇得渾身發抖。雖然一下子就鎮靜下來，但心中還是惴惴不安。她覷着他幹嘛？為什麼她老是跟蹤着他？可是他記不起她是比他先來的，還是他坐下來後她才出現的。但昨天仇恨節目時，她不是就坐在他後面麼，這又為什麼理由呢？她的真正目標，可能就是要聽聽他宣仇洩恨時的聲音叫得夠不夠洪亮。

他早些時的想法又重現了：她也許不是正規的思想警察，而糟糕的正是這個，因為業餘探子更為危險。他不知道她盯了他多久，大約五分鐘的樣子吧，而在這五分鐘內，說不定他面部的表情不很「正確」。在公共場合或電幕視線之下胡思亂想，是最危險不過的事了。一個小小的動作有什麼不對，人家就把你看穿了。譬如說你面部抽搐一下、無意露出來的焦慮之情、喃喃自語的習慣——總之，任何顯出反常跡象或意圖隱瞞的動作，都可看作包藏禍心的證據。表情不當——譬如說電幕傳來前方捷報時你卻露出一面不肯置信的神情——是刑罪之一種。新語叫「面罪」。

黑髮女郎又背着他坐了。也許她並不是真的要跟蹤他，一連兩天跟他這麼接近，說不定只是巧合而已。紙煙已熄，他小心的把未燃燒的一截擱在檯邊。如果菸絲不掉出來的話，下班後再抽。左邊檯那個木偶可能是思想警察派來的探子，因此説不定三天內他就會在仁愛部的地窖受刑，但尚未抽完的紙煙絕不能浪費！

西明把字條摺好，塞進口袋。柏森斯又開腔了。

「我跟你説過了沒有，史密斯？」柏森斯咬着煙斗吃吃笑問道：「我是説那兩個小鬼把在市場內一個賣東西的老太婆的裙子燒了。為什麼？因為他們瞧見她用一張印有老大哥玉照的招貼紙包香腸！他們偷偷走到她背後，燒了一盒火柴！我想傷勢一定不輕呢。真是小流氓作風，是不是？可是他們的熱忱真感人。今天探子團給他們的訓練確是一流，比我們那個時候還要好。你猜他們給小鬼的最新配備是什麼？鑰匙孔竊聽筒！前天晚上我那小丫頭帶了一個回來，就在我們客廳做實驗，過後説她用這筒子來聽，比平常清楚一倍。當然，這不過是一種玩具，但主意實在正確不過，對不對？」

這時電幕發出刺耳的哨子聲，是回到工作崗位的時候了。三個人連忙站起來，跟着人潮湧到電梯旁邊去。史密斯剩下那截紙煙的菸絲已全部抖了出來。

6

史密斯在日記寫道：

三年前。漆黑的晚上。靠近某大車站一條狹小的橫街上。她靠在牆外一扇小門的前面。街燈昏暗，幾乎沒有光線。她面孔年輕，雖然脂粉極厚；吸引我的正是白白的脂粉，有如面具。還有紅唇。女黨員從不擦脂粉。街上無人，無電幕。她說兩塊錢。我——

實在無法寫下去。他閉起眼睛，拚命用手指揉眼皮，真希望能把一再出現的景象抹去。他幾乎忍不住要大聲喊粗話。再不然就是以頭撞壁、踢翻桌子或把墨水瓶擲出窗外。總之，如果能夠把一直折磨着他的記憶擦去，他願意做任何橫蠻、暴亂和痛苦的事情。

你最大的敵人，他告訴自己，就是你自己的神經系統，你心中積壓的緊張情緒，隨時隨地會變為表面的徵象。他想起了幾星期前在街上遇到的男子。他是個面貌尋常的黨員，三十多四十歲，高高瘦瘦，攜着公事包。他們兩人的距離大約還有幾公尺，那男子的左臉突然起了一陣痙攣。他們擦面而過時，痙攣又出現了。只是那麼輕輕的抽搐一下，顫動一下，而且顯然還是習慣性的。可是史密斯當時禁不住這麼想：這傢伙完蛋了。最可怕的當然是那男子對自己面部表情的活動，完全沒有知覺。推而廣之，夢囈因此也是最危險不過的事了。你根本無法防止。

他深深的吸了口氣，繼續寫道：

> 我隨着她穿過門廊越過後院到了一個地下室廚房。靠牆有床、檯上有燈。燈光很暗。她——

他咬着唇，真想啐一口。跟着這女人到地下室廚房的同時，他想起了凱思琳，他的太太。史密斯已婚，或最少是已結過了婚。總之他是有婦之夫就是，因為據他所知凱思琳還活着。此刻他又好像聞到地下室廚房那陣悶人的氣味了。那是臭蟲、髒衣服和廉價香水的混合體。香水的氣味雖然難聞，但對史密斯來說仍有一種吸引力，因為女黨員從來不用香水，最少你不敢想像到她們會用香水。只有普羅女人才擦這個。在史密斯的腦海中，香水和偷情是分不開來的。

史密斯這次跟女人「偷情」，也是兩三年來的第一遭。嫖妓當然不為「黨法」所容，只是像這一類法例，有膽量的人有時還是不惜以身一試的。危險確有危險，但不會嚴重到送掉老命。捉到了，如果又無前科的話，頂多勞改五年。只要避免給人「捉姦在床」，偷情的機會多的是。貧民區有的是等着賣身的女人。有的以一瓶杜松子酒就可以成交（普羅階級照規矩是不能喝這種酒的）。你甚至可以說黨的態度是默許娼妓存在的，讓實在無法完全壓制的本能有個宣洩的機會。只要你偷偷摸摸的幹，對象又是個受歧視階級的下層女人，偶然墮落一下也無傷大雅。還有一點需要注意：你可不能把這種性行為看作享受。

黨員之間亂搞男女關係呢，那就犯彌天大罪了。可是，雖然在大清算時被告公認的許多罪狀中總有這麼一項，實際上我們很難想像這種事真的會發生。

黨之所以要防止黨員私通，當然是怕他們一旦結成海誓山盟的關係時，老大哥也控制不了。但真正的卻又從不明言的目標是要把性行為產生的樂趣全部消除。在黨的立場而言，愛情本屬奢侈，但相較之下，色慾才是罪魁，夫妻關係如此，婚姻以外的關係更如此。黨員要跟誰結婚，得事先呈報「婚委會」通過。有時請願書打下來，非為其他理由，而是婚委會諸公覺得這對男女，愛的只是對方的肉體，因此礙難照辦。當然，這也是不會明言的。要找藉口，其他冠冕堂皇的理由多的是。男婚女嫁唯一被認可的目的就是製造小同志將來為黨服務。基於這種理由，夫婦間應把性行為視作一種令人厭煩的小手術，如灌腸子。這也不是明文規定的，不過每個黨員自孩提開始就受到反性觀念的薰陶，這倒是事實。青年反性聯盟倡導的，就是禁慾思想和獨身主義。所有小孩都應是人工授精的產品（新語叫「人授」），出生後由公家機構養大成人。史密斯雖然知道這種主張並不受重視，但大致來講，倒與黨的意識形態相當脗合。黨的目的就是要消滅人類的性本能。消滅不了的話，最少也要歪曲真相，把性行為貶為髒得令人要吐的勾當。他也不知道黨為什麼要這樣做。另一方面，他也覺得黨反性的本質，一點也不足為怪。拿女黨員來說，黨用的心機可說是成功了。

他又想到凱思琳。他們分手快有十一年了吧？真怪，他想到她的時候並不多呢。有時他居然忘了他是結過婚的人。其實他們相處的日子，不過十五個月。黨不准夫婦離婚，但如果沒有孩子，倒鼓勵你分居。

凱思琳是個身材高大、腰板挺直、金頭髮、姿勢妙曼的女人。她的臉開揚爽朗，除非你知道她的底細，你會說這是個高貴的臉型。但這張臉後面實在空無所有。他們婚後不久，史密斯就看出，凱思琳的腦袋，是他所遇到的女人中最笨、最庸俗——最無思想的一個。當然，這也許因為他對她的認識，比其他人深入的緣故。她腦袋瓜裝的，除了口號外再無別的東西了。而黨交給她的任務或指示，不管怎樣荒謬絕倫，她一字不改的全部接受下來。「真是一條活聲帶。」他心中就給她起了個「活聲帶」的諢號。但如果不是為了一個最大的障礙，他還是可以跟她相處下去的。那障礙就是性生活。

他的手一觸摸到她的肌肉，她不是連忙退縮，就是渾身僵硬起來。你擁抱這個女人時的感覺，就像擁抱木偶一樣，只是這個木偶的四肢都可以活動而已。最為奇妙的是，即使她緊緊的摟着你，你竟會同時覺得她正盡全力把你推開。也許這是她硬繃繃的身體給他造成的錯覺吧。

她總是挺臥在床上，緊閉眼睛，既不反抗也不合作——對的，她在獻身。史密斯開始尷尬異常，隨後又覺得恐怖極了。雖然如此，史密斯相信這種婚姻還可以忍受下去的——如果大家都有默契，今後斷絕房事的話。可是，令人難以相信的是，凱思琳不肯這麼做。她說要生一個孩子。就為了這樣，她的獻身儀式每週如期上演一次，只要他能有反應的話。那儀式要降臨的那天早上，她還會特別提醒他，好像這是一件當天晚上絕不能忘記的公事。她對這公事有兩個稱謂。一是「生孩子」，二是「盡我們對黨的責任」。沒錯，她真的說過後面那句話。沒多久，只要她獻身那天一到，他就惶惶然不可終日。幸好一年下來還是沒有孩子，後來凱思琳也答應不必再試了。不久他們也就分手。

史密斯微喟一下，執起筆來繼續寫道：

> 她倒下床來，一點也沒有給你作心理準備或什麼的，就用最粗糙最恐怖的方式，以迅雷不及掩耳目的動作拉起裙子。我——

他的思緒又回到地下室廚房去了。他站在昏暗的燈光下，一鼻子都是臭蟲和廉價香水的味道。他心中壓抑着的挫折感與憤怨之情，使他不禁想起凱思琳雪白的胴體來——那個為黨的催眠力量永遠冰封的胴體。為什麼自己要這麼作踐自己？為什麼自己沒有一個屬於自己的女人而迫不得已兩三年出來一次跟又髒又臭的野雞鬼混？但要跟一個女人真正的鬧戀愛簡直是不可能想像的事。所有女黨員的心態都一模一樣，她們的貞操觀念猶如對黨的忠誠一樣牢不可破。孩提時代的薰陶，加上玩的遊戲和冷水浴。在學校，探子團和反性聯盟又受到鬼話連篇的思想教育，然後再聽演講、遊行示威、喊口號、聽軍樂——你說她們心中怎可能留存一分常人的情感？

他的理智告訴他事情總有例外，只是他的心不肯相信而已。她們的感情刀槍不入，這正是黨所樂見的。史密斯熱切盼望的，就是要推倒女黨員這面「貞操牆」，只要一生能推倒一次，於願已足。他當然希望有女人愛他，但這個「破牆」的意念，此刻比被愛還要熱切。能夠好好的跟一個女人行一次房事，就意味造反成功了。慾念是思罪。雖然凱思琳是他妻子，但如果他有辦法引起她這方面的興趣，也形同誘姦。

故事還沒完，得寫下去，他想。

我把燈扭亮了一點。當我在燈下再看到她時——

在暗裏站了一會兒後，煤油燈的燈光也覺得分外明亮。這次他才清楚的看見面前的女人。他向前走了一步，馬上又停下來。情慾與恐懼在心中交戰着。史密斯曉得來這裏「偷情」是多冒險的一回事。說不定他一出大門就被巡邏警察抓去。很可能他們這一分鐘就在門口等候了。可是，如果他不幹那事此刻轉身就跑——

這非得記下來，非得坦白招供不可。這時他突然看到，燈下的女人原來是個老太婆！她臉上的粉塗得厚厚的，令人擔心它會像夾紙板製的面具一樣，隨時會折裂。她的頭髮已斑白，但最恐怖的部分倒是她嘴巴微張的時候——裏面是個黑黑的洞穴。她牙齒掉光了。

他引筆疾書：

當我在燈下再看到她時，才發覺到她已是上了年紀的女人了，少說也有五十歲。可是我還是幹了。

他又用指頭揉着眼睛。寫是寫下來了，但感覺上沒有分別。預期的心理治療效果沒有達到。他要破口大喊髒話的衝動一點兒也沒有降低。

7

史密斯在日記寫道：

如果還有希望，只有寄託在普理身上。

「普理」就是普羅階級的簡稱。為什麼希望只建在普理身上？因為大洋邦百分之八十五以上的人口是普理，老大哥平日對他們疏於管教。摧毀黨的原動力，理應由這裏出來。黨從裏面是推翻不了的。黨的敵人無法聚合，甚至互相辨識身分都無機會。傳說那個兄弟會，果有其事的話，會員糾在一起的人數，極其量也不會超過兩三個。對這種人來說，造反不過是交換一個眼色或改變一下說話的聲調。最了不起也不過偶然匆匆的低聲說一兩句話。

普理不同，只要他們了解到自己力量多大，行事不必偷偷摸摸。他們只要集體站起來，像馬一樣的把身上的蒼蠅抖去就成了。他們了解到自己的力量而又決定行事的話，明天早上就可以把整個英社瓦解。他們早晚應該會想到的。可是——！

他記得有一次在一條擁擠不堪的街上走，前面巷子突傳來千百個女人呼叫的聲音。那是憤怒和失望的混聲，「噢——呀——呀——噢」的嗡嗡迴聲不絕。他的心怦然一跳。來了！他想。這是暴動！普理終於覺醒！他走到鬧事地點時，只見兩三百個女人圍繞着露天市場的攤子爭吵。她們面上所露的哀戚之情，直像一條沉船的搭客。可是這一刻她們普遍失望的情緒已解體為零星的爭執。事緣這裏一個攤子在賣錫製的平底鍋。這東西品質低劣而不牢，但燒飯菜的工具一直就不容易買到。現在居然意外的有供應，難怪拿到鍋子在手的幾個女人，拚命的要殺出一條血路來！其餘買不到的，就纏着攤主不放，不是罵他對顧客不公平，就說他一定在什麼地方有存貨未拿出來。

又聽到尖聲嘶叫了。兩個面目腫脹的女人，其中一個頭髮吊在眼前，各不相讓的為同一個鍋爭吵，你一拉我一扯，最後鍋柄也脫下來了。史密斯看在眼裏，覺得噁心極了。可是他注意到，幾百個喉嚨同聲發出的怒吼，真怕人呵。這些喉嚨如果能為比這更重要的事怒吼一次就好了。他又寫道：

如果他們一直不知不覺，不會造反。只有造了反以後才會知覺。

這兩句話真像從黨的冊子搬過來的，他想。他們自然一直宣稱把普理從各種桎梏解放出來的，就是英社黨。在解放前，普理受盡資本主義者的折磨。他們捱饑抵餓之餘，還受皮肉之苦。女人被迫下煤礦坑工作(現在也是),小孩不到六歲就賣到工廠去做苦工。可是在同時,黨又教導黨員說,普理是天生的低等動物,得要實施若干簡單的法例,以便控制他們。這說法並不矛盾,不過是雙重思想原理的運用而已。事實上黨對普理所知甚少。也不必知得太多。只要他們工作不懈,繼續生孩子,他們的其他活動也就不必多管了。你讓他們自生自滅的話,他們就會像阿根廷平原的牛羣一樣,回復到一種他們認為是原始自然的生活方式,類似先民過的日子。他們出生後,在貧民窟長大,十二歲開始工作,度過短短一段青春發育期間,二十歲結婚,三十歲就踏入中年,而大半死於六十歲。他們一天煩惱或記掛着的事,不外是消耗體力極多的工作、養兒育女、整理家務、為芝麻綠豆的事跟鄰居吵架、看電影、足球和喝啤酒。而興趣最濃的是賭博。

管這類人並不困難。在他們的圈子中埋伏幾個思想警察就成。他們的任務是散佈謠言,把有問題的危險分子暗記下來,機會一到就把他們蒸發掉。但黨可從沒有給他們灌輸英社的意識形態。普理實在並不需要強烈的政治意識。如果他們能保持原始的愛國思想,在必要時可藉報國之名,要他們加長工作時間或接受更少的配給,那已經夠了。即使他們有時不滿現狀,也不會帶來什麼麻煩,因為他們本來就沒有什麼概括性的思想,他們不滿的事實,因此也有一定的範圍。真正值得他們大鳴大叫的罪惡,他們倒沒有注意到。大部分的普理家中,連電幕也沒有。

普理的日常生活，民防警察也很少管。倫敦的犯罪案件相當多。黑吃黑的小偷和強盜以外，還有娼妓、毒販和各式各樣敲詐勒索的騙子。但只要犯罪案件在普理階層中發生，就沒有什麼值得大驚小怪的了。凡是與道德問題有關的事件，普理均可依照自己祖先遺留下來的律法去裁奪。不但如此，黨員所過的清教徒的性生活，也沒有強迫他們接受。他們即使亂搞男女關係，也不會受到懲戒。他們要離婚也可以。從上面的事實看，如果普理表示了意見，覺得需要宗教生活，那麼他們一樣會享受到信仰自由的。你實在不必猜疑他們有什麼越軌行動。正如黨的一句口號所說：「普理和動物都可以為所欲為。」

史密斯俯下身去抓靜脈疽。又癢起來了。說來說去，還是無法知道解放前的生活是什麼樣子的。他從抽屜取出一本跟柏森斯太太借來的兒童歷史書，在日記上抄下這一段：

在從前，在光輝燦爛的革命還沒有完成以前，倫敦不是我們今天所看到那麼漂亮的。那時候的倫敦，黑暗、骯髒、可憐透了。住在那兒的人，沒有幾個吃得飽。許多許多的人沒有鞋子穿、沒有房子住。比你還要小的孩子，每天要工作十二小時。主人家兇透了。工作稍微慢一點，就要捱皮鞭抽打。吃的東西呢，只是發了霉的麵包和清水。

> 在這貧窮骯髒的環境中，卻有一些富貴人家住的豪華房子，每家都有三十來個人侍候。這些有錢人就叫資本家。他們又肥又醜，臉肉橫生，就像下一頁插圖所描繪的樣子。你看到麼？他穿的那件長長的黑衣服就叫禮服，戴的那頂狀如煙囪的東西就叫禮帽。這就是資本家的制服，除了他們外別人是不許穿的。全世界每一樣東西都歸資本家所有，而每一個人都是他們的奴隸。他們擁有所有的房子、所有的土地、所有的工廠和所有的銀子。誰不聽他們的話，誰就得坐牢。要不然就是丟了工作，活活餓死。普通人要跟資本家說話，得打躬作揖，脱去帽子，恭恭敬敬的稱呼他作「大人」。這些資本家的頭子就叫皇帝。……

這故事下面要説的話都是史密斯熟悉的。譬如説拖着細麻布長袖子的主教、穿着貂皮袍子的法官——還有折磨犯人的頸手枷、腳枷、皮鞭和各式各樣的其他刑具。還有一樣大概在小孩的書中不會講出來的事：初夜權。資本家老爺歡喜，就可以跟任何一個在他工廠內工作的女工睡覺。

但你又怎知道上面所記的事，有多少是事實，有多少是謊言？如果説普通人的生活比革命前有改善，那也許還有幾分道理。可是你骨子裏的感覺，卻告訴你這不是事實。你憑本能就知道目前的生活，無法忍受，而從前跟現在一定有點不同。現代生活的特色，令他感受最深的，倒不是它的殘忍面與朝不保夕的恐懼，而是生活本身成了荒涼、灰暗和落寞的代名詞。只要你四周打量一下，就知道大家過的生活，跟電幕播出來的謊言固然風馬牛不相關，跟黨將來要完成的理想參照，也是遙遙不可指望。即使就黨員的生活而言，大部分的時間，都是在與政治毫無關連的瑣事上浪費掉。刻板的黨事做完後，就到地下車站擠位子，然後就縫補破襪、向別的同志乞討一片糖精，再不然就是搶救有剩餘價值的煙屁股。

黨所豎立的未來遠景可鉅大輝煌。到處都是鋼筋水泥建築物、機器龐大、武器殺傷力怕人。那時全國皆兵，個個思想極端、行動一致、口號相同。他們不斷工作、戰爭、取勝、迫害別人。三億人口，但只有一張面孔。

現實生活所見的卻不是這樣。他們住的城市，髒亂頹落，營養不良的市民穿着破洞的鞋子走路，住的是失修已久的十九世紀房子，遠遠就聞到包心菜的氣味和破舊廁所傳出的惡臭。史密斯眼前的倫敦，是個大廢墟，擺着百多萬個垃圾箱，其中有風塵滿面、頭髮稀疏的柏森斯太太，一籌莫展的看着那堵塞了的洗滌槽乾焦急。

他伸手到足踝去抓癢。電幕夜以繼日的向你耳膜轟炸，舉出數字證明今天的日子好過多了。食物和衣服的數量增加、居住的環境改善、娛樂節目也比以前精采。總之，大家比五十年前的人活得長久些、工作時間少些、個子大些、健康好些、強健些、快樂些、聰明些、受的教育也多些。黨説：今天成年人的普理中，有百分之四十認得字；解放前，只有百分之十五而已。黨又説：今天嬰兒的死亡率，一千人中只有一百六十個。解放前，則有三百個。這等於一個方程式上的兩個未知數。誰知道？説不定那些歷史書上的報導，包括大眾認為天經地義的事，真的是滿紙荒唐言。他自己也不敢肯定究竟有沒有「初夜權」這種法律，或者「資本家」這類人究竟存不存在。究竟有沒有「禮帽」這種東西？

什麼事都在煙霧中散去。歷史已一筆勾消，不留痕跡，謊言變為真理。他生命中只有一次抓到足以證明黨改史的確實證據。那是事發後才弄到手的，這才寶貴。他把那文件揑在手上揑了半分鐘。那該是一九七三年吧，總之這差不多是他跟凱思琳分手後不久的事。但真正與這事情有關的日期，應推回七八年前去。

這故事應從六十年代中説起，那時大清黨運動進行得如火如荼，許多原來的革命領袖都在那時期清除了。到了一九七〇年，除了老大哥外，其餘一個也沒留下來。各領袖不是被判叛國罪名，就是反革命。戈斯坦逃了，躲在什麼地方，誰都不知道。有些人失踪了。但大部分抓了去公審，認了罪後就蒸發掉。保留了性命的有三人：瓊斯、阿諾遜和盧瑟福。他們被捕時，一定是在一九六五年。正如跟以前發生過的案子一樣，他們失踪了一年多，死活不知，突然又出現公開自己的罪行，包括通敵(那時的敵人也是歐亞國)、盜用公款、謀殺黨的親信同志、陰謀傾覆老大哥早在革命前就已肯定的領導權、搗亂破壞，導致千千萬萬人無辜犧牲。他們招認了以後，黨不但頒了特赦，而且還恢復了他們黨員的身分，安排了聽來冠冕堂皇但實際上是虛銜的工作。三個人都在《時報》上發表了聲淚俱下的悔過書，分析自己離經叛道的理由和經過，最後答應一定要將功贖罪。

這三個人釋放了以後，史密斯在栗樹咖啡館也見過他們。這三個人物實在太有傳奇性了，但他雖然好奇，卻只敢用眼角瞧他們。他們比他年紀大多了，可說是古老世界的遺物，黨早年英雄史蹟最後的樣本。在他們的身上你還可看到當年英社黨打游擊和地下活動時光輝紀錄的餘緒。雖然有關他們生平和日期的記載在那時候已經模糊，在史密斯的印象中，這三個人成名要比老大哥早。事實是否如此，現在倒無關重要了。他們是罪犯、敵人和賤民，一兩年內準會在這世界上消失。沒有一個落在思想警察手裏的人逃得了大限的。他們實在是等着人家送回墳墓的屍體。

他們坐的檯子附近沒有別的酒客。大家都避免靠近他們，免受懷疑。三人默默坐着，面前擺着三杯摻了丁香葉的杜松子酒，這是栗樹咖啡館的出名飲料。三人中盧瑟福的外貌予史密斯的印象最深。他原是極有名氣的諷刺漫畫家，線條鋒利如匕首，在革命前和革命時期的作品極能煽動民眾情緒。現在他的東西偶然也在《時報》出現，只是題材不但炒冷飯，手法也了無生氣，一點也不動人。在他漫畫裏出現的，還是貧民窟的生活形象：餓飯的小孩、街頭上的打鬥。資本家都戴着禮帽——雖然生命的安全也得靠面前架起的鐵絲路障維護，他們還是戴着禮帽。總之，他在革命後所發表的漫畫，還是不斷有氣無力的纏着過去的包袱不放。他塊頭大，長着一頭濃密油膩膩的灰髮，臉皮打褶，嘴唇隆起。他以前準是個體格魁梧的漢子，只是現在除了肚皮鼓起外，身體各部都顯得下垂了，像一座山在你面前崩潰的模樣。

史密斯在咖啡館看到他們時，是十五點，冷清清的。他也記不起為什麼會在這個時間跑到這兒來。電幕傳出細碎的靡靡之音。他們紋風不動在角落的檯子坐着，悶不吭聲。侍者也不等他們招呼，自動給他們添酒。他們旁邊的檯子上有棋盤，棋子已經擺好，但一着也沒動過。突然，電幕節目換了，調子和音色也變了。代之而起的是一種難以描述的聲音，既像嘶鳴，也像調侃，沙啞得近乎陰陽怪氣。史密斯暗稱它為黃腔。接着有聲音歌唱了：

栗樹蔭下
我出賣你，你出賣我。
他們躺在那邊，我們躺在這邊
栗樹蔭下。

那三人動也不動。但當史密斯偷偷的瞧了盧瑟福一眼時，大塊頭的眼睛已噙着淚水。而也在這個時候他才注意到，阿諾遜和盧瑟福二人的鼻子，原來已經斷了。他心中顫慄了一下，雖然他自己也說不清楚究竟是被斷鼻子嚇壞了，還是聯想到後面的故事而害怕了。

不久他們三人又被捕了，據說是上次他們獲釋後，馬上又搞陰謀傾覆的勾當。第二次公審時，他們除了把前科罪行再說一遍外，又供認了一大堆新的罪名。跟着他們就被蒸發了。他們的命運入了黨史，以儆效尤。事隔五年後——這次他記得清楚是在一九七三年——史密斯拿起氣筒噴到他桌上來的一卷文件，翻到一張別人夾在其中而最後忘記撿回來的剪報。那是十年前《時報》的上半版，因此上面印有年份和日期。除文字外，還有一張黨的代表團在紐約開會的照片。中立者赫然是瓊斯、阿諾遜和盧瑟福三人。錯不了的，因為照片下的文字說明，就有這三人的名字。

可是這三人在兩次公審時都招認就在紐約開會這一天，他們都身在歐亞國本土上。供詞說他們在加拿大某秘密機場起飛，到西伯利亞某一地點與歐亞國指揮部將領會面，出賣重要軍事情報給他們。這日子史密斯記得清楚，因為正是六月二十四日，聖約翰施洗者的節日。這個紐約大會，別的國家一定也有詳細的紀錄。

那麼只有一個解釋了：三人的供詞，全是假話。

自然，這事情本身並不算得是什麼發現。十年前的史密斯，也不會相信在清算中犯死罪的人，實在幹了他們在供詞中招認的各種罪行。這次不同的地方，無非是他手上握有具體的證據。這是歷史被顛倒的一個證據，猶如地質學家在意想不到的地層撿到一塊化石，把已建立的理論推翻了。如果能夠把這事公諸於世，並說明黨這種措施所代表的是什麼心態，已足以使黨的名譽萬劫不復了。

他繼續埋頭工作。剛才他一看清楚這相片是怎麼回事時，他就用另外一張紙蓋着它。真運氣，他翻開這半版報紙時，背面是對着電幕的視野的。

他把拍紙簿擺在腿上，椅子推到後面，能夠離開電眼越遠越好。要面上喜怒不形於色不難，而且，只要你用些氣力，呼吸的輕重也可以調節。但心臟跳動的快慢可不容易控制了。電幕的收聽效果奇佳，聽得到的。他耐心靜坐讓情緒平伏，一直害怕這期間會有什麼意外事件出現，讓他原形畢露。譬如說，室內突吹來一陣風，把桌上文件吹倒。這就完蛋了。大概過了十分鐘後，他也沒有揭起蓋在上面那張紙，就把照片連同其他廢紙一起丟進思舊穴去。一分鐘內，歷史化為灰燼。

那是十—— 十一年前的事了。要是今天發生，說不定他會把照片留下來。奇怪的是，雖然這張照片和那半版文字今天已不存在，但他的手指捏過這張圖片的經驗，居然影響他一生。是不是因為他知道，一份如今已成灰燼的文件曾經一度存在過，他就覺得黨對歷史的控制，最少就他而言，不像以前想像的那麼萬無一失？

但今天即使你有魔力能把照片的灰燼重組起來，也不能用作改史的證據了。事實上，史密斯發現此照片時，大洋邦與歐亞國的戰事已經停息，因此盧瑟福三人通的敵，一定是東亞國的情報人員。再說，他們死後的歷史還有其他訂正——兩次或三次，他記不起來了。最大的可能是黨把他們的供詞改了又改，改得面目全非，使得原來的事實和日期，一點也沒有關連。歷史不但改變，而且不斷改變。最令他感到像做惡夢一樣難受的，是他從來不明白為什麼要花這麼大的工夫去做瞞天過海的事。他了解偽造歷史的顯明功用，但最終的目的究竟為什麼，他就有點不懂了。他拿起筆來，在日記簿上寫下：

我知道怎樣去做，卻不明白為什麼要做。

他懷疑自己究竟是不是瘋了。他以前也多次的這樣問自己。也許瘋子的定義不過是持異議少數的一個。從前如你相信地球繞着太陽運轉，這就是發瘋的證據。今天相信歷史不可抹煞的人也是如此。抱着這種信念的人，可能只有他一個。那麼他就是瘋子了。自己瘋了並不怎樣可怕。最可怕的是，你這種想法可能是錯的。

他拿起了那本借來的兒童歷史故事書，看了印在封面上的老大哥照片一眼。老大哥催眠的眼睛也瞪了他一眼。他馬上感到一股懾人的力量向他襲來，鑽入他腦袋、擾亂他神經、窒息他信仰。我們幾乎可以說，這股力量根本否定史密斯獨立知覺的存在。

總有一天黨會宣佈二加二等於五，你也得相信。二二得五這新發現黨遲早會發表的，這配合他們的邏輯。雖然沒有明言出來，但他們的哲學本質上是排斥經驗的可靠性和否定外界現實的存在。異端邪説，反成為普通常識。你獨持異見，他們殺了你，固然可怕，但更可怕的是他們的話可能是對的。你怎敢肯定二加二真的等於四？地心真的有吸力？歷史真的不可塗改？如果過去的經驗和外在的世界只存在我們的觀念中，而觀念可受控制——那麼？

不，不成！他的勇氣突然湧現。也沒有故意的去聯想到他，奧布賴恩的面卻在他腦海中浮現出來。他比以前更肯定的相信，奧布賴恩是站在他這一邊的。這日記是為他寫的——寫給他的。這日記像一封無休無止的信，雖沒有人會看到，但正因為落了上款，語氣和內容也因此有了準則。

黨要你排斥看到的和聽到的證據，這是他們最基本的命令。他一想到要面對衝着他來的龐大反對力量，就洩了氣。在辯論時，黨的理論家可不費吹灰之力就可把他擊倒。他們的辯正方法，玄得他連聽都聽不懂，遑論反駁了。可是，他是對的。他們錯了，他才是對的。明顯的、簡單的和不作偽的事實，一定要維護。真理就是真理，這一點不能放棄。地球是圓的，宇宙的軌跡不變。石頭是硬的、水是液體、地心有吸力。

抱着面對奧布賴恩講話的心情，同時也為了後世留下兩句重要的格言，他在日記寫下：

自由就是說二加二等於四。此理既立，餘者亦然。

8

走道盡頭傳來絲絲咖啡的香味，飄到街上。那是純咖啡的香味，不是勝利咖啡。史密斯不覺停下步來。在短短的兩秒鐘內，他又回到漸已遺忘的童年世界了。跟着聽到砰然一響，煮咖啡那家人的門關了，香味也隨之消失。

他在路上走了幾公里，靜脈疸抽動起來了。這是三個星期內第二次沒到公社中心的晚會了。開小差實在是不智之舉，因為誰在那天晚上缺席，他們都查得清清楚楚。照規矩講，黨員是沒有自由活動時間的，而除了晚上睡覺外，不應有個人行動。黨的假定是，如果你不是在工作、吃飯和睡覺，那你一定正在參加團體活動。此外你做任何使人想到離羣索居的事 —— 就說一個人出外散步吧 —— 都有危險。這種行動新語叫「私活」，意謂個人主義思想和怪癖行徑。但今天晚上史密斯走出迷理部時，實在難以抗拒四月間沉醉春風的誘惑。天空一片蔚藍，入春以來難得看到。相對之下，那漫長嘈雜的公社節目就更難忍受了。玩的遊戲既費氣力，又悶得怕人。此外還要聽演講，還要假惺惺一番靠着杜松子的酒意來培養同志間的情感。因此一時衝動之下，他離開了公車站，不分東西南北的在不知名的倫敦街頭漫步。

「如果還有希望，」他在日記上這麼寫過：「只有寄託在普理身上。」這些話在他腦中反覆出現，這說法看來疑真疑假，想來卻又荒唐。他已走到一帶褐灰色的貧民區，就在以前聖潘克拉斯車站的東北面。他走的那條斜街，是用圓石砌成的，兩邊有兩層樓的小屋子，破落的門口，直開到行人道上去，乍看好像鼠洞。路面石塊的縫裏是一灘灘污水。各屋子昏暗的門口和街上兩邊的橫巷子居然滿是人頭。嘴上擦着品質粗劣口紅的如花少女，追逐着如花少女的少男，讓你看到十年後這些少女會變成什麼樣子的臃腫婦人，和哈着腰、拖着八字腳走路的老人。還有衣衫襤褸光着腳在污水嬉戲一聽到母親斥喝，就作鳥獸散的小混混。這街上屋子的窗門，最少有四分之一是破裂得要用木板支撐着。

這些人對史密斯也不理會，只有兩三個用好奇的眼光看他一眼。兩個塊頭奇大穿着圍裙的女人，交叉着斑紅的手臂，在門口吱喳說個沒完。史密斯走近她們時，聽到其中幾句。

「『是呀，』我跟她講，『說來容易呀！』我說。『但如果你是我，你還不是跟我一樣的做。批評別人可容易呀！』我說，『可是你的問題跟我的不一樣呀！』」

「呀，對啦！」另一個接嘴道：「可不是，正是這樣！」

聒耳的聲音突然中斷。他打她們面前走過時，兩人都敵意的細看了他一眼。說來也不是什麼敵意，只算是一種警覺，一種看到不知名的野獸在你面前經過時的本能緊張反應。這地區平時想是不常看到黨員的制服。實在說，除非你有任務在身，不應在這種地區露面的。你若遇到巡邏警察，説不定要你停步。「同志，讓我看看你的證件。你在這裏幹嘛？你什麼時間下班的？你平常回家也走這條路麼？」——他們會問你諸如此類的問題。當然，沒有什麼法令説你不可以拐路回家，但如果思想警察知道，就會對你注意了。

驀地街上四邊起了騷動。大家奔走相告說趕快躲起來。各人連忙竄入門口，快捷得如野兔鑽洞。一個年輕的婦人在史密斯前面一個門口躍出，一把抓起在玩污水的小孩，用圍裙一裹，又一躍鑽回洞口，動作快捷得神出鬼沒。同時在這一剎那，一個穿着像手風琴樂師黑西裝的男子從一條橫巷冒出，直奔史密斯面前，緊張地指着天空嚷道：

「汽船！汽船！快炸了！趕快伏下！」

也不知道為了什麼原因，普理給火箭彈的諢名叫「汽船」。史密斯連忙伏身在地。普理的警告，通常準確得很。他們好像有第六感，能在幾秒鐘前就預知火箭彈的來臨，雖然這武器的速度比聲音還快。史密斯雙臂抱頭，接着就聽到一聲隆然巨響，幾乎地面都要跳起。不少零星物體掉到他背上。他站起來張望一下，才知道靠自己最近的一扇玻璃窗炸碎了。

他繼續向前走。火箭彈已炸毀了前面離此幾百公尺的幾座房子。天空冒着一股黑煙，地上灰塵滾滾，不少人已結集在那兒觀看。史密斯面前的走道有一小堆灰泥，中間好像有一條鮮紅的彩線。他走近一看，原來是一節人手的斷腕。除了斷折的部位還帶血絲外，整個手腕蒼白得像個石膏肢架。

他把這「東西」踢到溝渠去。為了躲過前面的人羣，他轉過頭從右邊一條橫街走出去。走不到三四分鐘的光景，已離開災區。街上熙來攘往，好像什麼事也沒有發生過一樣。這時快到二十點鐘，普理常去光顧的酒吧已擠得水泄不通。酒吧的旋轉門轉個不停，裏面的尿臭、鋸木屑和啤酒的酸味撲面而來。一家酒吧前面的挑棚下，三個漢子靠緊站着。中間那個拿着一份對疊的報紙，旁邊兩人也就挨着他的肩膊觀看。史密斯雖然還沒有靠近得看清楚他們的面上表情，但也可從他們全神貫注的模樣，猜出他們看的準是什麼重要的新聞了。史密斯還有幾步就到他們面前時，三個人突然站開。其中兩個開始吵架，來勢洶洶的，好像隨時會動武的樣子。

「你媽的聽我說好不好？我告訴你吧，十四個月來『七』字壓尾的從來沒中過一次獎！」

「中過，當然中過！」

「沒有就是沒有！在家裏我把兩年來的中獎號碼都記下來了，一次也沒有忘記。媽的，你聽着，『七』字壓尾的就從——」

「少廢話，老七贏過。我現在就告訴你，二月，二月的第二個星期中獎的號碼，就是四——〇——七！」

「二月你的娘！我寫得清清楚楚，就沒有號碼——」

「你們閉嘴，好不好？」第三個漢子忍不住說。

他們是為彩券的事爭吵。史密斯離開了他們三十公尺左右回過頭來看，他們還是吵得面紅耳赤。每週一次給人發大財機會的彩券，是普理唯一認真研究的公家大事。大概有數百萬的普理把彩券的存在視為活下去的主要理由——如果不是唯一理由的話。彩券是他們快樂的泉源、愚昧的明證、止痛的靈藥和知性的刺激。只要是涉及彩券的事，平日連自己姓名拼寫也有困難的人，居然能作起複雜的數學問題來，記憶力也出奇的準確。成千上萬的人就靠精研「彩券學」維生，出售指南、預測這類冊子和靈符驗方。

史密斯的工作與彩券的經營無關，因為負責這玩意的單位是迷裕部，但他知道(其實黨內每個人都知道)大部分的獎額是虛構出來的。只有小獎才真付錢。中大獎的人都不存在。住在大洋邦東區的人與西區的根本沒有什麼名副其實的交往，這種瞞騙的事，也就容易安排。

如果還有希望，只有寄託在普理身上。你必須堅信這點。這話你寫下來，你可能只覺得合情合理而已，但只要你看一看街頭上跟你擦身而過的人，這話就成了一種信念了。他剛才拐入的橫街是下斜坡的小路。好像以前到過這區域，附近就有一條大道。前邊什麼地方突傳來一陣呼喝聲。小路盡頭是個大拐彎，走下一層石階就是一條凹陷的巷子，裏面有幾個販賣脫皮缺葉蔬菜的小攤子。史密斯記起來了。這窄巷通到大街，再轉一個彎，不消走五分鐘就是那家舊貨店。他那本現在用來寫日記的本子就在那兒買的。而他那支羽毛筆桿和那瓶墨水，也是在離舊貨店不遠的一家小文具店買的。

他在石階上層停了下來。窄巷的對面是一家陰暗的小酒吧，玻璃窗看似蓋上薄霜，其實只是久未拭擦的灰塵。一個傴着背但行動尚算敏捷的老頭推開旋轉門走進去。他霜白的小鬍子像飛蛾的觸鬚一樣翹起來。史密斯看着這老頭進去時，突然想到他最少也有八十歲了，因此革命期間他已是中年人。像他和他這把年紀的人，也就是接連行將消失的資產世界的最後幾個環節了。黨內就沒有幾個人的思想是在革命前形成的。老一輩的在五六十年代大清算時已經除掉，碩果僅存的幾個，早就嚇得交了心，不敢再談什麼知性問題了。如果你要找一個活着的人給你講革命初期的真實情況，那非普理莫屬。

一下子他在日記上抄下那段兒童歷史故事浮於腦際，而他也無法按捺得住心頭那陣瘋子似的衝動。要跟着老頭進酒吧，跟他搭關係，然後問他問題。他會這麼問：「請你告訴我你童年是怎樣過的？那種生活像個什麼樣子？那個時候的日子是否比現在好過？還是比現在難受？」

他馬上走下石階，穿過窄巷，生怕稍一耽擱就會膽怯改變主意。當然，這是瘋狂行為。不用說，黨沒有明文禁止你到普理出沒的酒吧喝酒，也沒有阻止你跟他們談話。可是這事實非尋常，總有人注意到的。如果碰到巡邏警察，他可以裝說突然感到噁心得要昏倒，所以才進來歇一下。可是他們又怎肯相信？

他一推門進去，就聞到一陣撲面而來的酸啤酒惡臭的乳酪味。大家一見他進來，談話的聲量馬上降低。他覺得背後每個人的眼睛都好像盯着他的藍制服。房間的另一角落本有幾個人在玩投鏢遊戲的，看到他進來，也就停手差不多半分鐘。

比他先進來那老頭站在櫃檯前面，與酒保鬥起嘴來。酒保高大個子，鷹鈎鼻，胳臂粗大。不少酒客擎着杯子圍着他們看熱鬧。

「我是客客氣氣的問你的，是不是？」老頭挺直了肩膊，氣呼呼的說：「你居然告訴我你這酒吧找不到一個一品脫的杯子！」

「娘的，什麼叫品脫？脫品？」酒保手指按着櫃面，挨近身子問道。

「你聽聽！他自稱酒保，連什麼叫品脫也不知道。一品脫就是半夸脫，四夸脫就是一個加侖！你真該再唸幼稚園！」

「少嚕嗦，什麼品脫夸脫，從未聽過，」酒保沒好氣的說：「我們賣的是一升或半升。杯子就在你面前的酒架上。」

「我要一品脫，不多不少，」老頭不甘示弱的還嘴道：「你沒杯子也成，就倒給我一品脫的份量好了。什麼一升半升，我們年輕時沒聽說過這種鬼東西。」

「你年輕時我們還在樹上過活呢！」酒保向其他酒客眨眨眼說。

眾人轟然大笑，剛才史密斯給他們帶來的戒備心全解除了。老頭的臉長着霜白的密麻短髭，此時氣得一臉通紅。他轉身要走，口中還是咕噥個不停，與史密斯碰個正着。史密斯輕輕的用手扶着他。

「我請你喝一杯，好不好？」他說。

「呀，好一個君子，」老頭又伸了伸肩膊說。他好像沒注意到史密斯的藍制服。過後，他轉過頭去有理不讓人的對酒保說：「一品脫，一品脫黃湯！」

酒保拿了兩個粗厚的玻璃杯子，在櫃檯下面的水桶沖洗了一下，就盛了兩份半升的棕黑色的啤酒。在普理酒吧內，你能夠喝到的就是啤酒了。理論上說普理是不許喝杜松子酒的，雖然誰要喝都有辦法弄來。玩投鏢遊戲那個角落又熱鬧起來了，其他酒客又為彩券的事高談闊論。他們顯然一時已忘記史密斯的存在。靠窗的地方是一張松木檯，在此跟老頭聊天不怕別人會聽到。危險總是危險的，但最少房間內沒設電幕。這一點史密斯一進來時就看清楚了。

「那傢伙大可以給我倒一品脫來的，」老頭坐下來後，又嘮嘮叨叨的說：「半升不夠，不過癮。一升又太多，膀胱受不了。價錢當然也是問題。」

「從你年輕時到今天，你一定經歷過不少變化了。」史密斯試探着說。

老頭淺藍色的眼睛，從投鏢板移到酒吧各座位，又從座位移到男廁的門上，好像要從這些地方找出變化的痕跡。

「那時的啤酒比現在的好，」老頭最後答腔了：「也便宜些。我年輕的時候，淡啤酒——我們那時叫黃湯——只賣四便士一品脫。當然，那是戰前的事了。」

「哪個戰前？」

「都一樣，這麼多戰爭，哪搞得清楚。」老人含糊的說，然後舉起杯子，又挺了挺肩膊：「祝你身體健康！」

他突出的喉核在瘦長的脖子上下滾動得奇快，呃，啤酒光了。史密斯到櫃檯去又要了兩份半升啤酒。老頭顯然改變了反對喝一升酒的死硬態度了。

「你比我年紀大多了，」史密斯說：「在我還未出生前，想你已是壯年。你一定記得革命前的日子是怎樣的。我這種年紀的人，對從前的事真的一點也不知道。我們只能看書，但書上說的事未必可靠。這就是我想聽聽你意見的緣故。歷史書說，革命前的生活與目前完全不同。那時百姓挨窮、受迫害、人間毫無正義可言——總之，情況壞得超乎我們的想像力就是。就拿倫敦來說，大部分人從生下來到死，從未真正吃飽過。半數人以上得光着腳板走路。一天工作十二小時，九歲後就再無受教育的機會，晚上十個人睡一間房。但同時有少數人，大概為數不過數千吧，呃，他們叫『資本家』，卻有錢有勢，要什麼有什麼。住高樓大廈，奴婢成羣，出入汽車馬車代步，喝的是香檳酒……戴禮帽……。」

老頭聽到這裏，眼前一亮，馬上插嘴道：

「呀，禮帽，真怪，你也提到這東西，昨天我也想到禮帽呢，鬼才知道為了什麼原因。我只想到，好多年沒看到這東西了。絕跡了，一定絕跡了。我最後一次戴禮帽，是為了參加姊姊的葬禮。唔，我記不起是哪一年了，總該是五十年前的事吧。當然，禮帽不是買的，租來應付應付而已。」

「問題不在禮帽本身，」史密斯耐着性子說：「問題是，這些資本家，靠着律師、教士和其他特權人物撐腰，為所欲為。什麼東西都是為了他們的利益而存在。像你這種普通老百姓和工人，就是他們的奴隸。他們要怎樣擺佈你，就怎樣擺佈你。他們可把你像牛馬一樣運到加拿大。如果他們看中你的女兒，就可以跟她睡覺。他們可以叫人用鞭子打你。你走過他們面前，就得脱去帽子。每個資本家出外，總有一羣走狗跟隨，聽他——。」

老頭的面又見光采了。

「走狗！」他幾乎叫出來：「喏，對你說，這又是一個我好久沒聽到的字眼！走狗！這真可把我帶回舊時代了。我想想看，呀，好像千萬年以前的事了。那時我偶然在星期日下午散步到海德公園去聽那些笨蛋演講。救世軍啦、天主教徒啦、猶太佬啦、印度阿三啦，總之各式各樣的人物都有就是。其中的一個笨蛋——抱歉，名字忘了，他呀，真會說話！一點沒騙你。你猜他怎麼說的？『走狗！資產階級的走狗！統治階級的奴才！』還有，對了，他愛用的另一個字眼是『寄生蟲』，對了。哦，還有——是了，『狼心狗肺』！當然，你知道，他這些話都是針對工黨說的。」

史密斯覺得他們的談話真是牛頭不對馬嘴。

「我想知道的是，」他說：「跟以前的日子比較，我們的自由是多了？還是少了？現在你受的是人的待遇麼？從前的有錢人，就是那些高高在上的人——」

「上議院，」老頭打岔說。

「好的，就說上議院吧。我問你的問題是，這些人所以能夠把你像狗一般的看待，就因為他們有錢而你是窮光蛋？譬如說，你走過他們面前，得脫下你的帽子，恭恭敬敬的稱呼他們一聲『大人』，可對麼？」

老頭好像沉思着，等把第二杯啤酒喝了四分之一後才答說：

「對的，他們最少要你點點帽子為禮。我自己一點也不習慣，但還不是乖乖做了，有什麼辦法？」

「我在歷史書看到，這些人和他們的走狗常常把你們從行人道推到水渠去，有沒有這回事？」

「最少有一個人推了我一次。現在想來就好像昨天才發生似的。那天晚上是『賽船夜』，鬧得真不像話。我在莎夫茨伯里道跟一個笨蛋迎頭碰個正着。他穿得可體面，白襯衣、禮帽、黑大衣。他走路時左彎右拐的，冷不提防，我就撞到他了。他說：『你走路不帶眼睛？』我說：『這條路是你買下來的麼？』他說：『你再敢放肆，看我扭不扭斷你頭？』我說：『你醉了，等會我送你到警局。』嘿，想你也不相信，他一手瞧着我胸口，狠狠的一推，幾乎把我推到一部正駛過來的公車底下去！那時我血氣方剛，真想把他幹了，只是——」

史密斯越聽越覺得拿他毫無辦法。這位老先生記憶中的東西，都是毫無意義的細節。再聽他講一天，也聽不出什麼究竟來。黨的歷史記載，這樣說來有點道理了。說不定不但有道理，而且全部可能是真的。

但他還要最後試一次。

「也許我的話沒說清楚，」他說：「我的意思是這樣：你活了一段長長的日子，你在革命前的社會長大，是不是？就說在一九二五年吧，你已是成年人。憑你的記憶，你比對一下，一九二五年時的生活比今天要好還是壞？或者說，如果由你選擇，你要過今天的生活呢？還是回到舊時？」

老頭若有所思的看着投鏢板。他把啤酒喝完，動作比先前慢了點。他張嘴說話時，頗有哲學家洞明世事的神氣，好像啤酒已使他變得溫馴起來。

「我曉得你要聽的是什麼話，」他說：「你希望我說：『唉，要是能夠再年輕一次就好了』，是不是？大多數人都會這麼想。年輕人身壯力健。你如果活到我這把年紀，就會知道身體上沒有一樣是對勁的。我的腿不聽我指揮，膀胱呢，那更不用說了。每天晚上要起來六七次。可是，你要聽我說，年紀大了也有些好處的。至少要煩心的事就與年輕人不同。譬如說，不必再愁怎樣去討好女人，那可省了不少事呵。你相不相信，我差不多有三十年不近女色了。想也沒想過。」

史密斯背靠窗臺而坐。再談下去也不過是白費時間而已。

他正要準備再買一份啤酒時，老頭突然站起快步走到廁所去。那額外的半升酒顯然發生效果。史密斯默默的對着面前的空杯子發獃。過了一兩分鐘後，他不自覺的就跑了出來。不到二十年後，他想，像「革命前的日子比現在好過麼」這個極其簡單但再重要不過的問題，再也沒有人可以回答了。其實，即使現在也回答不出來，因為剩下的幾個遺老已無法把新舊兩個世界的情況作什麼比較。他們記憶中的東西，瑣碎無聊：那天跟同事吵架、丟了的腳踏車唧筒怎樣找回來、一個死去多年的姊妹的面上表情、或七十年前一個多風的早晨捲起的沙塵漩渦。但關係最大的事件，他們卻一無所知。他們真像螞蟻，眼前除了芝麻小事，別的一概視而不見。到大家記憶消失而文字記錄全部「訂正」後，黨說革命後生活水準提高，你也只好相信了，因為除了目前的生活，再無任何其他生活標準給你作比較。

他紊亂的思緒突然中止，停下步來舉頭一望，原來已走到一條狹小的街道上，兩旁除了住家外，還有幾家零零星星的小商店。在他面前的一家，懸着三個褪了色的鐵球，看樣子以前是鍍金的。這鋪子似曾相識。怪不得！這就是那家賣日記簿給他的舊貨店呵！

此時他有點害怕起來。到這兒來買那本簿子已是冒險不過的事。自己不是發過誓永不涉足此地麼？可是腦袋猶豫不決的當兒，兩條腿已不由自主的走到這兒來。他開始寫日記的動機，原是為了防止這種自殺性的衝動。差不多二十一時了，這店還是開着。他想到站在行人道上反惹人注目，乾脆就踏進鋪面去。要是巡邏警察盤問，他可以說是來這裏買刀片的。

店主剛點上油燈，要掛起來，氣味雖不好受，但予人一種溫暖的感覺。他約莫六十歲，身體纖小，背有點駝，鼻子長而方正，眼鏡片厚厚的，仍掩蓋不了柔和的目光。頭髮幾乎全白了，但眉毛還是濃黑的。他的眼鏡、溫柔得近乎吹毛求疵的舉動，特別是他穿的那件陳舊的黑天鵝絨外套，都多少帶有一種知識分子的氣質。他可能是個文人，或者是音樂家吧？他的聲音軟得近乎飄逸，口音不像一般普理那麼粗糙。

「你站在門口時我就認得你，」店東對史密斯說：「你就是那位跟我買那本小姐用的紀念冊的先生！那冊子的紙張可漂亮呵。從前，那種紙張叫『粉紙』。這一類的東西少說也絕跡五十年了。」說到這裏，他的眼睛爬過了下垂的老花眼鏡，打量了史密斯一下，然後問道：「你想到了要買些什麼東西麼？或者只是隨便看看？」

「我路過這裏，隨便進來看看，」史密斯胡亂應對着說：「沒有什麼特別的東西要買的。」

「這也好，因為我實在沒有什麼東西會令你滿意的，」他攤了攤柔軟的掌心，帶歉意的說：「你也看到的了，鋪子空空的，是不是？不妨坦白對你說，古董舊貨這門生意，也快完蛋了。根本沒有幾個人要買舊東西。要買也沒有現貨供應。家具、瓷器、玻璃，破的爛的也七七八八。金屬做的器皿呢，不消說，都熔掉來做別的東西。説來我也多年沒看見過黃銅製的燭臺了。」

事實上這店子裏面擺滿了各式各樣的東西，只是幾乎沒有一樣東西值錢的就是。地板的空間尤見狹小，因為牆壁的四邊堆滿了塵封的畫框。窗臺上放了一盤盤的螺帽、螺栓、破鑿子、缺口小刀、年久失修的手錶和其他雜七雜八的東西。只有靠角落一張檯子擺着的小玩意——如漆鼻煙盒子、瑪瑙胸針等——也許還有值得一看的東西。史密斯緩步走過去時，視線為一圓滑物體吸引，這東西在油燈下發着柔和的光輝。

他撿起來看。這是一塊沉重的水晶玻璃，一邊扁平一邊隆起，差不多是半球狀。它的色澤與結構都很別緻，給人一種雨水的滋潤與柔和的感覺。玻璃塊隆起部分的作用等於一面放大鏡，史密斯因此清楚地看到此物裏面有一彎捲起來的東西，像玫瑰，也像海葵。

「這是什麼東西？」史密斯問，迷住了。

「珊瑚瑪瑙，」店東説：「一定是從印度洋來的。他們以前愛把這東西鑲在玻璃塊內。我想這是一百年前的工藝品吧，看樣子還不止一百年呢。」

「真美，」史密斯説。

「嗯，真美，」店主賞識的附和着説：「可是今天有這種眼光的人也不多了。」他咳了一陣，隨後又説：「喏，你要買的話，就付四塊錢吧。我記得以前像這麼一塊東西，最少也可賣個七八鎊——唔，一鎊等於今天多少元，我也不會算了，總之不少錢就是。可是現在誰還有興緻買古董呢？實在剩下來的也沒有幾件了。」

史密斯連忙掏出四塊錢給他，跟着就把這心愛的東西放入口袋。令他着迷的，固然是這東西的美，可是更吸引他的，卻是它氤氳着的思古幽情。這種油光水滑的玻璃，他生平沒有見過。論實用價值，這東西派不上什麼用場，雖然他猜想得到當時的人大概多用來壓紙張文具的。但史密斯覺得它特別可愛的地方，正因它毫無顯著的實用價值。

這東西塞在口袋，重死了，幸好並沒有怎樣鼓起來就是。無論如何，一個黨員收藏這樣一塊東西，不但有點怪怪的，同時也可能會惹禍上身。任何舊的東西、美的東西，都會引人注意和懷疑。那老店東從他手上接過四塊錢後，面露喜色。史密斯這才想到，給他三塊、甚至兩塊，他也肯賣的。

「樓上還有一個房間，你有沒有興趣看看？」老店東問：「除了幾件家具，也實在沒有什麼東西了。如果你要看，我得點燈。」

他又點了一盞油燈，傴着背拾級走上陡狹破舊的樓梯。通過一條細小的走道後，就到了一間背街的房子，窗前是砌石的後院，可以看到一連串煙囱的管帽。史密斯注意到房間家具的各種擺設，都給人起居如常的樣子。地板上有一條地毯，牆上掛了一兩張畫，靠壁爐處還有一張老爺扶手椅子。壁爐架上是一個十二小時計算的玻璃鐘，滴答滴答的響着。臨窗的一角，是一張大床，佔了全房差不多四分之一的面積，床墊還保留着。

「我太太逝世前我們都住在這裏，」老店主用近乎抱歉的口吻說：「現在我打算把家具零售出去。喏，如果你把臭蟲弄掉，這張床可漂亮，紅木做的呢。可惜就是笨重了點。」

說着，他把油燈提高了一下。在柔和的燈光下，這房間可真誘人。史密斯突然想到，要是每週肯花幾塊錢，就可以租下這個房子。問題是他敢不敢冒這個險。這主意實在有點荒唐了，他一下子也就放棄了。但這房子的一切，又一次引起他思古之幽情，勾出他一些原始的記憶。他想像得到以前的人坐在這樣一個房間裏是什麼滋味。壁爐生着火，你癱坐沙發椅上、雙腿擱在壁爐前面的圍欄、鐵架上吊着一壺開水。只有你一個人，卻有充分的安全感，因為你知道沒有人會監視你，沒有聲音跟蹤你。房間除了水壺噴出來的音樂與玻璃鐘的滴答滴答聲音，此外一片寧靜。

「沒有電幕啊，」史密斯忍不住低聲的說。

「哦，我從來沒買過這類東西，」老人說：「太貴了，再說也不需要。你看，這邊還有一張摺疊式的桌子，只是你要用時得裝上新的鉸鏈就是。」

另一角落還有一個小書架，史密斯如獲至寶的就走過去。架上擺的，都是廢物。搜查與焚燒舊書的命令，執行得非常徹底，普理區域也不例外。你在大洋邦各地，再也難找到一本在一九六〇年前出版的書籍了。老店主在床對面掛在壁爐旁邊的一張裝在青花木框架內的圖片前站着。

「你對舊圖片有沒有興趣？」他試探性的問道。

史密斯走過去看看。那是一張鋼板雕刻：一座橢圓形的建築物，窗子長方形的，前面是一個小塔。這建築物的四邊裝有扶手欄杆，後面看似是個雕像。史密斯凝望了好一會，好像在哪兒見過的，雖然記不起那雕像是誰了。

「這架子是嵌在牆上的，」老人說：「當然，你要的話，我可以把螺絲釘取出來。」

「我認得這座房子了，」史密斯終於說：「現在已經塌了。就在正義宮外面那條街的中間，是不是？」

「對啦，法院的外面，多年前炸毀了。以前是教堂，聖克萊門特教堂，」老人歉意的笑了笑，好像自己也知道所講的事有點荒謬。接着，他又哼着：「橘子與檸檬，吟着聖克萊門特的鐘。」

「那是什麼？」史密斯問道。

「哦，橘子和檸檬，吟着聖克萊門特的鐘——這是我小孩時唱的歌謠。其餘的記不起來了，結尾倒沒有忘記。是這樣的：『這是亮你床頭的蠟燭，那是斷你人頭的砍刀！』小孩子邊唱邊舞，手連手拱起來讓你從下面穿過。唱到『那是斷你人頭的砍刀』時你剛好在下面，他們就鬆手把你抓住。這歌每句都提到教堂的名字，全倫敦的主要教堂都在裏面。」

史密斯很想知道聖克萊門特教堂究竟建於哪一個世紀的。

倫敦建築物的年代實在不容易弄清楚。任何宏偉的建築物，只要樣子還算新的，黨一定說是革命後的建築。而任何較古舊的房子，一定是中世紀黑暗時代的遺物。資本主義當道時那幾百年，什麼有價值的建築物也沒有留下來。你要從建築物認識歷史？那等於你要從書本獲知古舊世界真相一樣的不可靠。雕像、題詞、碑文、街道的名字——凡是可以使人聯想到過去的痕跡，都經有計劃的改頭換面了。

「我一直不知道那房子原來是教堂，」史密斯說。

「剩下來的教堂，實在還不少，」老人說：「只是現在再沒有教堂就是。好吧，那首歌謠還有什麼句子？呀，我記起來了！

橘子與檸檬，
吟着聖克萊門特的鐘；
你欠我三花定，
響着聖馬丁的鈴。

我記得的，也就是這麼多了。花定是一個銅板，和現在的一分錢差不多。」

「聖馬丁教堂在哪裏？」史密斯問道。

「聖馬丁？呀，今天還在呢，就在勝利廣場嘛，與畫廊並立，就是三角門廊，前面有不少柱子和一道長長的石階那棟。」

史密斯曉得了。現在的聖馬丁是博物館，陳列着各式各樣的宣傳資料，如火箭彈和浮游堡壘的模型、描述敵人殘忍無道的蠟像等。

「以前那地方叫『在田間的聖馬丁』，雖然我從來沒有在那兒附近看見過什麼稻田。」老人補充說。

史密斯沒有買那張鋼板雕刻。這東西比剛才買的水晶玻璃更惹人注目了。再說，除非把框架除下，根本無法帶回家。他在店裏盤桓了幾分鐘，相談之下，才知店東不叫威克斯先生（店子門口刻着的姓名），而是查靈頓。他是個六十三歲的鰥夫，在這店子已住了三十年。他一直就要把門口刻着的名字改過來，可是折騰到今天還沒動手。史密斯嘴巴雖忙着和查靈頓聊天，心中卻唸着那幾句快要忘掉的歌謠——「橘子與檸檬，吟着聖克萊門特的鐘；你欠我三花定，響着聖馬丁的鈴！」可真怪了，你心裏唸着時，就彷彿真的聽到鐘聲——那個已經消逝了的倫敦的鐘聲，仍然在某個被遺忘的角落在你耳畔響着。從一個鬼影似的教堂的尖頂傳到另一個尖頂，他好像聽到鐘聲雷鳴。事實上就他記憶所及，他從未聽過教堂的鐘聲。

他擺脱了查靈頓先生，一個人走下樓梯。他不想這老頭兒看到他出門前揣摩着要走的方向。他已決定了在適當時機（大概一個月以後吧）再來這裏。其實這比在公社中心缺席一個晚上也危險不了多少。最愚蠢不過的事，莫如跟一個完全不知是否可以相信的店東買日記簿，然後重臨舊地。他已經做了。可是——。

是的，他還要回來，還要買「美得可以」的廢物。他要買聖克萊門特教堂的鋼板雕刻，從框架拿出，埋藏在制服的上衣內帶回家。他要繼續發掘查靈頓先生的記憶，把歌謠的全部詩詞學會。要把房間租下來的瘋狂念頭，又一次浮現於腦中。大概有五六秒鐘之久，他興奮得大意起來，出門前忘了先在窗口張望一下。他甚至把剛才聽來的歌詞即興的亂哼起來：

橘子與檸檬，
吟着聖克萊門特的鐘；
你欠我三花定，
響着——。

還未唱完，心頭已結了一層冷霜。在面前不到十公尺的地方，有一穿着藍制服的人朝他方向走來。子虛科那個黑髮女郎！燈光雖暗，但他一下子就認出她來。走到他面前時，她瞪了他一眼，然後又若無其事的快步跑開了。

史密斯一下子覺得全身癱瘓，動彈不得。好一會，他才轉身往右邊走，全沒注意到他走的是回家的相反方向。無論如何，他心中的疑團得到解答了。這黑髮女郎在監視着他。她一定跟蹤着他到這兒來的。這裏離任何黨員的住宅區也有幾公里，不可能說她在同一個晚上湊巧也在這樣一些橫街窄巷上散步吧？那真是太巧合了。她是思想警察？還是好管閒事的業餘探子？這時已無關重要了。她監視他、跟蹤他，這才是問題的關鍵。說不定她還看着他走進酒吧的。

走路非常吃力。每走一步，口袋裏那塊玻璃就擂他一下。他幾乎忍不住要拿出來丟掉。更難受的是肚子的脹痛。「在一兩分鐘內如果還找不到廁所，不如死了乾淨，」他想。但這種地區是不設公廁的。幸好抽搐的痛楚終於過去，只剩下一種麻木的感覺。

史密斯走的是一條死巷。他停了步，盤算了一下，然後掉頭再走。他轉身時才想到，那女郎三分鐘前才和他擦身而過，如果他此刻加快腳步，說不定會趕上她。他可以尾隨着她，到一偏僻的地方再用石塊把她腦瓜打碎掉。身上帶着那塊水晶玻璃正管用。可是這念頭一下子就過去了，因為費勁的事，連想一下也覺得吃力。一來他不能跑，二來連拿石塊去擊人的勇氣都沒有。再說她年輕力壯，準會還手。

他也想過要不要趕回公社中心，在那兒流連到關門為止，這樣最少會給自己留下半個晚上的現場證據。可是連這一點也辦不到。他現在渾身慵倦，只想早些回家靜坐下來。

他抵家時已是二十二點。電源的總開關二十三時半就關上。他直跑到廚房，倒了差不多一茶杯份量的勝利酒一口飲盡，然後再到桌子坐下，從抽屜取出日記簿來，卻沒有翻開。電幕內有女人用黃銅似的聲音高歌愛國歌曲。他眼睛一直盯着日記簿的雲石封面，盡力把這黃銅聲音摒諸意識之外，但是一點氣力也沒有。

他們通常都在晚上抓人的。最妥善的辦法是在他們出現前自殺。不少人一定已這麼做了。許多失蹤的人，其實都是自殺死去。在大洋邦自殺需要無比的勇氣，因為手槍等武器固然弄不到，就是快速有效致人死命的毒藥也闕如。他體悟到肉體感到的痛苦和恐懼多會摧毀人的意志，更認識到每在你需要採取一種特別的行動時，自己的身體卻不爭氣，一下子就整個崩潰。剛才要是他動作快一些，說不定就可以幹掉那黑髮女郎，可是一想到面臨的危險，就失去勇氣了。由此他更想到一個人面臨危機時，要抵抗的通常不是外在的敵人，而是自己的身體。即使現在喝了杜松子酒，他心情仍受到腹中麻木痛楚的干擾，不能作有系統的思想。其他看來轟轟烈烈或悲壯感人的場面，也一定經過這類考驗吧。在戰場、在刑房或在一條下沉的船上，你要犧牲奮鬥的目標常會忘掉，因為你全部的精神和體力都集中到軀殼上。即使你沒有被恐懼所癱瘓，你沒有痛得搶地呼天，剩下來的生命也不過是每分每秒與饑寒鬥爭、與失眠糾纏、與壞肚子和牙痛交戰的經驗而已。

他打開了日記。一定得寫些東西。電幕上那女人已換了一支曲子。她的聲音好像玻璃碎片一樣扎在他腦海中。他盡力把思想轉移到奧布賴恩去，這日記是為他寫的，給他寫的。可是他想到的，卻是思想警察把他抓去後可能發生的事。如果他們一下子就把你蒸發掉，那沒關係，反正抓到了就難逃一死。可是死前(沒有人會提到這些事的，雖然誰也知道有這些事)總有例行的招供程序要抵受——匍匐在地、屈膝求憐、骨頭折碎、牙齒斷落、頭髮結着血塊。既然結果都一樣，你為什麼要忍受這些？少活幾天或幾個禮拜不成麼？從來沒有一個受監視的人逃得掉，從來沒有人拒絕招供。一旦犯了思罪，總有一天就遭受到蒸發的命運。既然恐懼改變不了既定的命運，為什麼要拖延活下去呢？

他的思想，慢慢終於集中在奧布賴恩的身上來。「我們將來會在沒有黑暗的地方見面，」對的，他對史密斯説過這句話。他知道這話的意思，最少他認為自己聽懂了。沒有黑暗的地方就是想像中的未來，永遠看不到的未來，但憑着一種神秘的預感，卻可以參與。

電幕的聲音還在耳邊嗡嗡的響個不休，他無法再思索下去了。他燃了一根煙，一不小心，半根菸葉倒在舌頭上。説菸葉不對，應説是「菸沙」，一沾在舌頭就不容易吐出來。老大哥的形象此時湧入腦際，取代了奧布賴恩了。就像幾天前一樣，他從口袋摸出一個銅板，看了一眼。那張厚厚的臉往上瞧着他，冷靜中帶着關懷備至的神情，但誰曉得埋藏於黑髭後面是什麼一種笑容？那三句口號，又像喪鐘一樣的激盪於胸中：

戰爭是和平

自由是奴役

無知是力量

第二部

本來不存希望，
心事化作春泥。
誰人巧言令色，
使我意馬難收？

9

一天早上，上班的時間大概過了一半，史密斯離開辦公室到廁所去。

燈光明亮的長走廊，只有他一人。突然走廊的另一端有人出來，朝他這邊走。黑髮女郎！自那天晚上在舊貨店門口遇見她後，已有四天沒碰面了。她走近他身前時他才注意到她的右手懸着一條紗帶，顏色與制服一樣，因此剛才看不出來。準是她操作製造小説情節的「萬花筒」機器時受傷了。在子虛科內，這種事常會發生。

離史密斯差不多四公尺時，黑髮女郎迎頭摔了一跤，痛得尖聲大叫。她一定撞到右手的傷口了。史密斯停了步，她也半跪着的站起來，臉色慘白，兩片嘴唇看來更紅潤了。她乞援的一直望着史密斯，但看來惶恐的神色比痛苦的表情還要明顯。

史密斯的心情一時難以分析。站在他面前不正是要置自己於死地的敵人麼？另一方面，她也是人哪，受着痛楚的折磨，説不定骨頭已經斷了。他已本能的上前要扶她了，剛才看着她吊着紗帶的手墮地時，好像自己的身體也感到疼痛似的。

「有沒有摔傷了？」他問。

「沒關係。我的手臂……一會就沒事了。」

她説話的聲音有點顫抖，好像心臟跳個不停。臉色實在蒼白得很。

「你沒摔斷骨頭吧？」

「沒有，真的沒事，只痛了一陣。」

她伸出左手給他，臉色已開始恢復，看來好多了。

「沒關係，」她又再説一遍：「只是肘子震盪了一下。同志，謝謝呵。」

説完後她就繼續朝她原來的方向走，腳步輕快，好像什麼事也沒有發生過一樣。此事從頭到尾，也不過短短半分鐘。面部不露任何表情，已成了大家本能的習慣。再説，他們剛才站的地方，正好是電幕前面。話雖如此，剛才史密斯説不定露出一兩秒鐘驚奇的神色，因為他伸手扶那女郎時，她塞了一點什麼東西給他。這準是她有意塞給他的。那東西很小，平平扁扁。他走進廁所時，就把那東西塞進口袋，用手指捏捏，原來是一張摺成方塊的紙！

站在尿池前面時，他用另一隻手把這方塊在口袋裏打開。一定是字條之類的東西。他幾乎忍不住要進抽水馬桶間打開來看，但最後還是忍住了，因為他知道這是愚蠢不過的事。如果你要指出一個電幕眼在二十四小時內都看着你的地方，那就是抽水馬桶間。

他回到小室坐下，把那紙片隨便的丢在桌上的一大堆文件上，然後戴上眼鏡，把說寫器拉到面前。「等五分鐘，」他心裏說：「最少五分鐘！」他的心忍不住怦怦的跳動着，幸好他正在處理的文件是例行公事，訂正長長一串數字，並不費神。

不管紙上說的是什麼，總與政治有關就是。他能猜到的只有兩個可能。一是他一直擔心的事：女的是思想警察。他想不通思想警察為什麼要用這種方式去傳達命令。看來一定是有什麼特別理由吧。如果這猜想是對的，那字條說不定是恐嚇信、一個面談的通知、要他自殺的指令，再不然就是要誘他進去的一種圈套了。

想到第二個可能時，他激動得難以自制。那就是：這紙條不是思想警察交給他的，而是一個地下組織的密件。這麼說，兄弟會真的存在了——而那黑髮女郎就是會員。當然，這想法荒謬絕倫，但他手上捏着字條的剎那，想着的正是這個。他開始推想到其他的解釋和可能性，還是兩分鐘以後的事。即使現在他的理智告訴他這字條不是什麼地下組織的密訊，而是思想警察的處決令，他還是不肯相信的。他不斷盼望的還是那個悖乎常理的可能性最後變成事實。他的心怦怦跳着，費了一番氣力才不讓聲音發抖，把訂正的數字對着說寫器唸出來。

他把處理好的文件捲起，投入氣筒。從廁所回來到現在，已過了八分鐘了。他調整了眼鏡，輕輕的嘆了口氣，又把另一堆文件拉近。那女郎塞給他的紙條，就在這堆文件上面。他把它攤平，上面是三個不太工整的大字：

我愛你

他嚇得瞠目結舌，竟忘了把這犯罪的證據隨手丟在思舊穴。到他清醒後快要投進去時，還忍不住要再看一下，雖然明知這舉動會讓人懷疑他為什麼對這紙條發生這麼大的興趣。他要弄清楚究竟有沒有看錯了。

那個早上剩下來的時間再難做什麼事情了。要在電幕前面隱瞞你興奮的心情，比集中精神去做無聊的差事還要困難。他覺得腹中好像有火球在滾動。到悶熱、擁擠而又嘈吵的飯堂吃午飯更是活受罪。他本來希望獨個兒吃完就走，誰料偏遇到柏森斯這大笨蛋，一屁股就坐在他旁邊。他的汗臭幾乎掩蓋了碎肉汁的氣味。話匣子一開就說個沒完。說的都是有關仇恨周籌備的事。他講得特別熱心的，是他女兒所屬那個探子隊為這節目而特製的老大哥面具，據說有兩公尺寬。更要命的是在喧嘩的人聲中，史密斯沒全聽懂這傢伙在說什麼，因此得三番四次的要他把無聊透頂的話重述一遍。這其間他只匆匆的看過黑髮女郎一次。她在飯廳遠遠一角的一張檯子，旁邊還有兩個女孩子。她好像沒有注意到他，而他再也沒有往那邊瞧了。

下午的一段時間就比較好過了。午餐回來後氣筒馬上就傳來一份得費相當心機處理的文件。即使把旁的東西擱在一邊先辦這事，也得花好幾個鐘頭。史密斯的任務：一個顯要的內黨黨員有問題了，他得偽造一連串兩年前的生產報告，使這內黨頭子名譽掃地。這正是史密斯的看家本領，因此兩個鐘頭內他埋首工作，居然沒想起黑髮女郎來。但工作完後，她的面孔又在他腦海出現了。他多希望能夠有一個獨自沉思的機會，好好的把這事情的發展想一番。今天晚上他得去公社中心，因此在飯堂又一次胡亂把肚子塞飽後，就到那邊報到去。他參加了形式莊嚴無比但內容愚不可及的所謂「小組討論」，打了兩局桌球，灌下幾杯杜松子酒，聽了半小時的演講。演講題目：「英社與棋戲的關係」。連他的靈魂也悶得要出竅。可是今天晚上是他平生第一次沒想到要開小差。自看到「我愛你」三字後，他求生的意志突然加強。冒小小的風險他也認為太不值得的事了。一直等到二十三點鐘他回家睡在床上後，他才真正找到沉思的機會。在黑暗中，只要你不作聲，電幕也看不到你，你安全了。

要解決的，是個實際問題：怎樣才能與那女郎聯絡和安排約會？現在他不再懷疑她是引誘他入圈套的了，因為她塞紙條給他時，情緒激動，這不是裝得出來的。顯然她怕極了。誰不怕呢？要不要拒絕她的追求？他想也沒有想過，雖然五天以前他才動過要用石塊砸破她腦袋的念頭。這些都無關重要了。他想着的，是她赤裸青春的胴體，一如在夢中所見的。他曾經把她看作其他的人一樣，一腦袋謊言與仇恨——一肚子冰塊！一想到自己說不定會失去她，失去那潔白的少女胴體，心頭急得發熱。他最擔心的倒是如果他不能馬上跟她聯絡上，她就會改變主意了。但要跟她接觸，談何容易呵。這等於在棋盤上給人將死後還想再跳一步。你走到哪裏，電幕眼跟到哪裏。事實上，看了紙條後的五分鐘，什麼可能跟她聯繫的方法都一下子掠過腦際，只是這個時候他才有時間逐一檢討一番，猶如審視檯上擺着的一堆工具，看看哪件合用。

不用說，今天早上那種「邂逅」的方式不能重演了。如果她在紀錄科上班，那比較易辦。子虛科在這棟七樓的方向，他實在模糊，再說他也沒有藉口到那兒去。如果他知道她住在哪裏，知道她下班時間，也許可以想辦法在她回家的路上「巧遇」一次。但如果要在迷理部門口等她出來再跟她回家，那就危險了，因為在門口閒蕩會引人注意。通過郵局寫信給她呢？那更不用考慮了，因為所有信件都經檢查，這已成公開秘密。事實上今天的人已很少寫信了。有什麼消息要轉達的話，那你去買一張上面早已印備各種日常用語的明信片，把合用的句子勾出來就是。

即使要寫信給她也辦不到，因為他不知道她叫什麼名字。最後他決定還是在飯堂跟她聯絡最安全。如果能有機會碰到她一個人吃飯，只要檯子在飯堂中央(也因此離電幕遠一點)，只要四周的人談話的聲音不斷，只要上述這三種條件能夠持續半分鐘，那麼，他就有把握跟她交換三言兩語。

此事發生的一個星期內，他簡直坐立不安。第二天午餐時間，她一直到史密斯聽到上班訊號響起要離開時才出現。看來她掉換了晚一班的班次。他們碰面時眼色也不交換一下就各走各路。第三天，她在平常的午飯時間出現了，但一來她坐的檯子靠近電幕，二來她還跟三個女孩子在一起。這以後她整整三天沒有出現。害得他好像患了一種特殊的敏感性，渾身脆弱透明，不說一舉一動覺得痛苦，就是跟人說話或聽任何聲音都變成難以忍受的折磨。夢中也無法忘記她。那幾天的日記一片空白。如果還有些微安慰的話，那只有在工作時間碰到需要他特別花腦筋的任務，使他暫時忘記這黑髮女郎。究竟發生了什麼事呢？他毫無頭緒。又不能向人打聽。她可能蒸發掉了、可能自殺、可能調到大洋邦另一邊去。但更可能是她改變了主意，決定躲避他。

第二天她出現了，臂上的紗帶已除，只是手腕上裹了一條膠布。他興奮之餘，忍不住正眼看了她好幾秒鐘。跟着的一天午飯時，如果不是一個不速客突然出現，他差點就有跟她說話的機會。他到飯堂時，她一個人坐着，檯子也不靠近牆壁。時間尚早，飯堂還沒有幾個人。排隊吃飯的行列節節上前，可是史密斯快到櫃檯時停住了，因為前面有人抱怨說還沒有拿到糖精。到他拿到盤子，移步到她方向時，她還是一個人坐着。他一邊漫不經心的走着，一邊打量着她附近有無空檯子。她與他的距離只有三公尺了——還差兩秒鐘就大功告成。

一個聲音在後面招呼他。他裝着沒聽見。「史密斯——」聲音喊得更響亮了。躲不過了，他只得向後轉。原來是一個叫威爾薩傻頭傻腦的年輕人，笑着請他到旁邊的空位子坐。他跟這金髮青年並不熟，可是他不能拒絕。人家既跟你打了招呼，你怎可以棄他不顧走去跟旁邊無伴的女人坐？那太顯明了。他只好笑着坐下。威爾薩對着他傻笑。史密斯突生幻覺，看到自己用鶴嘴鋤朝他的傻樣子鋤去！黑髮女郎的檯子一下就坐滿了人。

但她一定注意到他的舉動的，說不定已了解他的用意。第二天他提早來，果然，她已在那兒，在昨天附近的檯子一個人坐着。排隊時站在他面前的是個甲蟲類的小塊頭，手腳靈活，兩粒多疑的小眼睛在坦平的面上滾來滾去。史密斯的餐盤盛了食物轉身要走時，看到甲蟲人一直往女郎的方向走，自覺希望又落空了。前面不遠的地方就有一個空位，但史密斯從他的外貌可以看出，這甲蟲人頂會照顧自己利益的，因此準會選最空的檯子坐下。

史密斯跟在後面走，心頭重得像鉛塊。除非他能單獨面對她，否則什麼計劃也沒法實現。前面突然轟的一響，只見甲蟲人四腳朝天，餐盤舞盪如飛碟，咖啡和肉湯在地板上滙成兩道小川。甲蟲人掙扎起來後狠狠的瞪了史密斯一眼，他心中一定以為這是後面跟上來的人的惡作劇。幸好他瞪瞪眼就算了。五秒鐘後，史密斯終於坐到女郎的檯子來，心中還噗噗的跳個不停。

他並沒有正面看她，只默默地把餐盤上的飯菜放到檯上來，馬上就開始吃飯。當務之急就是馬上跟她說話，否則別人就坐到旁邊了。可是他實在擔心得很。從她塞條子給他到現在，已有一個星期了。她可能已經改變主意。不，她一定已經改變主意。這種事不可能成功的。在現實的人生中，這種事根本不可能發生。如果不是這時看到耳朵長着長毛的詩人阿普福思，一瘸一拐地托着餐盤踱來踱去找空位子坐，他說不定一句話也不敢開口。阿普福思對史密斯滿有好感，如果看到他旁邊有空位子，準會坐下來。

能夠採取行動的時間，大概只有一分鐘。史密斯和那女郎默默地低頭吃着扁豆湯。史密斯開始喃喃說話。兩個人仍然是低着頭忙着吃的，就靠着一呼一喘的空檔，面無表情的交換了下面幾句話：

「什麼時候下班？」史密斯問。

「十八點三十分。」

「在哪兒見面？」

「勝利廣場，靠近紀念碑。」

「到處都有電幕。」

「只要有一大堆人，就沒有關係。」

「用什麼暗號？」

「不用。除非你看到我四邊都圍着人，否則別接近我。別盯着我。只要站在我附近就成。」

「什麼時間？」

「十九時。」

「好吧。」

阿普福思沒看到史密斯，他在別的檯子坐下來了。黑髮女郎匆匆吃罷，就走了。史密斯燃了一根香煙。他們沒再說一句話，而兩人雖面對面的坐在同一張檯吃飯，居然瞧也不瞧對方一眼。

史密斯十九時前就到了勝利廣場。他在老大哥銅像的支柱下附近走着。老大哥的目光瞧着南邊的天空凝望，因為在「一號航道戰役」中擊敗歐亞敵機進犯的，就在那方向(前幾年，進犯的敵機，是東亞國)。老大哥銅像對面的一條街也有一個騎着馬的雕像，大概是英國名將奧利弗·克倫威爾吧。

十九時五分。她還沒出現。史密斯不覺又擔心起來。她不來了。改變主意了。他信步走到廣場的北面去。呀，這是聖馬丁教堂，就是當年鐘聲吟咏「你欠我三花定」的地方！他因自己有這種識別能力而微感得意。就在這時，他看見她了，在紀念碑腳下唸着(或假裝唸着)一份貼在圖柱上的招紙。他不能走近她那邊。人潮還未出現呢。這兒四邊的牆壁都裝有電幕。幸好不久就聽到了左邊傳來一陣吆喝聲和隆隆的汽車聲。女郎迅速地繞過紀念碑腳下的獅子銅像，跑到湧來的人潮去。史密斯也跟着跑。他一邊跑，一邊聽到旁人喊着叫着的說話，才弄清楚原來有一批歐亞國的俘虜要在這裏經過。

一下子廣場的南邊已擠滿了人。史密斯平日雖然看到人潮就朝相反方向走的，此刻一反常態，拚了命的向人頭擠擁的地方鑽。幾乎伸手就夠得上那女郎站的地方了！只可惜前面一對看似夫婦模樣的普理，兩人塊頭大得如日本的摔角勇士，水洩不通的堵住他的過路。史密斯只得側着身子，光着肩膊，拚了九牛二虎之力的穿過這道人肉屏障。他的肝臟快要被兩個肌肉結實的屁股壓成粉碎了，幸好擠了沒多久，終於殺出重圍。黑髮女郎就在他旁邊，大家緊貼着肩膊，兩眼直視前面。

一隊大卡車在前面經過，車上四個角落都有手執衝鋒槍、木無表情的衛兵站着。卡車內就是個子矮小的黃種人俘虜，穿着襤褸的綠色軍裝，擠在一起蹲坐着。他們憂鬱的眼睛往車子外面眺望，但一點也沒有顯得好奇的樣子。車子偶然顛簸一下，你就聽到噹啷噹啷的響聲，因為俘虜都戴着腳鐐。

一卡車一卡車憂悒的眼睛從史密斯前面經過。女郎的肩膊和右手的臂彎緊貼着他的左手，面頰也靠近得幾乎可以讓他嗅到她的氣息。一如她在飯堂時所表現的當機立斷能力一樣，此刻她馬上把握形勢，用同樣毫無感情的聲音，嘴唇動也沒動似的呢喃着。卡車聲和人聲一下子就可以把她的聲音掩蓋。

「你聽不聽到我說話？」

「聽到。」

「星期天下午走得開嗎？」

「可以。」

「那小心聽着，別忘了。你去柏定頓車站——。」

跟着她就告訴他要走的步驟和方向，周密得如軍隊部署一樣，令他吃了一驚。坐半小時的火車；出車站後左轉；走兩公里；到了上面門柵丟了的一道閘口，進去；越過田野小徑；雜草叢生的巷子；走過矮樹中的小道；長着苔蘚的一株倒在地上的枯樹……。真像她的腦袋裏面是張地圖！最後她問：「都記得嗎？」

「記得。」

「你先轉左，再轉右，然後再轉左。那道閘門上面一道支柱是空的。」

「記得了。什麼時間？」

「十五點吧。可能你要等我一下，因為我從另外一個方向來。真的記清楚了？」

「不錯。」

「那馬上離開我。」

其實不用她說他也知道，只是目前實在無法抽身。卡車還沒走完，觀眾還是百看不厭的樣子。剛開始時有人「呸」聲不絕，但這僅是幾個黨員的作為，而沒多久他們也自動停止了。現在大家只是好奇。外國人，不論是從歐亞國來的或東亞國來的，都是新奇的動物。除了以囚犯的面目與人相見外，他們根本不會在大洋邦出現。即使這樣，你能夠看到他們的機會也不多，總是短短的一瞥一瞬而已。他們的命運也沒人知道。其中一些以戰犯的罪名問了絞刑，其餘的就失踪了，大概是下放勞改營吧。

蒙古臉型的俘虜已陸續過去，跟着出現的看似歐洲人，髒髒的，滿面鬍子，顯得筋疲力盡。他們的目光越過長滿短鬚的頰骨向史密斯這邊投來，有時給人一種奇異的熾熱感覺，但一下子又消逝了。俘虜卡車快過盡了。在最後一輛卡車上，史密斯看到一個面上鬚髮斑白的老人站着，雙手交叉在胸前，好像早已習慣了這種束縛似的。該是他和女郎分手的時候了。在最後的一剎那，乘着人潮還在圍着他們的時侯，她摸到了他的手掌，迅速地捏了捏。

他們手捏着手的時間，頂多不過十秒鐘，感覺卻似永恆。就在這短短的時間內，他已熟悉了她手掌的細節——修長的手指、整齊的指甲，因幹粗活而磨出來掌心的硬皮。還有在手腕部位的細嫩皮膚。他雖然沒看到，但這麼撫摸了一下，他已感覺到好像親眼看到過一樣。就在這時他想起了一件事：他不知道她眼睛是什麼顏色。褐色吧？但黑髮的人眼睛通常是藍色的。他不敢轉頭去望她，太危險了。在肉屏障內，他們緊握着手，直視前方。他看到的不是女郎的眼睛，而是鬚髮斑白那個老俘虜神傷的眼睛。

10

史密斯沿着小巷走。陽光透過樹蔭，灑滿一地斑點。那兒樹葉遮蓋不到的地方，看來真像一個個金黃色的池塘。樹蔭下左邊的地面，遍佈風鈴草。這是五月二號，空氣柔和得使人的皮膚有被吻的感覺。附近的森林裏傳來斑尾林鴿的嚶鳴聲。

他來得早了一點。沿路都順利得很，女郎又是識途老馬，否則他說不定會擔心起來。她選這地方來約會，準會安全的。一般而言，鄉下並不一定比倫敦安全。電幕是不見了，但誰知道四邊有沒有安放隱蔽的麥克風？再說，你一個人旅行難免受人注意。一百公里以內的活動雖然不必申請什麼證件，但巡邏警察常在車站附近出沒，遇到黨員就要盤問。幸好這次他們沒有出現，而從車站步行到這裏時，他特地偶然回顧一下，看看有沒有人跟蹤他。火車滿載普理，因為天氣像夏天一樣暖和的關係吧，顯出一片假日氣氛。史密斯坐的那節木椅子車廂，就給一家人坐滿了。老的有牙齒全掉的曾祖母，小的有包尿布的嬰兒，據說是趕到鄉下跟親戚共度一個下午。「也趁便買些黑市黃油來塗麵包，」他們毫不隱瞞的對他說。

小巷路面寬闊起來。沒多久就到了她說過那條夾在灌木叢中的小徑。看來是牲口的過道。他沒有錶，但猜想還未到十五點。風鈴草長得密麻麻的，走路時難免踩踏到。他跪下來摘這些藍色鈴狀的小花，一來為了打發時間，二來他心中動了一個念頭，等下見面時送她一束花！他摘了一大束，正搬到鼻子去嗅嗅那微微的膩香時，聽到背後有人踩着地上的樹枝前來，嚇得渾身發抖。他決定裝着沒聽到，繼續採下去。來者可能是女郎，也可能是跟蹤他的人。這時回頭望去，就表示你心中有鬼。他一朵一朵的摘着，一隻手輕輕的搭在他肩膊。

他抬頭，是那女郎。她搖着頭，顯然是警告他不要作聲，然後撥開矮枝步入林中。她對這小徑的地勢熟悉得很，因為遇到地上的水灘她瞧也不用瞧就跳過去了。史密斯在後面跟着跑。手上那束花還緊抓着不放。他看到女郎時第一個反應是如釋重負。可是現在看到她苗條結實的身體在前走動，腰間繫着的猩紅「貞操帶」剛好把她臀部美好的線條顯露出來，不由得不生出強烈的自卑感。即使在這一刻鐘，如果她轉過頭來看他一眼，決定離他而去的話，他也不會覺得奇怪。甜得像蜜糖一樣的空氣與綠油油的樹葉令他自慚形污。這種感覺從離開車站時就產生了。五月的陽光令他覺得既骯髒又蒼白，一個不見天日的人，連皮膚上的毛細管也藏着倫敦的煤煙。對的，她大概還沒有在室外光亮的地方看過他一次。

他們已到了她說過的那株倒在地上的枯樹。她跳過去，撥開荊棘。初看時，這地方並無出口。史密斯跟着她走了一會，才發覺別有洞天，原來他們已到了一個長滿青草的小土墩，四邊有高高的樹苗圍繞着。女郎這時停下來對他說：

「我們到啦！」

她離他身邊還有幾尺，可是他卻不敢上前。

「剛才我在巷子內沒有說話，就是怕那裏裝有麥克風，」她接着說：「照我猜想，那不大可能，但誰敢擔保？要是給那些豬玀認出我們的聲音，那就完了。這兒是沒問題的。」

他還是不敢接近她，只是機械地重複她的話：「這兒沒問題？」

「對，你看看這些樹枝。」那是不久以前砍下的梣木，現在重新發枝，最大的一根也沒有手腕那麼粗。「藏不下麥克風是不是？再說，我以前已來過這裏。」

他們只是找話來說而已。他現在距離她更近了。她挺直的站在他面前，面上掛着一個近乎嘲弄的笑容，好像怪他行動拖泥帶水的樣子。他手上那束風鈴草好像是鬧性子的樣子，全滑到地上來。他執着她的手說：

「你相信麼，這一分鐘以前我還不知道你的眼睛是什麼顏色。」淡褐色，他注意到了，睫毛卻是黑的。「現在你已清楚看到我是什麼樣子了，很失望，是不是？」

「誰說？」

「我三十九歲了，還有一個擺脫不了的老婆。腳上長着靜脈瘤，嘴巴裝了五顆假牙。」

「那有什麼關係，」女郎說。

下一分鐘，她已在他懷中，也不知是誰採的主動。起先，他除了半信半疑外，別無其他感覺。那充滿青春活力的胴體緊貼着他胸前，一頭濃密的黑髮摩擦着他的臉頰，呀，她別過面來讓他親吻那兩片紅潤的嘴唇！她兩手摟着他的脖子，蜜糖、甜心的叫着他。他把她扭到地上，她一點反抗的意思也沒有。本應可以為所欲為的，只是除了肌膚的接觸外，他一點衝動也沒有。他現在還是半信半疑，但同時也覺得有點驕傲。雖然生理上不能反應，但最令他高興的是這種事居然發生了。事出也實在太突然，她的青春和美麗令他害怕，但他說不出害怕的理由來。也許長久以來他已習慣了沒有女人的生活了。

女郎站了起來，從頭髮上拔下一根風鈴草。她靠着他坐下，摟着他的腰。

「別擔心。不急，反正整個下午都是我們的。你說這是不是理想的幽會地方？這是我在一次公社郊遊時迷了路找到的。誰闖進來你百尺以外也可聽到腳步聲。」

「你叫什麼名字？」史密斯問。

「朱麗亞。我知你叫溫斯頓——溫斯頓．史密斯。」

「你又怎知道的了？」

「大概我查根究底的能力比你強吧。好，現在告訴我，我交紙條給你前，你對我的印象怎樣？」

他覺得沒有任何理由要騙她。一開始就挑最壞的來講，也是表示愛情的一種方式。

「我恨死你了，」他說：「我想過先把你強姦，然後再殺你。兩個星期前，我真的考慮過要用石塊砸破你的頭。你真的要知道的話，那我不妨對你說，我曾經懷疑過你是否與思想警察有關係。」

朱麗亞聽後，樂得大笑起來，顯然覺得這是對她掩人耳目高超技術的恭維。

「把我看作思想警察？不可能吧？」

「也差不多了。你站在我的立場看看。你的外貌、一舉一動——就光說你青春健康活潑這些特質好了——都使我不禁想到你可能……」

「你以為我是個模範黨員？言談舉止純潔，舉大旗參加遊行、喊口號、熱心參加公社各種活動，是不是？你一定以為我只要找到半個藉口，就檢舉你作思罪犯，把你幹掉，是不是？」

「唔，差不多是這樣。你也知道，不少年輕的女孩子幹的就是這種事情。」

「就是因為這勞什子的東西，」她邊說邊把腰間那條猩紅反性帶子解開，一扔扔到樹梢上去。然後，好像剛才解腰帶時提醒了她什麼東西似的，她伸手到制服的口袋去摸了一片巧克力出來，折成一半分給史密斯。他還沒接過來就從味覺曉得這是一塊身分不尋常的巧克力，糖質黑得發亮，包在錫紙內。普通買到的品質，是暗淡的棕褐色，容易折碎，氣味如同燒垃圾的煙火。可是過去他也嚐過類似剛才朱麗亞給他的那種上好巧克力。那陣芬芳的氣味喚起了他的回憶，什麼時候記不清楚了，只是現在想來印象還鮮明得令人惆悵就是。

「哪裏弄來的？」他問。

「黑市，」她一點也不在乎的說：「其實表面看來我實在是你所說的那類女孩子，精於各種遊戲，以前還做過探子團的隊長哩。一個星期我志願替青年反性聯盟服務三個晚上，到全倫敦的街頭去替她們貼那些屁話連天的招紙，遊行時舉大旗總有我的份。做什麼事都自告奮勇，興高采烈。這是人云亦云，永不落後的表現，對不對？但這也是自保的唯一辦法了。」

巧克力開始在史密斯舌頭上融化。味道真叫人心暢神怡。可是剛才勾起的記憶還沒有消逝，印象雖鮮明卻又無法捉摸。最後他決定不再瞎想下去了，因為他明白這是他要忘記而一直纏着他不放的心事。

「你這麼年輕，」他說：「比我年輕十年甚至十五年吧。告訴我，我這樣一個人還有什麼吸引你的？」

「你面上流露的氣質與別人不同，因此我決定冒一次險。我鑑貌辨色，知道誰屬於格格不入那一類，我第一次看到你，就知道你是反對『他們』的。」

「他們」——看來就是指黨，特別是內黨。她話說得這麼旁若無人，對「他們」的態度又表示得這麼憎厭，雖然他知道這地方安全不過，也難免不安起來。最令他驚奇的一點是她提到有關「他們」的事，都用粗話形容——「那勞什子的東西」、「屁話連天的招紙」。黨員照理說是不能講粗話的，史密斯自己就很少講，最少在別人面前如此。

朱麗亞卻不同，每次提到了黨，尤其是內黨，她用的字眼只有在橫街窄巷的牆壁上看得到。史密斯並不覺得討厭，這不過她對黨和黨所代表的一切的反抗姿勢而已。不但不討厭，反而覺得正常得很，健康得很，猶如一匹馬聞到了難以下嚥的稻草打個噴嚏一樣。

他們離開了小土墩，在樹蔭下漫步，遇到小徑寬闊得可以容納兩個人並肩走時，他們就互相摟着腰身走。史密斯這才注意到，朱麗亞解下那猩紅帶子後，腰肢柔軟多了。他們說話的聲音低得像呢喃，因為朱麗亞說過，一離開空曠的地方就得留神了。

他們已來到小樹林的旁邊，朱麗亞就阻止他說：

「別再走了，那邊說不定有人，只要我們不離開樹林就比較保險。」

他們站在榛樹下。透過樹梢灑下來的陽光，照到面上還是熱熾熾的。史密斯向前面的田野遙望，不禁暗暗吃驚。這一切似曾相識。對了，被野兔咬得禿禿的草地、橫過這牧場的小徑上，兩旁不是有許多鼴鼠洞？越過草地不是一個久未修剪的圍籬麼？裏面的榆樹濃密的枝葉隨着微風輕盪，像女人的頭髮。雖然看不到，但離這兒附近不遠的地方，一定有清溪滙流而成的小池塘，雅羅魚浮游其中。

「附近是不是有小溪？」他低聲問。

「對啦，但不在這裏，在另外一個牧場的旁邊。裏面有不少大魚呢，你在柳蔭下可以看到牠們在池塘內游來游去。」

「呀，那就是金鄉了——我是說，幾乎像金鄉，」他沉吟着。

「金鄉？」

「說着玩的。『金鄉』是我在夢中有時看到的風景。」

「看！」朱麗亞輕喚着。

一隻鶇鳥在離他們頭上不到五公尺的樹枒上停下來。牠大概沒看到他們吧。他們在樹蔭底，而牠在陽光下。只見牠拍了拍翅膀，點了點頭，好像要對太陽敬禮的樣子，然後引吭高歌起來。在這闃無聲息的下午，牠的音量可真怕人！史密斯與朱麗亞依偎在一起，聽得出神。牠一曲接一曲的唱下去，花樣真多，從來沒重複過，好像故意要在他們面前露一手似的。有時牠停下來幾秒鐘，拍拍翅膀，又一鼓作氣高歌起來。史密斯一直望着牠，自己的態度竟然變得有點虔誠起來。牠究竟為誰唱？為什麼唱？牠既無伴侶，亦無對手。為什麼要到這孤獨的林邊來浪費自己的歌聲？

他實在懷疑這附近有沒有裝上麥克風。他和朱麗亞說話聲音這麼低，是收聽不到的。鶇鳥的歌，那準是聲聲入耳。說不定在麥克風那邊的甲蟲人，靜心聽着的，就是這種歌聲。沒多久，這種天然的音樂把他心中的顧慮都消除了。他好像全身沐浴於陽光溫暖的液體中，再不思想了，只要感受。在他臂彎裏的腰肢溫暖而柔軟。他一扳把她扳到面前來，胸貼着胸，她整個身軀軟得要融解在他跟前了。他的手摸到哪裏，那兒就像水一樣的馴服。他們深深的吻着，跟開始時強湊起來那種感覺截然不同。鬆開手後，兩人都重重的嘆了口氣。那頭音樂鳥吃了一驚，振翼飛去。

史密斯貼在她耳邊說：「現在來，好不好？」

「這裏不成，」她輕輕的回答說：「回到老地方去安全些。」

他們連忙舉步回到小土墩，偶然踩着枯枝，發出噼啪的聲音。一到樹苗圍繞的空地，她就轉過身面對着他。兩人都喘着氣，但她的嘴角已恢復了笑容。她瞟了他一眼，伸手去摸衣服的拉鍊，然後——對了，就像夢境所見一樣——一拉就把衣服脱光往地上一丢，其瀟灑壯麗的姿勢，好像足以把整個英社的文化毀滅掉！她赤裸的胴體在陽光下閃耀，但他的目光正在注視的，卻是她那張微帶雀斑、敢作敢為的面孔。他跪在她跟前，捧着她雙手。

「你以前這樣做過麼？」

「當然，幾百次了——最少也有幾十次了。」

「跟黨員來？」

「是的，常常跟黨員來。」

「內黨黨員？」

「你說那些豬玀？老天，我怎會？但我告訴你，只要有半分機會，他們就會涎面討求。你別看他們裝出那種道貌岸然的樣子！」

他的心激動得怦怦跳動。她已幹過幾十次了！他真希望是幾百次！幾千次！任何牽連到腐敗的事件都教他產生希望。誰知道呢？說不定黨的內部已腐爛了。說不定表面看來煞有其事的犧牲奉獻精神，其實是藏污納垢的淵藪。如果他一個人能把麻瘋或梅毒傳染給「他們」的每一個，他太願意做了。他願意幹任何使「他們」腐化、墮落、崩潰的事。他把朱麗亞拉下來，兩人面對面的跪在地上。

「你聽着。你閱人越多，我越愛你。你懂嗎？」

「再清楚不過了。」

「我憎恨純潔，憎恨善良。我不要看到美德在任何地方存在。我希望每個人腐敗得無可救藥！」

「乖乖，那我太合你胃口了，因為我正是腐敗得無可救藥！」

「你喜歡來……這個麼？我是說不單只跟我來，而是事情的本身。」

「這是最過癮不過的事。」

這就是他最要聽的話了。愛情的力量，再加上動物本能的原始性衝動——已足夠把黨推倒了。他把她按在滿佈風鈴草的草地上，這一次再無生理上的問題了。過一會他們兩人急速的呼吸已漸趨平伏，舒服的分開癱臥着。陽光越來越猛烈，兩人累得想睡了。他伸手牽來丟在地上的制服，給她半蓋着身子。一下子他們就睡着了，睡了差不多半個鐘頭。

史密斯先醒來。他坐着端詳朱麗亞的雀斑臉。她還睡得甜甜的，頭壓在手上。除了她的嘴巴，她不算得怎麼漂亮，你細心看的話，在她眼角還可找到一兩條魚尾紋。她的頭髮不長，可是出奇的柔軟濃密。這時他才想到他還不知道她姓什麼，或住何處。

面對着這個因熟睡而顯得無援無助的青春健康的胴體，史密斯不禁生出愛憐之感。但這種感覺，跟剛才在榛樹下聽鶇鳥唱歌時沒頭沒腦湧現出來的柔情，卻不大一樣。他拉開蓋在她身上的制服，仔細的欣賞她柔滑的腰身。在從前，他想，男人看了女人的身體，覺得實在可愛，那就成了。今天可不同。今天既無純潔的情、也無真正的慾。沒有什麼感情是純正的，因為總會夾雜着恐懼和憎恨的成分。他們合體的經過是一場戰事、一個勝利的高潮。這是對黨沉重的一擊。這是一次政治的行動。

11

「我們還可以再到這裏來一次，」朱麗亞說：「通常來說，一個地方跑兩次不會有問題，但得要等一兩個月後再來。」

她一醒來後，神態也改變了，說話果斷，頭腦清醒。她穿上衣服、繫上「貞操帶」後，就忙着安排回家要走的路。真是應該事事聽她的。史密斯所缺少的就是她這種世故與常識。她參加過無數公社舉辦的郊遊節目，對倫敦附近的鄉間，瞭如指掌。她給他歸程的路線，與他來時走的頗有出入。他下車的車站也不同。「回家時千萬別走相同的路，」她叮囑說，好像發表一種放諸四海而皆準的理論。她要先走，半小時後史密斯才能動身。

她指定了一個四天後下班相見的地方。地點在貧民區的一條街上，因為那兒有個公開市場，通常人頭湧湧，吵得很。她會在攤子前面逛來逛去，裝着要買鞋帶或紗線。如果她看到他時而附近又無可疑人物的話，她就會擤鼻子。否則他就裝着沒看到她。運氣好的話，在人堆中總可以談十來分鐘，安排下次約會。

「我得走了，」一看到他把所有的細節弄清楚後，朱麗亞就告訴他說：「我十九時三十分得報到，替『反性聯盟』發兩小時的傳單或做其他勞什子的事。你說這是不是狗屁沖天的事？給我拍拍身上的灰塵，好不好？我頭髮上有沒有什麼樹葉樹枝的？真的沒有？那再見了，愛人，再見了！」

她一撲撲到史密斯懷中，使勁的吻着他，跟着就撥開叢木，幾乎是一聲不響的隱沒於林中。他現在還不知道她姓什麼、住哪裏。也沒關係了，因為他們根本不可能在室內會面，或交換什麼書信。

事實上他們沒再回到那小土墩去。在整個五月份裏，他們只有一次機會再發生關係。地方又是朱麗亞找的。三十年前被原子彈炸毀的教堂鐘樓上。那教堂位於已無人煙的鄉間一角，雖是理想的幽會地方，走到那裏卻險象環生。其餘的時間，他們只能在街頭見面，每次地點不同，也從來不超過半小時。在街上碰頭，總可以搭三搭四的說幾句話的。

他們擠身在熙來攘往的行人道上，前後保持一段小距離，你不看我，我不看你，像燈塔與進港船隻發的訊號燈一樣，你一句我一句的「聊」起來。一看到穿制服的黨員或走到電幕的附近，就自動閉嘴。幾分鐘後，又把斷了的句子說完。到了約定分手的地方，又馬上中止。第二天見面時，舊話也沒有重提就把上次未說完的話說完。

朱麗亞好像對這種談話方式非常習慣。她說這是「分期聊天」。她不用張嘴說話的能力，更是驚人。這樣每天晚上見面差不多有一個月了，只吻過一次。他們正在一條橫街上默默的走着(朱麗亞離開了通衢大道就不再説話)。突然一聲巨響，彷如地裂天崩，史密斯倒在路旁，擦傷了皮肉，人也嚇呆了。火箭彈準是落在附近。驚魂甫定後，他才看到朱麗亞的面才離自己幾公分，蒼白如紙。嘴唇也是白的。她一定死了？他把她摟到身上來，吻着——原來她還活着！吻得他嘴巴滿是塵土。兩人的面上都蓋着厚厚的一層灰泥。

有些晚上，即使他們到達了約會的地點，也得裝着沒看見的各走各路。因為剛巧遇到巡邏警察或頭上剛有直升飛機在盤旋。不過，除了客觀環境的困難外，時間也是個大問題。史密斯一週工作六十小時，朱麗亞更長了。他們兩人哪天有空，視乎工作的需要而定。能夠湊巧空出來的時間實在不多。朱麗亞很少有一個晚上是完全空的。她大部分的工餘時間花在聽演講、遊行、為反性聯盟發傳單、為仇恨週準備旗幟、為節約運動收集款項和諸如此類的工作。這有好處的，她説，因為這就是掩護色彩。守小規破大戒嘛！她因此勸史密斯一週犧牲一個晚上的時間，與其他忠貞的黨員一起志願去參加裝備軍火的工作。就這樣，每個星期一個晚上，史密斯就得花四小時去裝炸彈的導火線。工作悶得怕人不在話下。工場建築通風漏雨，光線不足，只聽到榔頭彼起此落，和着電幕播出的令人昏昏欲睡的音樂。

他們一到了鐘樓就忙着把在街上未講完的話説完。那天陽光猛烈，鐘樓上的小室空氣不通，更熱得烤人。鴿子的糞粒，在陽光下蒸發，惡臭沖天。他們在塵灰和枝葉積得厚厚的地板上聊了幾個鐘頭，不時站起來透過箭頭形狀的洞口看看有無來人。

朱麗亞二十六歲，和三十個女孩子同住一宿舍。「你逃到哪裏，都聞到女人的臭味！哎呀，我受不了！」她說。他猜對了，她在子虛科工作，負責保養一座複雜的高壓電動機。她說她並不聰明，只是手腳靈敏，特別喜歡操作機器。一部小說的生產過程，由「策委會」交下來的指示開始，到「潤色小組」怎樣去修改文字為止，她都可以講得頭頭是道。但她對子虛科的出品一點也沒有興趣。「我不喜歡讀書，」她說。跟果子醬和鞋帶一樣，書本只是一種產品。

六十年代早期的事，她都不記得了。她認識的人中，只有一個常常提到革命前的事。這就是她的祖父，但她八歲時就失踪了。唸書時她是曲棍球隊長，一口氣獲了兩年體育獎。她做過探子團頭目，而在參加反性聯盟前，是少青隊的分部秘書。她的操行紀錄，清白無瑕。她在這方面的聲譽可從此事得到證明：「黃社」看中了她，挑選她參加工作。在那兒工作的同志，稱此單位為「糞廠」，因為他們專門生產低級黃色讀物，供給普理消費者。她幹了一年，協助生產出來的成品包括《打屁股的故事》和《女校春宵》等。這些小書都是封好的，普理青年偷偷摸摸的買來後，沾沾自喜，以為買了違禁品。

「這些書究竟是怎麼一回事？」史密斯好奇的問。

「哎，徹頭徹尾的垃圾！悶死人了。全部只有六個情節，不時混雜掉換一下就是新書。不過，我負責的只是萬花筒部分，沒有在潤色小組做過。我沒有什麼文學細胞呢，連那種『文學』都夠不上。」

令史密斯驚奇的是，除了頭子外，所有黃社員工全是女孩。理由是：男人的性本能比女人難控制，耳濡目染後，就易受到污染。

「他們連結了婚的女人也不歡迎，」她補充說：「女孩子嘛，本應冰清玉潔——除了在下！」

朱麗亞的情史自十六歲開始，對象是個六十歲的黨員，後來畏罪自殺了。「這倒好，」她說：「不然他們迫供時就會洩漏我的名字。」自那次以後，她與不少人發生過關係。她心目中的人生簡單得很。你要追求快樂，「他們」要阻止你，因此你得出盡心機去騙，去破壞規矩。她認為既然「他們」要剝削你追求快樂的自由，那你就應該盡力不要讓「他們」抓到。這樣才算公平。她對黨深惡痛絕，話說得再明白不過，但為什麼恨，卻無概念性的批評。除非涉及到她自己的生活，她對黨的理論毫無興趣。史密斯注意到她除了幾個已變成日常用語的字眼外，她一直沒有說過新語。她從沒聽過兄弟會這回事，也不相信它存在。任何有組織的反黨行動在她看來都是愚不可及的事，因為注定要失敗的。最聰明的事莫如在苟全性命的前提下走法律漏洞。

在年輕的一代中，像她這種心態的人究竟有多少呢？史密斯聽後不禁問自己。這種人在革命中長大，以前的事一點也不知道，接受了黨是像太陽運行一樣不可改變的事實。既然不可改變，那就不必抗拒它的權力，但不妨擺脫它，猶如野兔逃避獵犬的追撲一樣。

他們沒談到兩人結婚的可能性。機會太渺茫了，何必費心思去想？即使凱思琳能夠擺脫得掉，上頭又怎會通過？這簡直是做白日夢。

「你太太是個怎樣的人？」朱麗亞問。

「你聽過新語『好思』這個字麼？她就是這樣一個人。生來思想正確，不會動任何邪念或壞主意。」

「我沒聽過那個字，可是我就知道她是那一類的人，而且了解得太清楚了。」

他正要開始跟她講自己那段婚姻生活，奇怪的是，朱麗亞早已曉得其中細節了，好像她是個過來人一樣。他一觸摸到她的身體，凱思琳就渾身僵硬，是不是？她緊抱着他時，他的感覺是她正用全力推開他的樣子，對不對？跟朱麗亞説着這些事，史密斯沒有覺得有什麼難以啟齒的地方。凱思琳給他的痛苦經驗，早已忘卻，剩下來的，只是不愉快的回憶。

「本來這種關係還能忍受下去，如果不是——」接着他告訴她凱思琳強迫他每週一晚遵守的儀式。「她恨透了，但天塌下來她也不肯放棄。她把這種關係叫做——你猜不到的。」

「對黨的責任，」她想也不用想就替他説出來。

「你怎知道？」

「傻瓜，我也上過學堂呵。十六歲的孩子每月得恭聽一次性教育演講，更不必說其他的青年活動了。他們耳提面命的灌輸多年，對大部分人來說應該有效吧。可是也實在難說，大家都學會了裝假嘛。」

朱麗亞的話題，由此展開。對她而言，什麼題目到最後都與性有關，而她這方面的觀察與見解也特別敏銳。她看到了史密斯看不到的問題。譬如說，黨提倡禁慾思想的真正理由。黨千方百計要消滅性的本能，倒不單是為了性行為自成天地，難受控制。最大的理由倒是性饑渴有利於引導歇斯底里情緒的發生，而這種情緒稍一點撥，就可變成好戰心態與領袖崇拜的狂熱。她的解釋是：

「你做愛時，吃奶的氣力都用盡了。事畢，你快樂無邊，哪有心情去管旁的事情？『他們』怎麼受得了？他們要你一天二十四小時精力充沛。換句話說，遊行示威、搖旗吶喊的行動，無非是性苦悶的發洩。如果你心中快樂，還有什麼心情去理會老大哥？還會把三年計劃、仇恨節目或其他去祖宗十八代的玩意當作一回事？」

真有道理，史密斯想。禁慾思想與政治的「道統」原有密切的關係。如果不是把性慾這股可怕的力量疏導，黨哪有辦法把仇恨、恐懼和民眾的狂熱控制自如，留為己用？性衝動足以危害黨的統治，不得不收拾一番。他們對父母的天性也一樣玩弄。家庭制度是消滅不了的，因此他們鼓勵父母像在「舊社會」中一樣的疼愛兒女。不同的是，孩子自小就受訓練，監視父母行動，檢舉他們的「異端」思想。家庭因此變成思想警察的延續。如此一來，一天二十四小時看管着你，包圍着你的，就是你最親近的人。

一剎那間，史密斯想到凱思琳。如果他有什麼證據落在她手裏，她會毫不猶豫的就會向思想警察告發他。只是她太笨了，沒注意到他思想上不規矩的一面。他此刻想到凱思琳，也是有客觀理由的。這一天的下午，悶熱得令人喘不過氣來，他額前的汗涔涔滴下。他告訴朱麗亞一件十一年前，在同樣一個酷熱的下午，所發生的或幾乎要發生的事。

他跟凱思琳結婚三四個月。他們參加了公社旅行，在肯特區迷了路。他們本來只落後兩三分鐘，但不知怎的拐錯了一個彎，竟跑到一個石礦的懸崖上去，十多二十多公尺底下盡是石塊。這地方根本找不到人問路。凱思琳一聽到他們迷了路，就覺得忐忑不安。只要離開團體一分鐘，她就覺得好像做了什麼錯事的。她要趕回來時的路，然後再到另一個方向找同遊的人。就在這時侯，史密斯在腳下峭壁的夾縫中看到一簇一簇的黃連花。有一簇長了兩種不同顏色：一是紫紅，一是土黃。同一根莖居然有此異樣的色彩，史密斯從沒見過，因此忙招呼凱思琳來參觀一番。

「看，凱思琳，快來看看這些花！就在下面那一堆。你看到了麼，兩種不同的顏色！」

她本來轉身要走了，聽到他這麼說，又勉強回來，探身到崖邊去看看他所指的地方。他站在她後面，手按着她的腰肢好讓她站穩。這時他突然想到，在這懸崖上下，只有他和凱思琳二人。樹葉無聲，飛鳥不鳴。在這種地方安置麥克風的機會，微乎其微。即使有，麥克風也不是電幕，只能傳播聲音。這是下午最悶熱、最令人昏昏欲睡的時間。太陽熱辣辣的，汗珠流到臉上。他一下子居然動了……。

「你為什麼不順手一推？」朱麗亞問道：「換了我，我準會。」

「我想你會的。如果我那時的想法跟現在一樣，我也會。最少我是這麼想，做不做得到又是另外一回事。」

「你後悔了？後悔沒下手？」

「嗯。整個說來是這樣。」

他們並肩坐在灰塵盈寸的樓板上。他摟着她，要她靠近自己一點。她把頭枕在他的肩膊上，她的髮香使他忘記了面前鴿糞的味道。她還年輕，他想。她還指望從人生得到點什麼的，不會了解到把一個礙手礙腳的人推下懸崖解決不了問題。

「實際上，卻沒有什麼分別，」他說。

「那你為什麼後悔？」

「那是因為我覺得採取行動總比毫無作為的好。我們鬥『他們』不過，最後注定是一敗塗地的，只是失敗的方式，有一些比其他的好受一點而已。」

朱麗亞聳了聳肩，表示不敢苟同。每次他說話時意見與她相左的，她都用這方式抗議。她不肯接受個人要注定失敗這種說法，雖然她也多少了解到自己總有一天大限難逃，知道思想警察終歸會抓到她，蒸發她。可是她腦海中的另一部分還沒有放棄這種想法，認為她可以建立一個隱密的世界，過隨心所欲的生活。只要你膽子大、夠狡猾、運氣好就成。她不知道在這種制度下根本無幸福可言。要把這種制度推倒並非全不可能，但實在遙遙無期，而那時說不定你早離人世了。她更不會想到，你哪一天向黨宣戰，哪一天你已是半條腿踏進棺材的人了。

「我們已經死了，」史密斯說。

「我們還活着，」朱麗亞木然的說。

「肉體還活着就是。活半年、一年、五年，誰曉得。我怕死。你年輕，你應該比我更怕死。當然，我們能多活一天就多活一天。不過這實在沒有什麼分別，如果人能夠活得像個人，生死都一樣。」

「荒謬！荒謬！你要跟誰睡覺？跟我？還是跟骷髏？你活着不覺得高高興興？你不要有感覺麼？喏，這是我、這是我的手、我的腿，我是個有血有肉的人。你不喜歡麼？」

她扭動身子，挺着胸脯抵着他。雖然隔着外衣，他仍可感覺到她堅挺成熟的乳房，向着他身體發射着青春的活力。

「我當然喜歡，」他說。

「那就別再說要死啦要死啦的，好不好？囉，老頭子，你聽着，我們得商量下次見面的時間與地點。我看我們還是回到樹林那小土墩去吧，也等夠時間了。這一次你得走新路，我已經計劃好了。你坐火車——好吧，我畫個圖給你看。」

她在地上撥了一些泥土，從鴿巢取下一枯枝，在地上給他指引方向。

12

史密斯已跟查靈頓先生租下了他鋪子上面的簡陋房子。他四周打量了一下，靠窗的雙人床上，已有現成的被單、毯子和沒有枕套的長枕。在壁爐架上的古老計時器滴答的響着。擺在角落裏的桌子上面是他上次買來的水晶壓紙器，在昏暗中發着柔和的光輝。壁爐鐵柵前面是一個煤油爐、一個長柄平底鍋和兩個杯子。這都是查靈頓先生供應的。史密斯在爐子生了火燒開水。他帶了一包勝利咖啡和一些糖精來。那隻老爺鐘的時針指着七時二十分，那就是十九時二十分。朱麗亞在十分鐘內就要到的。

愚蠢的作為，愚蠢的作為呵，他心裏一直叫着。明知故犯、多此一舉的自殺行為！一個黨員所能犯的錯誤，以此最難隱瞞。最先令他動這個念頭要租下這房子的，是那塊水晶玻璃：他腦中老是升起這塊壓紙器放在摺疊桌子上所生出的溫馨感受。正如他所想像的一樣，租房子的事，一拍即合。查靈頓先生顯然樂得每月增加幾塊錢的收入。還值得一提的，就是當他知道了史密斯租這房子是為了跟情人幽會時，一點也不覺得驚訝，也不覺得受騙。這老先生識趣的顧左右而言他。他說不受干擾的自由實在是非常珍貴的。每個人在某些時間都應有一個完全屬於自己的地方。要是他真的找到這種地方後，知道底蘊的人應該懂得規矩，不替他宣揚出去。臨離開前，查靈頓先生還特意告訴史密斯這房間有兩個出口，除了經過他鋪子的正門外，還可走後院，通到橫巷去。

窗子下面有人唱歌。史密斯隔着窗簾探望出去。六月的陽光灑滿後院，只見一體積龐然的婦人，腰間繫着麻袋布圍裙，展着肉騰騰的雙臂，一步一陡的在洗衣盆和曬衣繩間踱來踱去曬孩子的尿布。她口裏含着曬衣用的木夾子，但只要嘴巴一空出來，就用女低音哼着：

本來不存希望，
心事化作春泥。
誰人巧言令色，
使我意馬難收？

這曲子近幾個星期風靡倫敦。其實，這不過是音樂科一小組為了迎合普理嗜好而大量生產的無數歌謠之一。曲詞是「譜樂器」的傑作，不經人手，本來肉麻低級不過，只是這女人唱得有板有眼，聽起來不如想像那麼難受。

她的歌聲史密斯聽得清楚。她鞋底刮磨石地板的聲音，他也聽得清楚。此外還有孩子在街上的呼喊聲和遠處傳來的交通嘈雜聲。但正因沒有裝上電幕，房間顯得出奇的寧靜。

愚不可及，愚不可及呵！他想。要是他們繼續到這裏來幾個星期，準落網的！但他們實在需要一個完全屬於自己的，而且又不用走得太遠的房間。忍受不了這個誘惑，就把房子租下來了。自上次他們在教堂的鐘樓見面後，一直沒辦法安排再單獨聚會的地點。為了準備仇恨週的節目，每個人都得加班。事實上距離這一週還有一個多月的時間，但領導方面為了慎重其事，籌備工作也因此變得繁重而複雜了。好不容易他們終於安排了一個下午見面，而且說好了再到林中的小土墩去。在出發前一天的晚上，他們在街上匆匆的談了一下。跟過去的習慣一樣，兩人在人羣中迎面走來時，大家都裝着看不到對方，但這次史密斯看一眼就注意到朱麗亞臉色比平時蒼白。

「吹了，」她審視形勢後，低聲說：「我是說明天的事吹了。」

「什麼？」

「明天下午我不能來。」

「為什麼？」

「還不是老問題，這次早來了。」

他一下子氣得要炸了。自認識她後的一個月來，他對她的慾望性質起了變化。起先，色慾的成分很少。他們第一次的性關係是靠意志力完成的。但第二次後就不同了。她的髮香、她的紅唇、她柔滑的皮膚好像已滲透了他身體的每一個細胞：她成了他日常生活不可或缺的一部分。他不但需要她，而且更覺得有權利佔有她。因此當她告訴他不能來時，他馬上就有被騙的感覺。

就在這時候，路上的行人給他們一推一碰，他們的手無意的搭在一起。她匆匆的捏了捏他的指尖。他即時感應到的，這是柔情而不是慾念。這時他了解到，你既和女人相處，碰這種釘子不但正常，而且也無法避免。這麼想看，心中突然生出一種對她從未有過的愛憐感覺。他真希望他們是結婚十年的夫婦。他希望他跟她現在一樣的漫步街頭，名正言順的，不是偷偷摸摸的，一邊閒話家常，一邊採購家庭用具。但目前最大的希望倒是有一塊可以讓他們獨處的地方，使他們不必每次見面就因覺得機會難逢而做起愛來。

他正式考慮到要租查靈頓先生的房子，是第二天的事。他把這主意告訴她時，她馬上同意了，爽快得令他覺得有點意外。兩個人都明白這是瘋狂的決定，好像故意向墳墓走近一步的樣子。他坐在床邊等候朱麗亞時，不禁想到迷仁部的地窖去。這個早晚要降臨的大限，就這麼不講理的在你的意識中時隱時現。逃是逃不了的，但或許可以拖延一下。可是難解的是，史密斯不但沒有拖延，還不時明知故犯，故意縮短這日子的來臨。

有人急步上樓梯。朱麗亞一閃身就進了來。她拎着一個褐色的帆布袋，史密斯有時也看到她攜着這袋子上班的。他上前要摟她入懷。但大概手上的東西還沒放下，她馬上就掙扎開來，說：

「等一下，先讓你看看我帶了什麼寶貝來。你不是帶了些勝利咖啡來麼？扔掉吧，用不着了，看！」

她跪在地上，打開帆布袋，掏出了一大堆像扳手和螺絲起子之類的工具——工具下面，呀，原來是一紙包一紙包的「寶貝」。史密斯接過了第一包，打開來看，裏面是一些類似砂粒的東西，鬆鬆的。氣味有點陌生，但也好像以前什麼時候聞過的。

「糖？」他問。

「糖！不是化學糖精！這是麵包，白麵包，不是我們在飯堂吃的鬼東西。這是果醬。這是罐頭牛奶！呀，這才是真正的寶貝！看，我包了好幾層布，因為……。」

她不用跟他解釋理由他也知道，因為氣味已氤氳全房。這是一種熱辣辣的香氣，喚起他童年記憶的香氣。不過，現在偶然也會聞得到就是。有時這香氣自走道的門縫傳出來，有時在擠擁的街頭輕輕的飄着，一會兒又消失了。

「咖啡，」他喃喃的說：「真咖啡。」

「內黨專用咖啡，這兒足有一公斤。」

「怎樣弄來的？」

「全是內黨的東西。你想要的，那些豬玀應有盡有。這都是他們的傭人順手牽羊牽出來的。看，我還帶了一包茶葉！」

史密斯也在她旁邊蹲坐着，打開茶包的一角，說：「真茶葉呢，不是黑莓葉子。」

「最近茶葉倒多得很，聽說『他們』佔領了印度，或是什麼地方的，」她淡淡的說：「聽着，老頭子，你轉過身去三分鐘，乾脆到床的另一邊去坐吧。別走到窗前，等我說『好了』你才轉過頭來。」

史密斯透過麻紗窗簾往後院瞭望。那女人還在洗衣盆和曬衣繩之間走來走去。她從嘴巴取出兩個木夾子後，就感情充沛的唱起來：

雖說時光最能療創，
雖說舊恨轉眼遺忘，
舊時笑聲淚影，
歷歷在我心上。

看來她已把靡靡之音的曲詞唸得滾瓜爛熟。她的歌聲隨着六月甜潤的室氣飄盪，蠻悅耳的，快樂中微帶傷感。你從她的聲調中可以猜到，如果六月的黃昏不老，如果要曬的尿布永曬不完，她可以站在那裏快樂的唱上千年。奇怪的是，他從未聽過黨員自動自發的一個人在唱歌。這不但看來有點離經叛道，而且教人想到你性情古怪，就像自言自語的習慣一樣。大概人只有站在飢餓邊緣上才有歌可唱吧。

「好了，」朱麗亞說。

他轉過身，一下子幾乎認不得她了。他本來以為她是會光着身子的，但她沒有。眼前看到的轉變使他更為驚異：她擦上了脂粉。

她一定溜到普理區的店子買了一套化妝用品。口紅擦了、雙頰抹了胭脂、鼻子撲了粉、眼皮上還塗了點什麼東西，使人看來眼睛明亮些。她的化妝術並不高明，但史密斯對這種事懂得本來也不多。他從來沒看過女黨員塗脂粉的，想也沒有想過。她臉上的改變教人吃驚。這邊一點那邊一抹，不但人漂亮多了，而最要緊的是，更女性化了。她的短髮和男性化的制服反而襯出這份女性的嫵媚。他擁她入懷時，一陣倣紫羅蘭的化學香味撲鼻而來。他想起了昏暗的廚房地下室和那女人的血盆大口。她用的就是這種廉價香水，但現在也懶得計較這些了。

「還擦了香水呢。」他說。

「唔，怎麼樣？你猜我下一步要做什麼？我要想辦法買一套上衣裙子。在這房間內我要做一個女人，不做你的同志。穿裙子、絲襪和高跟鞋，去他媽的制服！」

接着他們兩人就脫下制服，爬上紅木床。認識朱麗亞以來，這是史密斯當着她面前脫光的第一次。他一直覺得自己虛弱蒼白的身體見不得人，更不用說腿上的靜脈疸和足踝間那塊疤了。床上沒有被單，但上面那張毯子已磨得光滑。這張床的面積和彈簧的彈性都給他們新奇愉快的感覺。「臭蟲一定多得驚人，但管不得這些了，」朱麗亞說。今天除非在普理家中，否則再難看到雙人床了。史密斯童年時偶然睡過，但朱麗亞看也沒有看過。

不久他們就入睡了。史密斯醒來時，老時鐘的指針快到二十一點鐘了。他沒動，因為朱麗亞的頭枕着他的臂彎。她面上的脂粉，泰半已擦到他的面上和枕頭上去，但剩餘的那抹淡紅，正好襯托出她雙頰的嬌豔。落日的餘暉投在床腳，照着壁爐。掛在那兒那壺水已沸騰起來。後院的歌聲已逝，但街上小孩叫喊的聲音仍微有所聞。史密斯茫然的想着，在舊社會中，像他們這樣子的躺在床上，是不是一種尋常的經驗呢？一男一女，在夏天一個陰涼的晚上，赤條條的躺着，要哪時做愛就做愛，要談什麼就談什麼，不想起來就不起來，就一直躺在那裏聆聽街外寂寥的聲響。不太可能有那種日子吧？

朱麗亞醒來，揉揉眼睛，撐起半個身子看看壁爐。

「一半的水已經燒光了，」她說：「我起來弄點咖啡好了。我們還有一個鐘頭。你們的房子什麼時候停電？」

「二十三點三十。」

「我們宿舍是二十三點，但你還得早些進去，因為——嗨，滾開，你這臭東西！」

她馬上俯身到床邊撿了一隻鞋子，振臂一揮，直往牆角擲去。這姿勢跟她在仇恨節目時把字典扔到電幕上戈斯坦的畫像一樣。

「什麼事？」他吃驚的問。

「老鼠。我看到牠從洞口探出臭鼻子來，不過，這已夠嚇壞牠了。」

「老鼠？」史密斯囁嚅的問：「這房間有老鼠？」

「哪兒沒有老鼠？」朱麗亞一點也不覺得奇怪的，又躺了下來。「我們宿舍的廚房也有。倫敦某些區域簡直就是個大老鼠洞，到處都是。你知不知道老鼠咬嬰兒的？真的不騙你。住在鼠區的媽媽，半步也不敢離開孩子。咬人的都是褐色的大老鼠，而最討厭的就是牠們——。」

「別再講了！」史密斯喊道，眼睛閉得緊緊的。

「哎呀，你的臉怎麼蒼白得這麼厲害？怎麼搞的？聽到老鼠你就不舒服？」

「全世界最恐怖的東西，莫過於老鼠！」

她摟着他，手腳交加的全身裹着他，好像要用自己的體溫向他保證老鼠不會傷害到他的樣子。他並沒有馬上張開眼睛。一下子他好像又回到一生中不時重現的惡夢去了。差不多每次都是這樣：他站在一道黑暗的牆壁前，牆壁的後邊有一樣使他害怕得不敢面對的東西。在夢中，他老是自欺自騙，也許他實在不知道牆後面是什麼東西。他知道如果他下定決心，忍痛的——猶如把腦袋中的碎片挖出來一樣——一拉，說不定就可以把那怕人的東西拖到亮處來。他每次驚醒後還是一片茫然，但現在意識到這一定與朱麗亞所說的事有關連的。

「實在抱歉，」他說：「現在沒事了，我就是怕老鼠。」

「不用怕，我們這裏不會再有那些鼠娘生的東西。等會我們離開前先把碎布堵住洞口，下次來時我帶些混凝土把洞口好好的封住。」

這麼一說，史密斯的恐怖感已消解了一半。現在他不禁為自己剛才的舉動感到汗顏。他靠着床頭的木板坐着。朱麗亞起來穿上制服後就動手做咖啡。咖啡濃香刺鼻，他們只得把窗子也關起來，否則說不定就有好管閒事的人出現。咖啡香醇，不在話下，但拌了純糖後的液體所產生的滑潤感覺，是喝了糖精多年的史密斯幾乎忘記了的享受。朱麗亞一手插在口袋，一手捧着擦了果醬的麵包，在房間四邊瀏覽着。她對書架並不注意。但怎樣修理桌子，卻有獨得之見。過後，她就倒在扶手椅上，要看看是否坐得舒服。那隻古老的舊鐘她倒端詳了好久，覺得它雖然古怪，卻是滿好玩的。她把那塊水晶玻璃拿到床上來，要在較亮的光線下好好的看一番。史密斯不久就從她手上接過，因為他一直都被這塊玻璃油光水滑的樣子吸引着。

「你想這是什麼東西？」朱麗亞問。

「我想這什麼東西都不是。我意思是說，這東西從來沒有什麼實用價值。這正是我喜歡它的原因。最少這是『他們』忘了刪去的一塊歷史，也是一百年前的人留給我們訊息，如果我們看得懂的話。」

「那麼那邊那張畫呢？」說着她向對牆掛着那塊鋼板雕刻點了點頭：「那會不會又是一百年的訊息了？」

「可能還要多一點。我猜有兩百年吧，但也難說，今天凡與年代有關的事都拿不準。」

她走過去看了一眼，說：「這就是那鼠娘養的探頭探腦的地方，」她用腳踢了踢雕刻下面的牆壁。「這兒是什麼地方？好像在哪兒看過的。」

「教堂，最少以前是叫聖克萊門特教堂就是，」史密斯答道。他想起了查靈頓先生教他唸的那首童謠的片段，跟着帶着懷舊的心情吟了出來：「橘子和檸檬，吟着聖克萊門特教堂的鐘！」

令他大為驚奇的是，朱麗亞居然接口說：「你欠我三花定，響着聖馬丁的鈴；幾時還我？響着老貝利的鈴——。」接着，她又說：「我也不記得後面怎樣說的了。結尾是這樣：『這是亮你床頭的蠟燭，那是斷你人頭的砍刀！』就是這麼多了。」

這條歌真像一個秘密口令，你唸一半，我唸一半，就差了一點點：「老貝利的鈴」後面一定還有一句的。也許查靈頓先生碰到什麼靈感，會記起來的。

「誰教你的？」他問。

「祖父。我小孩時他常常唸給我聽。我八歲時他蒸發掉了。最少是失踪了。檸檬究竟是什麼樣子的？」她隨意的問：「橘子我看過，是一種厚皮、黃色、圓圓的水果。」

「檸檬的樣子和味道我倒記得清楚，」史密斯說：「五十年代時這種東西相當普遍，味道酸得你嗅一嗅就流眼淚。」

「那雕刻畫後面準有臭蟲，」朱麗亞說：「哪一天我把它拿下來好好的清理一下。該走的時間了吧？得把臉上的脂粉拭掉。不忙，待會我就替你把口紅抹去。真是多此一舉，是不是？」

朱麗亞離開後，史密斯並沒有立刻起床。房間越來越暗了。他側着身子凝望着那塊水晶玻璃。最令他出神的不是裏面那片珊瑚，而是玻璃的本身。雖然它是透明的，然而裏面卻似深不可測。對了，它的外表真像蒼穹，裏面卻蘊藏着無盡的天地。他覺得自己有辦法擠進這個天地去——而實際上他已在這天地間。紅木床、桌子、古老的時鐘、雕刻畫，甚至水晶玻璃本身也置身其間。這房間就是水晶玻璃，他和朱麗亞的生命就是裏面的珊瑚，托命於永恆。

13

西明失踪了。一天早上他沒來上班，當時還有幾個沒心眼的人提到此事，但到第二天，誰也沒有再談到他了。第三天，史密斯跑到紀錄科前廳去看佈告欄。其中一項是象棋俱樂部會員的名單，而西明是會員之一。這名單什麼都沒有改變——只是少了西明的名字。證據已充足了：西明已不存在。他從來也沒有存在過。

天氣熱得怕人。迷理部大廈雖然沒有窗子，但有冷氣，所以氣溫沒有什麼影響。但外面的走道熱得令人腳板發燙，而上下班時間地下車站的暑氣與人體的汗臭中人欲倒。仇恨週的籌備工作已入高潮，各部門工作人員都得加班。遊行示威、開會、軍隊操演、演講、蠟像展覽、放映有關紀錄片和電幕的節目，都得及時準備。此外還要搭樓臺、紮要被燒被吊敵人的肖像、寫標語口號、譜新歌、散佈謠言和偽造照片等等。朱麗亞的子虛科，暫時不生產小說，集中製造描述敵人暴行的冊子。史密斯呢，除了固定的工作外，還得遍翻《時報》舊檔，修飾將要為領導引用的新聞稿。到深夜時，愛湊熱鬧的普理在街上逛來蕩去，這個城市給人的就是一種奇異的如醉如癡的感受。火箭彈襲擊的次數增加了。有時遠處傳來山崩地裂的爆炸聲，可是究竟是什麼爆炸了，大家都不清楚。大家聽到的，只是謠言。

專為仇恨週特製的主題曲（名叫〈天仇〉）已經譜成，一天到晚在電幕上播送。音色野蠻、節奏粗野，實在不算音樂，只是鼓聲的變調而已。樂起時千百個聲音齊聲呼喊，加上操演的步伐配音，真叫人毛骨悚然。可是普理愛之有加，深夜在街頭，〈天仇〉竟與〈本來不存希望〉分庭抗禮。柏森斯的兩個孩子，夜以繼日的就用他們的梳子和廁紙含混吹奏着。史密斯晚上的時間比以前更緊湊了。在柏森斯的領導下，成羣結隊志願服務的人，忙着為迎接仇恨週而裝飾街道，縫旗幟、貼招紙，在屋頂豎旗杆。他們也不考慮到危不危險，竟在街上兩邊房子間搭了鐵線，用來懸掛長旗。柏森斯誇口說，單勝利大樓就有四百公尺長的旗布。搞這類活動，正中他下懷。炎熱的天氣加上做粗活的需要，給他晚上改穿短褲汗衫的絕佳藉口。你跑到哪裏都看到他的影子，推呀、拉呀、鋸呀、捶呀的。一會兒在這兒表演一下他權宜變通的長才，一會兒跟人家稱兄道弟，要人加油。他身上厚得打摺的肌肉，看來都是流洩不盡的臭汗泉源。

新製圖片招紙遍貼倫敦各地。這圖片三四公尺高，裏面是個手執衝鋒槍、穿着巨型軍靴、面無表情的歐亞國士兵。圖片下並無說明。無論你從哪個角度看去，那個經過縮短特寫處理的槍口，都瞄着你準備隨時發射的樣子。在倫敦街頭，看到牆壁，就看到這蒙古臉的士兵，其出現的次數，比老大哥的肖像還要多。普理一向對戰爭的態度冷淡得很，現在週期性的煽動，就是要刺激他們的愛國情緒。好像為了配合敵愾同仇的氣氛，火箭彈殺傷的數字也比前大為增加。其中一個落在史塔尼戲院區，幾百人就埋在那裏。附近居民參加出殯的行列，走了好幾個鐘頭。這葬禮也給他們憎恨敵人的機會。另外一個則落在小孩玩耍的荒地，幾十個孩子炸得血肉模糊。隨着普理就到街頭示威洩憤了，焚燒戈斯坦的人像、把幾百張撕下來的歐亞國士兵圖片投入作燃料。也有人趁火打劫，到商店去搶東西。不久就有謠言傳出，說這些火箭彈是無線電控制的。一對有外國血統嫌疑的老夫婦，房子被燒了，人也殉了葬。

只要他們找到機會，史密斯和朱麗亞就到查靈頓先生樓上的房子會面。天氣熱得難受，他們打開了窗子，把床移近，扯下了毯子，脫光衣服並躺着。鼠娘養的果然沒再出現，可是臭蟲在熱天繁殖特快，多得令人噁心。這都無所謂了，乾淨也好，髒也好，這兒是天堂。他們一進來後，就把從黑市買來的胡椒在房子四邊撒下，迫不及待的脫下衣服做愛。他們醒來後每見臭蟲重整旗鼓，準備反攻。

六月中他們相會了六七次。史密斯再沒喝杜松子酒了，不再覺得有此需要。他體重增加，靜脈疽亦已痊癒，足踝上面皮膚只剩下一塊褐色的疤痕。他早上的陣咳亦已停止。生活較前好受些，他已沒有在電幕前做鬼臉或破口罵髒話的衝動。他們現在有了一個幾乎可以說是家的會面地點，雖然不能常聚，雖然每次只能留一兩個鐘頭，已覺於願足矣。要緊的是這房子能夠繼續存在。只要它平安無事，就等於在那裏長居一樣。這房間是個給已絕了種的動物自由走動的史前遺跡。查靈頓先生也是條絕了種的動物，史密斯想。每次上樓前，他都會停下來跟這老先生聊幾分鐘。他好像很少出門，或根本不出門。也沒見過有什麼客人來。他好像幽靈一般的生活着，活動的天地除了鋪子外就是鋪子後邊那狹小的廚房。除了燒飯的用具外，廚房還有一古老的留聲機，喇叭奇大。

老頭子很高興有跟人説話的機會。長長的鼻子、厚厚的眼鏡、天鵝絨的短上衣，半彎着背在廢物堆中走來走去，他予人的印象不是生意人，而是藝術收藏家。每次看到史密斯時，他就半熱心的把一些破銅爛鐵指給他看，像瓷器瓶子的塞子、破鼻煙盒子的漆蓋、裏面裝着逝世多年的孩子頭髮的金銅飾盒或諸如此類的東西。但他絕不是為了做生意，好像看到史密斯也能欣賞到舊東西的價值自己也開心了。聽這老先生談話，感覺就像聽古董音樂盒子奏出的聲音一樣。令史密斯高興的是，他終於一點一滴的從查靈頓先生模糊的記憶中學會了不少歌謠的片段。有一首是講二十四隻黑鶇鳥的故事的，另外一首講的是一條母牛的角怎麼弄彎了。還有一首是記述大公雞羅賓之死的。「我想你對這個有興趣吧？」每次唸出一個片段，老先生就不大有信心的笑了笑説。可惜的是，每條歌他能記得的也是一些零星的句子。

史密斯和朱麗亞兩人都清楚，這種日子不會維持多久。事實上他們心中一直有這個陰影。有時死亡的影子好像近在床前，隨時要抓人的樣子。每遇這種低潮，他們就擁得更緊，好像是判了死罪的犯人，在行刑前的五分鐘拚命的把愛吃的東西塞到嘴巴去一樣。

但有時他們也有幻覺，不但覺得安全，而且相信目前的幸福永遠也不會改變。他們覺得，只要走進這房間，別人就傷害不到他們了。走到這兒來既困難又危險，但一進了房間就彷如進了聖殿。這感覺就像史密斯對着水晶紙壓凝視時一樣，他想自己可以走進這個玻璃世界，而一到了裏面，時光就停頓了。

他們不斷的做着白日夢。說不定他們的運氣綿延不絕呢？這樣子就可以偷偷摸摸的過一輩子。或者凱思琳突然死去，而他和朱麗亞用一些手段，最後順利結婚。再不然就一同自殺吧。還有，他們雙雙失踪，改頭換面之後再學講普理口音，然後到工廠去找工作，在冷僻的地區住下，不讓別人認出身分，度過餘生。

這真是白日夢，他們太清楚了。在現實的環境中，他們是逃不了的。最實際的一個計劃就是自殺，但他們不願這樣死去。有一天就活一天吧，湊合的過着毫無前途的日子。這是天性，自然得像肺的功能一樣，只要還有一口空氣，就吸一口空氣。

有時他們的話題會岔到別的地方去，談到怎樣去參加反黨的組織，但苦不知從何入手。兄弟會即使存在，但請纓無路。史密斯告訴朱麗亞他對奧布賴恩這個人所產生的「親切感」。他說他當時幾乎壓不住心頭的衝動，要走上前去對奧布賴恩招供，「我是黨的敵人，請你幫助我！」令史密斯覺得意外的是，她並不覺得這種想法魯莽。她慣於鑒貌辨色，因此覺得史密斯只憑奧布賴恩眉目的表情而判斷他可以信賴，實在沒有什麼奇怪。再說，朱麗亞深信幾乎每個人私下都憎恨黨，一有機會就破戒犯規，但她不相信大規模的叛亂組織可以存在。她說有關戈斯坦的事跡和他的地下組織，全是黨為了配合實際需要編造出來的。當然，你得合作，裝出深信不疑的樣子。她自己就不知有多少次，在黨的大會和羣眾示威遊行中，聲嘶力竭的叫着，要殺死一些她從未聽過其名字的人。而他們究竟犯了什麼罪，更是天曉得。遇到公審時，少青隊人馬總會日夜不停的包圍着法院。她當然循例參加，喊着「把賣國賊碎屍萬段」的口號。在兩分鐘仇恨節目裏，她罵戈斯坦的話都比別人到家。可是戈斯坦究竟是誰，她一直搞不清楚，更不用說他代表什麼理論了。她是革命後長大的一代，對五十和六十年代意識形態的鬥爭，非常模糊。要參加一個與黨作對的政治運動，在她說來簡直不可思議。黨是戰無不勝的。它永遠存在。而且永遠這個樣子。你要反抗可以，但只能採取陽奉陰違的方式。極其量也不過是搞些獨立的暴力事件，如暗殺哪個頭子或炸毀某些建築物。

對某些事情，朱麗亞的觀察力遠比史密斯敏銳，也更不容易受黨的宣傳所左右。有一次他不知因為談到了哪些問題而附帶道及與歐亞國的戰爭，她竟然對他說，以她的看法根本沒有什麼戰爭。每天落在倫敦的火箭彈，可能就是大洋邦政府自己發射的。為什麼？讓大家害怕呀！像這種看法他想也沒有想過。更令他聽來覺得羨慕的是，在仇恨節目時，她最大的困難就是忍着不笑出聲來！但除非黨的教訓影響到她的生活，否則她是懶得去問根由的。她隨時準備接受黨頒佈的神話，因為反正在她看來黨所說的是真的也好、假的也好，都沒有什麼分別。譬如說，她相信黨發明飛機，因為這從學校學來(史密斯記得五十年代唸書時，黨只說發明了直升機。十多年後朱麗亞上學，已進一步發明了飛機。這樣倒數下去，下一代的孩子就會聽說黨發明蒸汽機的故事了)。史密斯忍不住告訴她，在她誕生前飛機早就有了，早在革命前就存在了，她一點也沒有表示詫異。反正，誰發明飛機還不是一樣？

令史密斯最為震驚的，還是從談話中得知，她完全忘記四年前大洋邦交戰的國家是東亞國，不是歐亞國。雖說她認為這些戰爭都是騙人的玩意，但總不能沒注意到敵人名稱的改變呵。「我一直以為我們打的是歐亞國，」她淡淡的說。他實在覺得害怕。飛機在她誕生前出現，印象模糊也難怪她。但大洋邦交戰的對象，才在四年前變換的呵，那時她已二十多歲了。他跟她爭論了十多分鐘，最後總算喚起她模糊的記憶，想到有一個時期大洋邦的敵人果然是東亞國，而不是歐亞國。可是她始終認為這問題無關痛癢。「管它呢，」她不耐煩的說：「今天不是他媽的打這個就是打那個，而所有消息都是假話。」

有時他跟她講他在紀錄科的工作，特別是他自己所做的不要臉的「訂正」工作。這些事似乎也沒有令她吃驚。她並沒有覺得謊言變為真理有什麼可怕。接着他告訴她有關瓊斯、阿諾遜和盧瑟福的事，也跟她說了自己怎樣一度握有可以改變歷史的證據。她聽說後也沒有表示怎麼驚奇。起先，她完全不明白這件事的要點。

「他們是你的朋友？」她問。

「不是，我從來不認識他們。他們是內黨黨員，比我年紀大得多了。他們屬於革命前那一代。我好不容易才認出他們來。」

「那有什麼好擔心的？殺人和被殺是天天有的事，對不對？」

他想盡辦法要她明白此事的意義。「這是一個特殊的例子，並不是有人被殺那麼簡單。你曉不曉得從昨天倒數的歷史都被毀滅？如果過去還存在的話，那只在無言的物體看到，如我們眼前那塊水晶玻璃。我們常常提革命，但對革命的實況一無所知，更不用說革命前的歲月了。每一份有關紀錄，要不是焚毀就是剽改。每一本書都經改寫，每張圖畫都經重繪，雕像、路名和建築物都換了名字，每個日期都隨意修訂。」

「這種偷天換日、改頭換面的工作，每天每分每秒都在進行着。歷史停頓。除了黨永遠是對的永恆的現在外，什麼東西也不存在。我自己當然知道他們偽造歷史，可是我永遠也拿不出證據來，雖然我自己也是個『偽史專家』。文件經『訂正』後，不留什麼作弊痕跡。唯一的證據只存在我腦袋中，而我也實在無法知道除我自己外還有沒有別人分擔我這種記憶。在我一生中，只有那麼一次在事後，事情發生了多年以後，掌握過確實的改史證據。」

「那有什麼用處？」

「沒有用處，因為幾分鐘後我就把證據毀了。但此事如果今天發生，說不定我會留下來。」

「我才不幹呢，」朱麗亞說：「我也肯冒險，但得有些價值，不會為一張舊報紙去玩命。對了，你要是把報紙留了下來的話，可能派了什麼用場？」

「很難說，但那最少是個證據。如果我當時有膽量拿去示人的話，可能會撒下一些令人對黨生疑心的種子。我相信我們今生今世改變不了什麼事情，但反抗的勢力，也許會在一些角落誕生。先是幾個人糾合，然後慢慢壯大，說不定因此留下一些紀錄，讓後世的人繼續我們未完成的工作。」

「我對後世沒興趣，我只關心我們。」

「你只有腰身以下的一半才算叛徒，」他對她說。

她聽後想了想，覺得此話機智風趣不過，高興得撲入他懷中。

她對黨理論的枝節問題全不感興趣。只要他一提到英社的原則、雙重思想、歷史的伸縮性、客觀現實之否定，或只要他一用新語，她就顯得不耐煩，茫然不知所措。她說她從不注意這些問題。既然都是廢話，何必浪費心血？只要她知道在什麼場合應該喝采叫好、什麼時候該臭罵一番，就已經夠了。如果史密斯不知趣還要硬着講下去呢，她有出人意表的法寶：倒頭呼呼大睡。她是什麼時候什麼姿勢都可以倒頭便睡那種人。從跟她多次談話得來的經驗，史密斯知道要在她面前裝腔作勢的擺出一副思想正確的模樣(雖然作姿態的人自己也不真的了解「思想正確」是什麼意思)，一點也不困難。實在說，最易接受黨的世界觀的，就是那些對此一竅不通的人。稍經誘導，這些人就可以接受歪曲得最離譜的事實，因為他們從沒想過要為此付出多大代價。另一方面，他們對世事也冷淡得很，從不注意身邊以外發生了什麼事。糊塗也有好處，最少他們不會瘋掉。你告訴他們什麼，他們就相信什麼。而他們吞下去的東西，不留渣滓，因此對他們沒有害處，正如小鳥口中的一粒玉米，不經咀嚼就吞下肚子一樣。

14

時機終於成熟了。他一直希望取得的訊息終於出現。好像他一輩子就等着這件事情發生。

那天他在迷理部的走廊走着，差不多到了朱麗亞塞紙條給他的地點時，突然發覺一個身材比他高大的人跟在他後面。那人輕咳了一聲，顯明是要跟他説話的暗示。史密斯猛地轉身，原來是奧布賴恩。

好不容易等到這面對面的機會，史密斯此刻卻想拔腿就跑。他心跳得厲害，恐怕説不出話來。奧布賴恩上前，友善的拖着他的臂彎走。他説話禮貌中帶着嚴肅，這就是他與大部分內黨黨員不同的地方。

「前幾天在《時報》拜讀大作，一直就想跟你談談，」他説：「你對新語一定很有研究了，是不是？」

史密斯現在比較鎮靜了，乃回答説：「談不上什麼研究，業餘的興趣而已。這不是我研究的範圍，而且從來沒有參加過編寫的工作。」

「你文章寫得漂亮呵，」奧布賴恩説：「這也不是我個人的意見。最近我還跟你一位朋友談到，他倒是真正的專家⋯⋯唉，怎麼搞的，他的名字一時忘了。」

史密斯心頭覺得一陣絞痛。毫無疑問，這個「名字一時忘了」的朋友就是西明。西明不但死了，而且刪除了，是個「非人」。因此奧布賴恩不能提到他的名字，那太危險了。他提到史密斯的朋友是新語專家，就等於給他一個暗示。這屬於「思罪」的一種，奧布賴恩用暗號的方式告訴史密斯他朋友西明的收場，無形中把他拖下水，變為自己的從犯。

他們走了一段路後，奧布賴恩就停下來。他用慣有的親善姿態推了推眼鏡，繼續說：「我想告訴你的，就是你文章內用了兩個已經作廢了的字。當然，這是最近的事。你看了第十版的『新語辭典』沒有？」

「沒有。還沒出版吧？我們在紀錄科工作的人用的還是第九版。」

「第十版還要等幾個月才能正式發行，但試行本已在流傳了。我剛有一本，你有沒有興趣先看看？」

「那太好了，」史密斯說。他已猜出後面的事情怎樣發展。

「這一版改進的地方不少，都是別出心裁的。我想你會對怎樣減少動詞這一問題特別有興趣。我看看，我差人給你送來好不好？怕的是像這種事我常常忘掉。我看最好是你哪個時候方便到舍下來一趟，你覺得怎樣？等一下，讓我把地址抄給你。」

他們正站在電幕前。就像一個善忘的人一樣，奧布賴恩分別在兩個口袋摸了摸，掏出一個小小的牛皮封面記事簿和一支金鋼筆。就在電幕下面，好像誰有興趣要看他寫什麼都歡迎一樣，他撕下了一頁紙把地址抄下來。

「晚上我多數在家，」他說：「如果外出，傭人會把字典給你的。」

他走了。史密斯手上那塊紙片也用不着隱藏了，但他還是把地址默記，幾個鐘頭後就連同其他文件一起丟到思舊穴。

他和奧布賴恩頂多只談了兩分鐘。這事只有一個可能：奧布賴恩特別想出這方法讓他知道他的住址。大洋邦不設電話簿之類的名冊，除了直接交談外你找不到誰的地址。奧布賴恩沒有說出來的話是：「你要找我，我就住在那裏。」說不定字典內還會藏了一些密件。這回假不了，他日夕想着的那個謀反集團真的存在。他已摸到邊緣了。

他知道不久就要聽從奧布賴恩的指揮了。說不定明天，說不定還要等一陣子。今天發生的事，其實是多年前開始的延續。最先僅是一個不受控制的反動意念。第二個階段是寫日記。現在已由語言轉到行動階段了。最後的一步呢，就是踏進迷仁部的地窖去。他都接受了這些事實。在開始時就預見後果。雖然這樣，這事還是怕人。或者，再正確點說，他在預嘗死亡的滋味，體驗半死半活的情況。他跟奧布賴恩說話，弄明他的意思後，心裏不禁打了個冷顫。他感到自己正一步一步走到陰冷的墳墓去。他知道墳墓早在等着他。

15

史密斯醒來，滿眼都是淚水。朱麗亞睡眼惺忪的倚着他睡，喃喃的問他：

「什麼事？」

「我夢到——」他沒説完就停下來。要告訴她的事複雜得語言難以表達。除了夢的本身外，還有醒後幾秒鐘之間湧現的回憶。

他閉上眼睛再躺下來。夢境依稀還在。他夢到的東西，非常清晰，歷時也長。他的一生猶如一幅雨後仲夏黃昏的景色在他面前展開，玲瓏剔透。所有事情都是在水晶玻璃裏面發生的。水晶的外層是蒼穹。裏面的世界，燈光柔和，可以極目遠處。他在夢中看到很多東西，其中包括他母親手臂揮動的姿勢，和三十年後在新聞紀錄片中出現的猶太母親，在直升機炸死他們前用身體掩護孩子的姿態。

「你知道麼，我一直以為我母親是被我害死的，」他説。

「你為什麼要殺她？」朱麗亞説，幾乎睡着了。

「我的意思是害死，不是殺死。」

在夢中他記得最後一次看見母親的情形。醒後幾分鐘，前塵舊事都到眼前來了，這是他多年來一直要儘量忘記的事。究竟是哪一年的事，他記不清楚了，但事情發生時，他最少也有十歲，可能是十二歲了。

那時他父親已經失踪了，但究竟失踪了多久，他也忘記了。他只記得那個時候什麼都是亂糟糟的，情況很不安定。空襲是常有的事。警報一來，大家都到地下車站去躲。市面郊區，一片瘡痍。街頭巷尾滿貼告示，只是他那時不知道上面說些什麼。青年人集幫結隊流蕩街頭，穿的都是同一顏色的襯衫。他還記得麵包店前面長長的隊伍和遠處的機槍聲。但印象最深的，還是從來不夠東西吃。他跟其他男孩子常常花整整一個下午，徘徊於垃圾箱與廢物堆之間，為的就是要撿人家丟了的包心菜根莖或馬鈴薯皮。有時他連發了霉的麵包皮也不放棄，把霉渣抖出就放到嘴裏。

除了撿垃圾箱的東西外，他們也站在運牲口養料的貨車必經之道，等卡車經過。車子經過路面不平的段落時，一顛一簸的，有時會掉下一些油渣餅的碎片來。

他父親失踪時，母親既沒有表示驚奇，也沒有大哭大叫。但人顯然轉變了，整天都是無精打采的樣子。史密斯看得出來，她在等待着無可逃避的命運降臨。要做的事情她都做了。燒飯、洗衣、縫補、整理床鋪、打掃房間、拭擦壁爐架子，但手腳奇慢，好像一個走動的人體模型。她高大的身軀，顯得毫無活力。她可以抱着他妹妹，在床上一坐就坐上幾個鐘頭，動也不動。妹妹那時大概兩三歲，體弱多病，不愛說話，臉瘦得像猴子。有時媽媽也會緊緊的摟着史密斯不放，一句話也沒說。雖然他年紀小，雖然他事事只想到自己，雖然他媽媽從沒提過，但他已意識到這一定與快要發生的事情有關。

他們住的房子陰暗而空氣混濁，床上鋪了白被罩，而房子的一半空間，也就給這張床佔去了。房內還有一個煤氣灶，一個放食物的壁櫥。樓梯附近有一陶器洗滌槽，幾家共用。他還記得母親站在煤灶邊用平底鍋燒東西時的情形，大概因為他老吃不飽的緣故吧。飯桌真像戰場。他老是纏着他的母親，問她為什麼東西總不夠吃。他要嘛是又喊又叫，要嘛是哭哭啼啼，裝出可憐巴巴的樣子。目的都是一樣：要多拿些吃的（他還記得喊叫時的聲調，先是咽嗚，然後有時突然哇哇大吵大嚷一番）。他媽媽總是多分他一點的，因為她認為男孩子得多吃些。但不管她給他多少，他還是嚷着不夠。每次吃飯時，媽媽總提醒他不要太自私，他妹妹生病，也得吃東西。但也沒用，一看到她分飯菜的勺子在他盤子上停下來，他就野性突發，要把她手上的鍋子搶過來，或把妹妹的飯菜倒在自己的盤子上。他知道這樣做會把他母親和妹妹餓死，但他還是做了，甚至相信這是應該的。他腹中的餓火讓他覺得搶吃有理。在早晚兩頓飯之間，如果他母親沒看到，他就到壁櫥偷東西吃。

一天家裏拿到了巧克力配給，這是幾個月來的第一次。他還記得那是兩盎斯的一小片（那時還用舊制），理應分成三份的。

突然史密斯腦中好像有人告訴他：你應該全部拿過來！接着他就大嚷大叫了。母親對他說不能這麼不知足。於是母子兩人一個哄騙說理、一個又哭又啼的吵個不休。他妹妹雙手摟着媽媽，就像小猴子抱着母猴一樣，轉過頭來用她大而悒鬱的眼睛望着他。母親最後把四分之三的巧克力分給史密斯，四分之一給妹妹。妹妹接過後，傻傻的瞪着它，大概不知道這是好吃的東西。史密斯看在眼內，突然一躍而起把她手上的糖搶過來奪門而逃。

「溫斯頓！」他媽媽在後面喊着：「快回來，把巧克力還你妹妹！」

他停了步，但沒有走回去。他母親焦灼的眼睛一直凝視着他的臉。即使在這一分鐘，她心中想着的，還是那快要發生的事，但那時他不知道究竟是什麼事。這時他妹妹知道東西被搶了，低聲抽泣起來。他母親摟着她，把她的臉緊貼自己胸前。他從這舉動猜到，他妹妹快死了。他轉身急步下樓，手上的巧克力開始融化了。

這是他最後一次看到母親了。他吞下了那片巧克力後，覺得有點慚愧，在街上蕩了幾個鐘頭，直到肚子餓得不能再忍受了才回家。想不到他母親已失踪了。當時「失踪」已漸漸普遍。除了母親和妹妹不見外，房內什麼東西都一樣。她們沒拿任何衣服，母親那件大衣還在。到今天他還不知道母親是死是活。說不定她下放到勞改營。妹妹呢，可能跟史密斯一樣，送到孤兒營（他們稱為「感化中心」)。這是內戰後才建立起來的機構。但也可能跟母親一道去了勞改營。再不然就丟在什麼角落自生自滅。

這夢境到現在還異常鮮明。尤其難忘的是母親環抱着孩子、呵護孩子的手勢,包含着多少真理呵。他又想到了兩個月前做的夢。坐的姿勢相同、懷中也抱着妹妹,不同的是在那個夢中母親不是坐在套上被罩的床上,而是一條下沉的船。他在陸上,而母親逐漸下沉,一直抬起頭來望着他。

他把母親失踪的故事告訴了朱麗亞。她眼睛也沒有張開,改換了一個睡姿,說:

「我想你小時候一定是個王八蛋,」她語言不清的說:「所有小孩都是王八蛋。」

「不錯,但問題在 ——。」

聽她的呼吸聲就知道她又睡着了。他真希望她能醒着聽他講有關他母親的故事。在他的記憶中,她並不是什麼特殊的女人,也不算聰明。可是她有一種純潔而高貴的氣質,這因為她奉信的做人標準,都是發自內心的。外在的影響改變不了她。對她來講,一個不實際的行動不一定是無意義的行動。你愛一個人的話,就認真的去愛他。到你一無所有,你還可以一樣愛他。史密斯把巧克力搶去後,她就緊緊抱着妹妹。這沒有什麼用處,改變不了什麼事實,也不能把巧克力討回來,更不能逃過自己的或妹妹的死亡命運。但她還是擁抱着妹妹,好像這是天經地義的事。

紀錄片中那個乘小艇逃命的媽媽，也用自己的身體掩護孩子，雖然在機槍掃射下，她身體的掩護作用，也強不過一張薄紙。黨所幹的事所以可怕，因為一方面它要讓你看到天性與感情驅使的行動，改變不了事實。另一方面，它剝奪了你對物質世界的任何權力。你一旦落在黨的掌握之中，你的感覺如何，你有沒有採取行動，事實上毫無分別。不管發生了什麼事，你最後還逃不過音消塵滅的命運。你的名字和你的行為，從此絕跡人世，在歷史上一筆勾消。可是對上兩輩的人來說，這實在有點不可思議，因為他們還沒有修改歷史的習慣。他們對個人奉信的道德價值從不懷疑。他們重視人與人之間的關係，因此一個蒼涼無效的姿勢、一摟一抱、一滴眼淚，或對一個臨終的人説的安慰的話，都有其一定的意義。

史密斯這時突然想到，今天還抱着這種信念的，只有普理。他們效忠的對象，不是黨、不是國家，更不是一個抽象的觀念。他們積極維持的，只是私人關係。有生以來史密斯第一次覺得以往瞧不起普理的態度是不對的。他們不但有突然一天覺醒起來改變世界的潛伏力量，最要緊的是他們保全了人性。他們沒變得鐵石心腸。普理還留傳了人類原始的情感——史密斯得重新用心學習的情感。想到這裏，他記起了一件事：幾個星期前空襲時，他在行人道上不是看到一條斷了的手臂麼？他不是像踢包心菜一樣，一踢就踢到溝渠去麼？

「普理才是人，」他大聲説：「我們不是！」

「我們為什麼不是人？」朱麗亞醒來了，反問他說。

他想了想，改換了題目答道：「你有沒有想過，對你和我來說，最聰明的事，莫如現在就離開這裏，今後再不見面？」

「當然想過，而且還不止一次。但我不打算離開。」

「我們運氣不錯，但不可能永遠靠運氣。你年輕，看來又正常得很，純潔得很。如果你不和我這類人來往，說不定還可再活五十年。」

「謝了，我想通了。你怎麼做，我也怎麼做。你也不必太洩氣，我懂得怎樣照顧自己。」

「我們也許再可以相處半年，甚至一年，反正誰曉得。最後總要分手的。你有沒有想過到時我們多孤獨？我們一被捕後，誰也幫不了誰。我招供了，他們固然槍斃你。但即使我不招供，他們也一樣的槍斃你。不管我說什麼、做什麼，或者不管我怎樣守口如瓶，也拖延不了你的死刑。到時我們誰也不知誰的死活。我們什麼力量都沒有。最要緊的是，我們不能互相出賣，雖然我也曉得到後來結果都一樣。」

「你是說招供？」她問：「我們當然招供，誰抓進去都招供不誤。有什麼辦法，他們用刑折磨你。」

「我不是說招供。招供不等於出賣。你說什麼做什麼都沒關係，感情才是重要的。如果他們能迫使我不再愛你，這才是出賣。」

她想了一會，然後肯定的說：「這個他們做不到。他們可以迫你招認任何事情，但卻不能迫你相信你講的話是真的或假的。他們不能跑到你腦子去。」

「這倒是真的，」他心中也因此燃起了一絲希望：「他們還不能夠鑽入我們的腦袋。如果你覺得保全人性是值得的，即使最後也發生不了什麼效果，但在精神上來說，你已經把他們打敗了。」

他想到了那不眠不休的電幕。雖然它二十四小時都監視着你，但如果你頭腦能保持清醒，它還是鬥不過你的。黨的手段是厲害不過了，但還沒有發明出可以測量你內心感受的儀器。要是真正落在他們的手上，事情就難說了。沒有人曉得迷仁部裏面的實際情形，但也不難想像：酷刑、藥物、測探你神經反應的精密器具，然後關禁、夜以繼日的審訊、不讓你睡眠——直到你完全崩潰為止。如果他們要從你嘴裏探聽的是事實，那你無法隱瞞，因為他們總會不擇手段要你供出來。但如果你認為人生的意義不是苟全性命，而是活得像個人，那麼他們怎樣對付你也沒有什麼分別了。

你對某人某事的情感怎樣，這是他們改變不了的。你自己想改變也不容易。他們可以把你說過、想過和做過的事每一細節探究出來，但譬如說你為什麼愛一個人，這種連你自己也會覺得玄妙的情感，那是沒有任何力量可以攻得破的。

16

事情終於發生了。

史密斯和朱麗亞現在站着的房子，是長方形的，燈光柔和。電幕聲音很低。藍黑的地毯，厚厚的，讓人有踩踏天鵝絨的感覺。房間的盡頭奧布賴恩正伏案工作。檯燈的罩子是綠的，桌上堆着一大堆文件。傭人帶他兩人進來時，他連頭也懶得抬起來。

史密斯心臟跳個不停，他真不知道自己是否還會說出話來。他現在能想到的，只是這句話：終於幹上了！跑到這裏來看奧布賴恩實在魯莽，而帶着朱麗亞一道來更愚不可及，雖然，他們是分頭來的，到這屋子的門前才一道走進來。像這樣的地方，即便踏上一步也需要非常的勇氣。能夠登堂入室的走進一個內黨黨員的住宅，實在是千載難逢的機會。平日連他們所住的區域也不輕易闖入。這一排排高樓大廈特有的氣氛和氣派、佳餚美食的香味、上好菸草的芬芳、快速寧靜的電梯、來回穿梭着白制服的傭人——看到的、聽到的、聞到的都攝人心魂。雖然他造訪的理由極為充分，走起路來還是提心吊膽的，生怕神出鬼沒的黑衣警衛隨時出現檢查證件，然後攆他們出去。

奧布賴恩的傭人卻一點也沒有為難他們。這人個子矮小、黑髮、着白制服，面部毫無表情，可能是個中國人。他帶他們走過的一條走廊，也是鋪了厚厚的地毯，兩邊牆壁粉擦得一片乳白。這又是一種先聲奪人的威勢。史密斯從來沒看過一條走廊不是骯骯髒髒的。

奧布賴恩正全神貫注的看着手上的一份文件。因為他低着頭，史密斯看清楚了他額前到鼻子的線條。他寬厚的臉，顯得既威嚴而又智慧。約莫有二十秒鐘的光景，他紋風不動的坐着。突然他把説寫器拉到面前，用迷理部的行話唸道：

「第一、五、七項照准建議第六項雙倍加荒謬跡近思罪取消。未得正確機器費用估計前停止工程計劃完了。」

唸完後他才慢慢的站起來，踏着無聲無息的地毯朝着他們站的方向走去。唸完那段新語公文後，他的大官氣派雖然稍斂，但表情卻比平日所見嚴肅多了，好像工作受到打擾而不太高興的樣子。這時史密斯既尷尬又恐懼。他會不會做了一件最愚蠢的事了？他又怎知道奧布賴恩跟他是同路人？除了那短短一瞬的目光和一兩句模稜兩可的話，他還有什麼證據？其餘一切，都是想像出來的吧？到了這個田地，他原來到這裏拿字典的藉口已用不上了。拿書何必兩個人來？奧布賴恩這時走到電幕前，好像想起了什麼似的，突然轉身，按了按牆上的開關。啪地一聲，電幕停了。

朱麗亞禁不住發出低聲的驚叫。史密斯雖然也嚇得獃了，但這實在是意外，他也忍不住的説：「你的電幕可以完全關掉？」

「對的，我們有這種特權。」奧布賴恩回答說。

他已站到史密斯和朱麗亞兩人面前。高大的個子，居高臨下的盯着他們，面上的表情還是跟先前一樣的不可捉摸。他板着臉孔等着史密斯先說話。但說些什麼呢？奧布賴恩顯然還是不高興。他是個大忙人，而他們兩人出現打斷了他的工作。

誰也沒有作聲。電幕關閉了以後，房間靜寂無聲。一分一秒彷若千年。史密斯好不容易才能集中精神正眼看着奧布賴恩。過了一會，奧布賴恩的面色終於緩和了一點，用他習慣的姿勢推了推眼鏡。

「你先說還是我先說？」他問。

「我說吧，」史密斯馬上答道：「電幕真的關了？」

「關了。在這房子內說的話，只有我們三個人聽到。」

「我們來這裏，因為——。」

他頓了頓，因為他自己也搞不清楚他來這裏的目標。另一方面，他實在也不知道奧布賴恩能夠幫他什麼忙，因此也不能告訴他為什麼找他。但既然自告奮勇要先說話，不得不勉為其難，雖然自己也知道對方聽來一定覺得這種藉口虛浮得很。

「我們來這裏，因為我們相信你與一個地下反黨組織有關。我們願意參加。我們是黨的敵人，反對英社的宗旨。我們是思罪犯，通姦犯。我把這些事告訴你，無非也是要把我們的性命放在你手上。如果你要檢舉我們，我們只好認命。」

說到這裏，史密斯好像聽到房門開了，轉頭一望，果然，那個黃臉孔的東方人連敲也不敲就打開門走進來。他捧着一個盤子，上面盛着玻璃瓶和幾個杯子。

「馬丁是我們的人，」奧布賴恩木無表情的說：「馬丁，把盤子拿到這邊來，放在檯上吧。椅子夠不夠？好，那麼我們大家坐下來談吧。馬丁，你自己也拉一把椅子來，我們談的是公事，在十分鐘內你不必做僕人了。」

馬丁依言坐了下來。他雖然沒有顯出侷促的樣子，但你還可以看出來他是個僕人，一個享受着特權的僕人。史密斯從眼角覷他一眼。不消說，這人一生都在扮演一個角色，因此連一分鐘也不敢放棄這角色應有的表現與性格。

奧布賴恩拿起瓶子，把杯子盛滿了深紅的液體。史密斯隱約記得許久以前好像在牆上或廣告板上看過類似的東西：一個由小燈泡組成的大瓶子一上一下的移動把「液體」倒在杯中。現在面前的液體，由上面看下去是黑色，可是在瓶子內則閃亮如紅寶石。味道酸酸甜甜。史密斯看到朱麗亞拿起杯子好奇的嗅着。

「這東西是葡萄酒，」奧布賴恩淡淡的笑着說：「你在書上一定看過了。這東西供給外黨享用的恐怕不多。」跟着他的面色又嚴肅起來，舉杯說：「我想我們應該先為我們的領袖依曼紐爾·戈斯坦的健康喝一杯！」

史密斯有點興奮的舉起杯子。用葡萄或其他果子釀製的酒，他書本上看過，做夢做過，就是沒有嚐過。像水晶紙壓和查靈頓先生所記得的歌謠片斷一樣，這東西是屬於已經過去了的浪漫時代。在他的心底，他稱那個時代為黃金時代。

也不知什麼原因，他一直以為葡萄酒是甜甜的，如黑莓子醬，並且一到肚子就見酒力。事實並不如此，他喝了一口後就大感失望。可能是他喝了勝利杜松子酒多年，已嚐不出這酒的真正味道來。他把空杯子放下。

「那戈斯坦真有其人了？」他問道。

「對的，真有其人，而且活着，人在哪裏我就不知道了。」

「那麼那個叛亂組織也是真的了？不是思想警察杜撰出來的了？」

「不是，真有這個組織，我們叫兄弟會。可是除了兄弟會真的存在和你是其中一分子外，其他的事情你永遠不會知道。我等會再跟你解釋。」他看看腕錶，又說：「我雖然是個內黨黨員，也不敢把電幕關上半小時以上。你們實在不應一道來的。離開時你們一人先走。這樣吧，同志——」他朝朱麗亞點了點頭，繼續說：「你先走。我們能夠談的只有二十分鐘。讓我先問你們一些問題吧。大概的說，你們準備做些什麼事？」

「任何我們能力所及的。」史密斯答道。

奧布賴恩移動了一下身體，面對史密斯。他好像覺得不必理會朱麗亞了，因為他假定史密斯可做她的代言人。他半閉着眼睛，用低沉而不帶情感的聲音發問，大概在他看來，這正如教堂給人洗禮時所做的例行公事，不待對方發言也知答案是什麼的了。

「你是否願意隨時犧牲性命？」

「是。」

「願意執行謀殺命令？」

「是。」

「執行可能傷及千百無辜性命的破壞工作？」

「是。」

「出賣你自己的國家？」

「是。」

「幹瞞混欺騙、敲詐勒索的事以敗壞孩子的心靈？分發毒品？迫良為娼？散佈性病——一句話，你願不願意不擇任何手段去破壞黨的權力？」

「願意。」

「舉個實例。如果對我們的組織有利，你願不願意在一個孩子的臉上倒硫酸？」

「願意。」

「你願意不願意失去你目前的身分，一輩子做侍者或碼頭工人？」

「願意。」

「如果我們命令你自殺？」

「願意。」

「你們兩人願意分開、一輩子永不見面？」

「不！」朱麗亞插嘴說。

史密斯等了好一會才答話。在那一剎那間，他好像失去了說話的能力。他的舌頭翻滾，迸出了一個音節，然後第二個音節……。在說出來前的一秒鐘，他還不知是要答「是」或「不」。

他最後還是說了「不」。

「你說了實話，那很好，」奧布賴恩說：「我們什麼都要知道得清清楚楚。」

他轉過身去對着朱麗亞，然後用較有表情的腔調補充的說：

「你知道麼？即使他將來能活下來，也會變了另外一個人。我們說不定要給他一個新的身分。他的行動、手足的形狀、髮色，甚至連聲音也都改變了。你自己也一樣。我們的整型專家可把任何人脱胎換骨。為了需要，我們有時得把一隻手或一條腿割去。」

史密斯聽到這裏，忍不住又偷偷打量了馬丁一眼。他看不到什麼疤痕。朱麗亞臉色變得蒼白，雀斑也更顯露了，但她勇敢地正面瞧着奧布賴恩，喃喃的好像說了同意的話。

「好，那就解決了，」奧布賴恩說。

檯上擺着一個銀盒子，裏面是香煙。他心不在焉的把盒子推到他們面前，自己也取了一根，然後站起來來回踱步，好像這樣比坐着容易思考。這紙煙菸草很好，結結實實的，紙質柔滑。奧布賴恩又看看腕錶，說：

「馬丁，你該回到廚房去了。十五分鐘內我就得把電幕打開。你離開前把這兩位同志的面孔牢記下來，因為你將來還要跟他們見面，我自己就說不定了。」

就像他們在前門時一樣，馬丁的黑眼珠在他們面上打量了一遍，態度一點也不見得友善。他雖然在審視他二人面部的特徵，卻對他們一點興趣也沒有。即使有也看不出來。也許一個整了容的面孔是難有表情的，史密斯想。馬丁一句話也沒有說，也沒有舉手或點頭為禮，就離開了，一聲不響的把門關上。奧布賴恩來回的踱着步，一手插在黑制服的口袋，一手捻着紙煙。

「你要知道，」他開腔了：「你們是秘密作戰的，永遠如此。你收到命令，就要不問究竟的去執行。過些時候我會給你看一本書，你就會知道我們現在所處的社會是哪一種社會。這書也會告訴你我們怎樣毀滅它的方法。書看完了後，你就是兄弟會的正式會員。但除了我們鬥爭的基本目的，你永遠不會知道其他細節，也不會知道擺在眼前的任務性質。我可以告訴你兄弟會確有其事，卻不能告訴你會員是一百，或一千萬。就你們的圈子來講，你甚至不知道兄弟會的人數夠不夠十個。

「跟你接觸的，有三四個人，但下次再跟你接觸的，不會是同樣的同志。馬丁是你接觸到的第一個，因此不用更換。給你們的命令，都是由我發的。如果有需要跟你們聯繫，馬丁就是線人。你被捕後，就招供，但除了你們所做的事外，也沒有什麼可招的。你能出賣的，極其量也不過是三四個無關重要的人。大概連我你也出賣不了，因為到時我不是死了，就是另外一個人，另外一個面孔。」

奧布賴恩還是不斷的在柔軟的地毯上踱着方步。他塊頭雖然碩大，動作卻異常優雅。無論插手入口袋也好，伸手彈煙灰也好，都顯出一種近乎飄逸的姿態。他予人的感覺，不但果斷剛強，而且充滿自信。還有一點：他言談間還不時帶着淡淡的譏諷意味。難得的是他態度雖然認真，卻沒有那種盲從附和的人慣有的偏執。他提到謀殺、自戕、性病、斷肢和整容時，你總覺得口吻近乎揶揄，好像在說：「這是無可避免的事，只得勉為其難。但環境改變了以後，人生的尊嚴得到肯定了以後，我們就可洗手不幹了。」

史密斯對奧布賴恩由衷的佩服，幾乎可說是崇拜了。一下子他竟把戈斯坦忘了。你只要看看奧布賴恩堅強有力的肩膊，既醜陋又睿智豪邁的面孔，你不會相信他這個人會被擊敗的。他絕對是個事事洞悉先機、熟嫻韜略的人。連朱麗亞也被他吸引住了，一直全神貫注的傾聽着，連手上的紙煙也忘了抽。

「你既然聽過有關兄弟會存在的謠言，」奧布賴恩又開始說話了：「自然會對這個組織產生許多幻想。譬如說，在你的想像中這是個龐大的叛亂組織，會員常在地窖聚會，在牆上傳口訊，或靠密語和手勢互相招呼。事實上這都是神話。兄弟會會員無法認出對方是否同志。而除了幾個線人外，任何會員都不知其他同黨的身分。就算戈斯坦本人落在思想警察手上，也不能供出全部會員的名單，也不知哪裏才可以找到全部會員的名單。很簡單，根本沒有這份名單。兄弟會因此不能一網打盡，正因為它不是一個普通的組織。除了一個不可毀滅的理想外，再沒有其他東西把所有會員結合在一起。而這理想也是支持你精神唯一的力量，因為你沒有同志愛，也沒有什麼鼓勵和慰藉。你出了事後，沒有人會幫助你，因為我們從來不援救會員。如果有絕對的需要不讓一個被捕的同志講話，我們也許會偷送一張刀片到獄中。

「你要習慣過無希望和無結果的生活，因為工作一個時期後，你就難免失手。招供後，就犧牲了。這就是你能看到的唯一結果。我們一生中，沒有可能看見什麼轉變。我們實際上是已經死了的人。真正的生命寄於未來，但我們只能以尚未腐朽的幾塊骨頭去參與了。問題是未來究竟有多遠，誰都不知道。可能是幾百年，可能是一千年。在目前，我們除了把清醒的範圍漸漸擴大，也沒有其他能做的事了。我們不能集體的去做，只能以單獨傳播的方式，把我們的知識與經驗向外推出，一代傳一代的推出。在思想警察的陰影下，還有什麼辦法？」

他說完後又看了看腕錶。

「也到了你該離開的時間了，同志，」他對朱麗亞說：「等一下，瓶子內的酒還未喝完。」

他把三個杯子倒滿，然後舉起自己的杯子。

「這次為什麼而乾杯呢？」他問道，口氣還是半帶嘲諷：「為愚弄思想警察成功而乾杯？或為老大哥早歸道山？為人類？為未來？」

「為過去，」史密斯說。

「對，過去更重要，」奧布賴恩嚴肅地附和說。

他們乾杯後不久朱麗亞就站起來準備告辭。奧布賴恩從壁櫥取下一個小盒子，拿了一粒扁平的白藥片給她，要她放在舌上。他說不能讓外面的人聞到她口中的酒味，那些開電梯的人看人很細心。門一關上，奧布賴恩就似乎忘記有她這個人了。他踱了兩步，停下來。

「現在我們得解決一些細節問題，」他說：「我想你一定有什麼可以躲過電幕的藏身之地吧？」

史密斯就告訴他已租下查靈頓先生的房子。

「那就暫時應付應付吧。過些日子我們再替你安排別的，要緊的是常常換地方。目前我要張羅的，就是怎樣把那本書送到你手上。」

史密斯注意到，即使奧布賴恩提到那本書時，也是加重語氣的。「那本書！」

「你明白麼？我是說戈斯坦那本書。我想辦法儘快交給你，但說不定要等好幾天。流傳的也沒有好幾本了，想你也猜得到。我們印一本，思想警察就追查出一本。但這沒關係，這本書是消滅不了的，如果最後一本也難逃劫數的話，憑我們的記憶，也差不多可以一字不漏的再印一本。你帶公事包上班麼？」

「通常都帶。」

「什麼樣子的？」

「黑色，破爛不堪，有兩條帶子。」

「黑色，破爛不堪，有兩條帶子——好。過幾天——我不能給你確定的日期——你上班時收到的文件中，其中有一份會出現一個錯字，你要求再送一份。第二天你上班時就不用帶皮包。那天在街上某一個時候，會有一個男人上前按按你的手臂說：『我想這皮包是你的。』他給你的皮包中就有戈斯坦的書。十四天後你就得歸還。」

兩人都沉默起來。過一會，奧布賴恩打破沉寂說：

「還有兩分鐘你就得走了。我們再見——如果真能再見的話。」

史密斯抬頭望他，然後遲疑的問：「在沒有黑暗的地方再見？」

奧布賴恩點頭，沒有顯出驚異的樣子。「對，在沒有黑暗的地方再見，」他說，好像懂得史密斯的暗示。「但現在，在你離開前，有沒有想說的話？有沒有什麼口訊要我轉交？或者有什麼問題？」

史密斯想了想，似乎沒有什麼要問的問題了，更不想唱任何高調。現在他想到的，倒是些跟奧布賴恩或兄弟會毫無關係的事。他腦中浮起的，是一幅合組的圖畫：她母親最後住過的陰黑房子、查靈頓先生店子樓上的密室、玻璃紙壓、鋼板雕刻和青花木畫框。他隨口問道：

「你有沒有聽過這麼一首歌謠？開始一句是這樣的：橘子和檸檬，吟着聖克萊門特的鐘。」

奧布賴恩點了點頭，接着用近乎虔誠的聲音把整段詩唸出來：

橘子和檸檬，吟着聖克萊門特的鐘，
你欠我三花定，響着聖馬丁的鈴，
幾時還我？哼着老貝利的鈴，
等我濶了，答着索爾迪奇的鐘。

「你還記得最後一行！」史密斯驚奇的說。

「對的，我還記得最後的一行。可惜的是，你得離開了。等一下，我得先給你藥片。」

史密斯站起來後，奧布賴恩伸出了手。他重重握着，史密斯掌心幾乎給他壓碎了。到門口時史密斯回頭一笑，但奧布賴恩似乎正準備把他這個人忘得一乾二淨的。他的手指按着電幕的開關，等他離開。奧布賴恩的後面，是書桌、綠色的燈罩、說寫器和堆在鐵籃子內一疊疊的文件。

事情結束了，史密斯想道。半分鐘內，奧布賴恩就會恢復剛才被打斷的重要工作，繼續為黨服務。

17

史密斯人累得像塊果汁軟糕。對的，一點沒誇張，這是他自自然然想到的譬喻。他的身體弱得發軟，也軟得透明。他覺得如果把手掌朝亮處舉起，一定會透過光線。他的血和肉全被超額的工作抽乾了，只剩下軟弱的骨架、皮膚和神經。觸覺特別敏銳。制服磨擦脖子肩膊、石地使他腳板發癢。伸展一下手臂也令他覺得關節吱吱作響，痛苦異常。

在五天內他工作了九十多小時。在迷理部的同事亦如此。現在大功告成，在明天早上以前，什麼公事也沒有了。他可以在查靈頓先生的房子過六小時，然後還有九小時躺在自己的床上。

午後的太陽，異常柔和。史密斯正沿步走到通往查靈頓先生鋪子的昏陰街道去。他習慣的東張西望，看看有沒有巡邏警察在旁，但直覺地相信今天是不可能有人上前盤問他的。他手上拿着的皮包，異常沉重，走一步，就撞擊他膝蓋一下，使他的腿又痛又麻。皮包內是那本書。他拿到手已有六天了，但一直沒有打開，更不用說翻看了。

仇恨週到了第六天時，大家已受夠了遊行、演說、呼喊、歌唱、搖旗、招紙、電影、蠟像、擊鼓、喇叭、頓足、轔轔的坦克聲、呼嘯而過的飛機聲和隆隆的槍砲聲。六天下來，民眾的澎湃情緒已達頂峯。對歐亞國的憎恨，亦到不共戴天的程度。這個時候，誰能夠手擒預定在仇恨週最後一天問絞刑的兩個歐亞國俘虜中任何一個，準會把他生劏活剝。可是不早不晚，消息傳來，大洋邦的交戰國不是歐亞國，而是東亞國。歐亞國是盟邦。

當然，這種事黨是不會承認的。只是一下子，非常突如其來，大家都知道東亞國是敵，歐亞國是友就是。敵我交替時，史密斯在倫敦市中心一個廣場上示威。那是晚上時分，蒼白的面孔與猩紅的旗幟在燈光下相映成趣。擠在廣場上的有好幾千人，其中有一千左右穿着探子隊制服的學童。在滿披紅布的講演臺上，只見一瘦小的內黨黨員，聲嘶力竭的致訓詞。他個子雖小，手臂卻特長，腦袋也奇大，幾根亂髮在禿頂上飄呀飄的。他整個身軀活像仇恨的化身，一手執着麥克風，一手在頭上的空間拚命指劃着。透過擴音器，他聲音非常刺耳，一直數落着歐亞國的暴行——屠殺、放逐、掠劫、強姦、虐待戰犯、濫炸平民、誇張宣傳、恣意侵略、亂毀條約等等。只要你在場聽他演講，你對他的話不得不由衷信服，繼而覺得義憤填胸。

每隔一兩分鐘，羣眾就受他的話煽動得羣情洶湧。千萬個喉嚨，像野獸一般狂叫着，把他的聲音也壓下去了。喊得最轟天動地的是學童。他口沫橫飛的講了約莫二十分鐘吧，突有一信差走到臺上塞了一張紙條給他。他一邊打開字條來看，一邊還是滔滔不絕的說話。他的聲音和態度沒改，內容也沒改，但一下子敵國的名字改了。一句話也不用說，大家馬上就知道這是怎麼一回事。大洋邦的敵人是東亞國！

跟着秩序大亂。在廣場懸掛的旗幟與招紙，對象全搞錯了，文不對題，照片中的人像，一半以上已成了明日黃花。這還用說麼，準是戈斯坦陰謀分子的破壞行動！馬上就有人開始把招紙扯下來，旗幟撕得稀爛，用腳踐踏一番。探子團人馬個個奮不顧身爬到屋頂，把懸在煙囱上的横幅剪下來。兩三分鐘後，大功告成。剛才在臺上致訓詞的內黨黨員，還是那個模樣，手執麥克風、身子靠前、另一隻手在頭上比劃着，慷慨激昂的在數落着敵人的罪行。他不用說上一分鐘，臺下聲討敵人的聲音跟着就喊得震天價響。仇恨週節目如常進行，只是仇恨的對象更改了。

現在回想起來，史密斯印象最深的，就是那內黨黨員看了那紙條後，可以在完全不變換語法的原則下，由仇恨歐亞國一轉轉到東亞國，絲毫不露痕跡。但除了這偷天換日的一刻外，那內黨黨員還說了些什麼，他就沒注意到了，因為他的注意力剛好在這時候分散。探子團和其他的人忙着撕招紙時，有人拍着他的肩膊說：「對不起，我想這皮包是你的。」那人的面目如何，他沒看到。他也隨手把皮包接下，一句話也沒有說。書是到手上了，但最少也要等好幾天才有機會看。示威一告終後，他就馬上回到迷理部去，雖然那時已近二十三點。迷理部其他員工，也一樣的匆匆趕着回去辦公。電幕此時正催促着他們趕回所屬單位報到，看來是多此一舉了。

大洋邦正與東亞國交戰：大洋邦一直就是與東亞國交戰。五年來有關的政治文件，大部分也因此作廢。所有的報告和紀錄、報紙、書本、手冊、電影、錄音帶和照片，全部得火速訂正。雖然沒有正式的指示發下來，但大家心裏都明白，紀錄科各主管都希望見到一個星期內，所有曾經提到與歐亞國衝突的紀錄或與東亞結盟的經過，都全部一筆勾消。

這種差事本來已夠煩重，且不說所牽涉的工作，又不能明明白白的說出來，使過程更形複雜。紀錄科的同事，一天工作十八小時，中間分兩段時間睡眠，各佔三小時。睡眠的地方就是從地窖拿上來的床墊，散佈走廊各處。吃的是三明治和勝利咖啡，由飯堂的員工推着手推車來回輸送。每次史密斯到走廊去打盹前，都盡量把手上的事情先做完。但每次睡眼惺忪的爬回來時，總看到新的文件如雪片的堆在桌上，飄到地上，把半個說寫器也埋了。因此他回來後第一件事就是把這些文件堆疊起來，騰出可以伏案的空間。最要命的是這種工作並非全部是例行公事的。有的只要更換一下名字就成了，但如果要寫的是一份詳細的報告，那要費不少心機和想像力。不說別的，單是要把戰爭從地球某點轉移到某地，也需要豐富的地理常識呵。

到了第三天，他眼睛刺痛得難受。每過幾分鐘就得擦一下眼鏡。這真像與一項勞人筋骨的苦差搏鬥：你可拒絕不幹，但另一方面你又給什麼東西迷住似的，急着要把事情做完才覺得滿足。就他記憶所及，他並沒有為瞪着眼說謊而不安，雖然他對說寫器唸的每一個字，或鉛筆刪改的每一句話，都是欺神騙鬼的行為。他跟科裏每個同事一樣，一心一意的要把謊言說得天衣無縫。到了第六天早上，噴筒吐出來的東西少了。曾經有一次半小時內什麼文件也沒有出現。過後再跳出一個筒子來，就從此中止了。在同樣時間中，各單位的情形也一樣。整個科的人都偷偷的舒了口氣。一項無以名之的艱鉅工作完成了。從此沒有人能夠拿出文字的證據來，說大洋邦曾經跟歐亞國交過鋒。令大家意想不到的是，到了十二時，部裏忽然宣佈說下午不用上班了，明天早上再來。自七天前從那人手上接過了那皮包後，史密斯一直與它形影不離。上班時夾在腿中，在走廊打盹時權充枕頭。現在總可帶回家去了。他刮過鬍子後就洗了個盆浴。水是不冷不熱的，但他幾乎睡着了。

他攀上查靈頓先生的房子時，覺得骨骼關節吱吱作響，但感覺是異常興奮的。人還是累，但已無睡意了。他打開了窗子，燃起小油爐燒開水煮咖啡。朱麗亞一會兒就來，正好利用這時間看那本書。他坐在扶手椅上，打開皮包。

書皮是黑的，裝釘蹩腳得很，封面既無書名，也無作者名字。印刷的字體也跟常見的略有不同。書頁的邊上磨損很大，而且一不小心整頁就脫下來，足見看過的人不少。頁首的題目是：

寡頭集體領導的理論與實錢

伊曼紐爾．戈斯坦著

第一章：無知是力量

有史以來，或者說，自新石器時代結束以來，世界上可分為三類人：上等、中等和下等人。這三類人個別還有各種分類，稱謂也各有不同，人數和一種人對另一種人的看法雖然各代不同，但社會上的基本結構卻從來沒改變過。雖然歷經變亂，這基本的模式卻不走樣，正如陀螺儀一樣，無論你朝哪邊推得多遠，最後還是回到老地方。

這三類人的目標永難協調。……

史密斯看到這裏，停了下來，主要是讓自己知道，他是舒舒服服而又安全的看着自己要看的東西。他一個人在這裏，既無電幕，鑰匙孔外又不用擔心有人偷聽，更不用慌忙轉過頭去看看有沒有人監視，然後馬上用手按着書本。初夏甜潤的空氣吻着他的臉頰。遠處傳來小孩子嬉戲的聲音。房間內除了古董鐘的滴答聲外，一切寂然。他舒服的靠着扶手椅背坐着，腳擱在壁爐的圍欄上。這真幸福啊！突然，正如一般人拿到一本知道終歸早晚要看完的書一樣，他隨意的跳着翻了一下，正好翻到第三章。他決定由此看下去。

第三章：戰爭是和平

世界分成三大超級強國，事實上在二十世紀中葉前就出現這個形勢了。俄國併吞了歐洲和美國接管了大英帝國後，這三大國的兩個成員，也就是歐亞國和大洋邦，事實上已經成立了。第三個國家，東亞國，是經過混戰十年後才正式出現的。這三個大國的邊境，在某些地區是沒有什麼標準的。有時那塊地方屬誰，要看戰爭的結果而決定，但通常來説是依據地理形勢而劃分。歐亞國的版圖佔了歐亞內陸的北面，由葡萄牙到白令海峽。大洋邦則由美洲、大西洋諸島(包括不列顛羣島)、澳大利亞和非洲南部所組成。東亞國比其餘兩國小，西邊的疆域還沒有明切確定，以成員來講則包括中國、日本、滿洲、蒙古和西藏。

這三個超級大國，不時一國與另一國結盟，聯手打第三國。如此混戰下去，已有二十五年的歷史了。應該指出的是，這個時候的戰爭，不像二十世紀初那種瘋狂毀滅鬥爭，三個國家打的，都是有限戰爭，因為他們任何一國，都沒有力量摧毀對方。再説，他們也不是為了物質的理由打仗。論意識形態，他們也沒有什麼顯著的分別。

但這並不表示説，戰爭的行為和對戰爭的態度不像以前那麼殘酷了。事實正好相反。在這三個國家裏，戰爭的氣氛無日無之，可説已到歇斯底里的程度。對婦女強暴、搶劫、濫殺兒童、把整個地區的人民驅迫為奴隸、活埋或把囚犯用開水活活燙死作為報復行為，都視作等閒事。而只要幹這種事的是「自己人」而非敵軍，那就是英雄行徑。

以數字的觀點而言，這種戰爭牽連的人數不多。參與其事的大部分是訓練有術的專家。死亡的人數也遠比以前的戰爭少。真正的戰事大多數在陌生的邊境發生，而正確的地點究竟在哪裏，一般人只能瞎猜一番。如果不是在邊境地帶交手的話，就在浮游堡壘防衛的海上戰略地帶。對居住於大都市如倫敦的人來說，戰爭除了經常造成物質短缺外，就是偶然聽到一個火箭彈墜地的聲音，殺死了幾十個平民。戰爭的性質事實上已經變了。再正確點說，打仗的理由是經過權衡事態的輕重而決定的。二十世紀初的幾次世界大戰，早有這個構想，只是其實際價值到現在才認識清楚，才認真實行。

要了解現在這場戰爭的本質(雖然結盟拆夥的事每幾年就發生一次，實際上只有一場戰事)，首先得明白，這種戰役是不會有決定性的。即使兩國聯手作戰，也不能把第三國打垮。這三國鼎足而立，也勢均力敵。他們的天然防禦能力也各有千秋。歐亞國土地最大。大洋邦雄踞大西洋和太平洋。東亞國呢，人口稠密，居民辛勤努力。再說，從物質觀點來講，已沒有什麼東西值得動干戈的了。過去幾場大戰是為了爭取市場和資源而引起的，現在再無此需要了。三個超級大國已建立了自給自足的經濟系統。如果三國為了經濟的理由而交戰，原因不是為了爭取資源，而是人力。在這三大強國的邊界間，有一四角地區，分別接連四個港市：摩洛哥的丹吉爾、剛果首都布拉柴維爾、澳洲的達爾文、和南中國的香港。這四角地區合加起來的人口，佔全世界的五分之一。三強就是為這四個地區和北極的所有權而常常衝突。事實上沒有一個國家能夠完全控制這個地區。今天你佔了這一角，明天説不定就易手了。大洋邦每隔幾年就化敵為友，或化友為敵，目的也不外是見風轉舵，從中拿些好處。

這三國必爭之地藏有豐富的礦物。有的地區盛產重要的植物原料如樹膠。不產這東西的寒冷地區，只好用化學物提煉，成本就貴多了。但最有價值的莫如這地區所提供的廉價勞工。誰統治了赤道非洲，或中東諸國，或南印度，或印度尼西亞羣島，就無疑可以主宰千千萬萬廉價辛勤苦力的命運。這一帶的居民，地位恍如奴隸、屢換主人。在統治者的眼中，他們的價值形同石油煤礦，是製造軍火武器的燃料、侵略戰爭的馬前卒、第二代勞工的工頭。新一代勞工起來，製造更多軍火武器、侵略更多領土……如此新陳代謝、週而復始的循環下去。

我們應該知道的是，這三國的戰火很少燃到這四角地區以外的地方。歐亞國的邊境，就是伸縮於剛果盆地和地中海北岸之間。印度洋和太平洋各島嶼，不斷為大洋邦和東亞國互相搶奪。歐亞國和東亞國在蒙古地區的界線，一直未穩定過。此外三強不斷爭奪的，就是北極人踪罕至的地帶。這三個超級大國的勢力，實在差別不大。戰爭都是在外圍打的，戰火從未蔓延到本土。靠近赤道地區的人的勞力雖受剝奪，但對世界的經濟和財富並無貢獻。他們生產的東西都消耗在戰爭上，而發動戰爭的目的就是要爭取更多的人才物力，以作下一場戰事的準備。如果這些奴隸還有什麼建樹的話，就是他們投入的勞力與產品，使本來就一直進行的戰事節奏加快。可是即使這些奴隸不存在，世界社會的結構，以及這結構運作的基本原則，大致上不會有什麼差別。

現代戰爭的主要目標就是要在不提高人民生活水準的原則下，盡量消耗機器的成品。(根據雙重思想的原理，內黨的頭子可以同時認識這一點的重要性，也可以完全不知有這回事。)自十九世紀末以來，怎樣處理剩餘消費品常是工業社會一大課題。現在世界上還有這麼多人餓飯，這問題本來不應成問題的。即使不用焚燒傾倒的手段處理，剩餘消費品的問題一樣可以解決。今天的世界，與一九一四以前的日子相較起來，是個荒蕪、飢餓、破落的世界。與當時的人所幻想的未來世界比較，那更不知從何說起了。二十世紀初，幾乎每個唸過書的人想像中的未來社會，生活優裕、工作效率高、秩序井然：一個鋼鐵玻璃和潔白混凝土建築起來的美麗新世界。科技發展日新月異，一般人也因此假定這種發展會繼續下去。事實並不這樣。經過多年的戰爭與革命，國家與人民變得一窮二白，無餘力發展科技。但另外還有一個原因：科技的頭腦，全賴經驗主義思想模式的培養，而這種思想習慣與集體結訓的社會生活方式格格不入。

整體來說，今天的世界較五十年前落後。有些特別落後的地區稍見改善，而一些與戰爭武器或警察監視平民的技術，也有進步，但重要的科技實驗與發明，可說大部分停頓了。五十年代原子戰爭破壞的地方，一直沒恢復過來。機器帶來的危機與問題仍然存在。機器一開始出現時，有頭腦的人馬上想到，人類做牛馬的日子已經結束了。人類既不用做牛馬，不平等的現象也會跟着改善。如果機器真的用作改善人類生活的工具，那麼飢餓、苦工、骯髒、文盲和疾病在兩三代間就可以消滅。事實上，機器雖然沒有特別為上述任何一項需要效命，但有了機器就不能不生產，生產的要是食物或消費品，有時也難免分發給平民受用。就為了這個緣故，十九世紀末和二十世紀初五十年間，機器的出現，的確提高了一般人的生活水準。

但均富社會的存在，對統治集團是一種威脅。在某種意識而言，均富社會出現之日，就是等級社會崩潰之時。那一天每個人的工作時間縮短了、吃飽了、住有浴室和冰箱的房子、擁有汽車甚至飛機——那麼最顯見的，也可說是最重要的不平等社會現象已經消失。大家有了房子車子，張三和李四的分別，就不易看出來。照理論說，這樣一個社會是可以存在的：財富（個人可以擁有私產和奢侈品）大家平分，權力則集中在少數特殊分子身上。但實際上這樣一個社會不能維持多久。社會既安定，大家又有空暇時間，平日受慣貧窮折磨的民眾就會唸書識字，最後也學會了獨立思想。有了教育基礎，他們早晚會發現，那些當權的少數分子根本是屍居餘氣之流，因此就會把統治者推倒。以長遠的目光看，等級社會只能靠無知與貧困維持。二十世紀初有些思想家夢想過要回到農業社會去，主意雖善，卻不切實際。首先，這是反潮流的傾向，因為「機械化」的需要，幾乎已成了世界人民的天性。第二，凡是工業落後的國家，在軍事上就不能自衛，最後終為先進國家所統治。

另一方面，如果為了讓老百姓一輩子赤貧而限制物質生產，這辦法也行不通。資本主義的末期（大約在一九二〇至一九四〇年間吧），走的就是這條路子。許多國家的經濟，故意讓其停滯、土地荒棄不耕、基本器材不添購、大部分人都失業，靠政府的救濟金過着半死不活的日子。這種措施不但影響國防，而且由於大家很容易看出這些災難都是人為的，日後自然就起反抗了。問題的癥結因此是：怎樣讓工廠不停的生產而又一點也沒有增加世界上的財富。貨物可以製造，但卻不能發行。要達到這目的唯一可行的辦法就是不斷製造戰爭。

戰爭的行動就是摧殘，不但摧殘生命，還毀滅勞力的成果。戰爭就是把大量本來可以改善人類物質生活的物資炸得片片碎、消失於同溫層，或沉埋於海底。不能把這些資源轉給老百姓享用，怕的是他們最後變乖了，再不受控制。交戰時的武器若被敵方毀壞了，那是正常的消耗。但把未動用過的武器作廢，重新再做新的，也符合消耗勞力而不生產任何消費品的原則。舉個實例吧。建造一條浮游堡壘的人力物力，足夠製造幾百條貨船。浮游堡壘一旦作廢，又得重新動用所有的人物資源再做一條。而浮游堡壘的存在，並沒有改善任何人的物質環境。原則上，製造戰爭的目的是為了消耗供應國民的基本要求後剩下來的物資。事實上國民的基本需要從來沒滿足過。一半以上的民生必需品常常缺貨。這是有好處的。政府的政策是故意要讓即使算是既得利益階級的人也稍嘗一下物質缺乏的滋味，好讓他們偶一得到些甜頭就有飄飄然的感覺。再說，也只有這樣才顯得張三比李四神氣。

以二十世紀初的標準來說，即使內黨黨員過的也是刻苦的生活。可是正因為他們有特權享用一些奢華的東西，如寬敞的房子、較好的衣服料子、私人用的汽車或直升機，而除了吃的喝的和抽的煙草比別人高一等外，還有兩三個僕人使喚——這就與外黨黨員的生活有天淵之別。而外黨黨員比起不見天日的羣眾來——就是我們所說的普理——又有不少的好處。整個社會的氣氛就像個四面受包圍的城市：誰能吃到一塊馬肉就是富人。另一方面，既然大家認識到國家處於戰時狀態(因此危機四伏)，為了求生存，也只好把權力交託給少數的幾個人手上了。

戰爭不但可以完成破壞的任務，還可以創造可供利用的心理狀態。理論上說，要消耗世界上的剩餘勞力是輕而易舉的事。建教堂或金字塔、在地上掘洞穴然後再將它填滿，這不是絕佳方法麼？再不然就是大量生產物品然後縱火付之一炬。但一個等級社會的根基，除了經濟外還有情緒。普理的士氣如何無關重要，只要他們繼續像螞蟻一樣工作不懈就成。要緊的是黨的本身。照理說，即使是身分最卑微的黨員，也是個能幹、勤奮、在有限的範圍內還可能表現小聰明的人。但這還不夠。他還得是個言聽計從的無知狂熱之徒。整天支配着他的就是恐懼、憎恨、崇拜和勝利的亢奮感。換句話說，他應該經常保持一種處於戰時狀況的心態。是否真有戰事發生？那不打緊。而既然現代戰爭無全面勝利的可能，前方戰事處於順境也好，逆境也好，都無分別。最重要的只有一樣：經常保持戰時的心境。

黨需要黨員一心二用已是極為普遍的事，而這種境界在戰爭情緒中最易臻善境。黨員的地位越高，這種心態也越顯著。因此內黨黨員對戰爭的歇斯底里情緒和對敵人的仇恨也特別強。內黨黨員職責在身，有時是需要知道有關戰爭的新聞報導中，哪一條是真的，哪一條是假的。有時他也知道整個戰役都是托空的：要嘛是根本沒有發生、要嘛是作戰的目的與冠冕堂皇的官方宣言完全是兩回事。但這完全無關係，因為他略施雙重思想的法則，就可以把其中矛盾統一了。為此原因，沒有一個內黨黨員懷疑過大洋邦跟敵國所動過的干戈，而最後光榮的勝利毫無疑問是屬於世界盟主的大洋邦。

所有內黨黨員都把征服世界視為牢不可破的信念。怎樣去達成目標呢？一是擴充領土，伸張權力。這是漸進式的征服。急進式是發明無可抵禦的新武器。大洋邦政府因此非常熱中發展新武器，而對有想像力與發明天才的人來說，研究新武器計劃也成了少數的思想出路的一種。在今天的大洋邦中，科學一詞，名存實亡。「新語辭典」中找不到這個字。過去所有科學上的成就都是經驗主義思考模式的結晶，而這種模式是與英社的信條格格不入的。大洋邦即使在科技上有些進展，其目標也是為了削減人類的自由。在實用技術方面，如果不是大開倒車就是遲滯不前。耕田用牛馬，寫作用機器。但任何對黨執政有利的事情(如戰爭與警察查人私隱的科技)，經驗主義的研究方式還是受到鼓勵的。最少是可以容忍的。黨的兩大目標是征服世界和全面消滅任何獨立思想的種子。有鑑於此，黨因此列了兩大課題：一是如何探知一個人的腦子正想着什麼；二是如何不讓對方有時間準備前，在兩三秒間一鼓作氣殺死幾千萬人。今天的科學研究，就是集中在這大課題上。而今天的科學家只有兩種。一是一身兼備心理學家的訓練與類似法庭庭長熱中追究別人根底的專家。他們把人類面部的任何表情、手足的動態和聲音的腔調，都研究得清清楚楚。這就是「有諸內形諸外」的實驗求證。此外他們研究用藥物、催眠術、震驚療法和毒打各種功用，尋求要犯人從實招來的最有效手段。

第二種要嘛是化學家、物理學家或生物學家，各盡所長的去研究與殺人有關的學問。在和平部龐大的實驗室裏、在隱藏於巴西森林的實驗站裏，在澳洲的沙漠地帶、在南極洲的荒島中——你可看到這些科學家和其他專家孜孜不倦地工作。有些人忙着擬定未來戰爭的作戰計劃。另外一組則要發明更大的火箭彈、威力更大的炸藥和更有功效的電鍍方法，讓敵人的砲火毀不了經過這種電鍍的裝甲車或其他作戰工具。也有人研究殺傷力更大的毒氣，或是毒性最烈可以溶在水裏的毒藥，把整個洲的農作物全部毀掉。這一組的專家還有任務：發明一種對任何抗體免疫的病菌，使所有藥石失靈。軍械專家負責的，是發明一種「潛地車」，可以埋在地下走動，一如潛水艇徜徉於深海一樣。另外一個努力的方向是：一種可以停泊在空氣中的飛機，一如船隻停泊於水中。還有一個特技小組的工作值得一提。他們要在太空設反光鏡臺，把太陽的熱力濃縮成殺人武器。另外一個計劃：引導地心熱力製造人工地震。

但上述的計劃，一個也沒有接近實現階段，三強中誰也沒有比誰領先。我們要特別指出的是，三強早已擁有原子彈，一種比他們科學家正研究的還要恐怖千萬倍的武器。雖然黨依照慣例宣稱原子彈是他們發明的，事實上早在四十年代初出現了。第一次大規模使用原子彈大約是五十年代初的事。幾百顆原子彈掉在各工業重鎮上。主要受災的地區是俄國的歐洲大陸、西歐和北美。這次災難給全世界各國領導階層一個很大的教訓：再來幾個的話，全人類的社會組織就完蛋了。沒有社會，他們就沒有權力。

自此以後，大家雖然沒有簽訂什麼條約或交換過什麼口頭承諾，原子彈戰爭就絕跡了。但三強還是不斷的製造原子彈，相信決定性的一刻早晚要降臨，這樣他們就可以先發制人。別的方面，戰爭的方式三四十年來沒有什麼大改變。使用直升機的次數比以前多，因為轟炸機的地位已漸為飛彈取代。軍艦已經落後，代之而起的是幾乎不可擊沉的浮游堡壘。但除此以外就沒有什麼新發展了。坦克、潛水艇、魚雷、機槍，甚至步槍和手榴彈還繼續使用。報紙和電幕雖然對戰況誇大，事實上傷亡的數字遠比從前的戰役少。那時候兩三個星期內的死亡人數動輒是以十萬百萬計。

三強儘量避免發動可能遭遇到傷亡慘重的戰爭。如果他們要大舉行動，通常是突擊友軍。這就是他們共有的戰略。這戰略是打打談談，一到時機成熟就用迅雷不及掩耳的手法把一連串包圍着對手的基地奪過來。成功後就跟對手簽友好條約。需要多少年才能解除對手對你的戒心，你就友好多少年。在這些年中，各戰略據點都佈滿了裝有原子彈頭的火箭，等候時機全部發射，讓對手萬劫不復，永無還手能力。一個對手解決了以後，又和剩下的唯一超級大國簽友好條約，準備第二個攻勢。

這種策略不用説永無實現可能，等於做白日夢。事實上，三強從未進攻過敵國的本土。所有的軍事行動，都是沿着赤道至北極那些爭執地帶發生的。這就是三強的邊界常常發生問題的理由。照理説歐亞國要征服英倫三島，易如反掌。大洋邦若要把邊界推到萊茵河或甚至波蘭的維斯杜拉河，也似探囊取物。但這樣就會破壞到有關國家的「文化整體」。這一不成文的規定，三強都一直遵守着。理由是這樣，如果大洋邦征服了以前叫法國和德國的地區，要嘛是把當地居民全部殺光(那得花很大氣力)，要嘛是把相當於一萬萬人口同化。單從科技發展而言，這些人的成就與大洋邦國民不分伯仲。

其餘兩國面對的，也是類似的問題。就他們的社會結構而言，自己的國民除了偶然遙望一下戰犯或有色人種的奴隸外，絕對不能跟外國人接觸。即使是暫時的盟友，也得以猜疑的目光看待。除了戰犯外，一般大洋邦居民從未看過歐亞國和東亞國的國民是個什麼樣子。他們又不能學習外語。黨怕的是，一旦他們與外國人接觸，他們不但會發現外國人也有眼耳口鼻，而且最後總會知道，黨告訴他們有關外國人的壞話都是一片謊言。此時也，他們久居的封閉世界開了洞口，而他們賴以支持自己士氣的恐懼、仇恨和自以為是的道德感就瓦解了。三國因此認識到，波斯、埃及、爪哇或錫蘭易手多少次都無所謂，但三國的本土，除了互丟炸彈外，千萬別越雷池一步。

除了這個不犯「文化整體」原則外，還有一個從不說出來但大家照行不誤的事實。那就是這三大國的生活形式都是大同小異。大洋邦托身安命的哲學是英社。歐亞國當道的是新布爾什維克思想。東亞國奉行的信仰出於中文，通常譯作「死亡崇拜」，但相信翻成「消滅自我」更為貼切。大洋邦的國民不准學習這兩國的哲學思想，雖然黨指導他們對這些信仰口誅筆伐，斥為敗壞道德與常識的野蠻言論。妙絕的是，這三種哲學一來難辨雌雄，二來它們所支持的社會制度，又是同出一轍。大洋邦也好、東亞國或歐亞國也好，到處都是千篇一律金字塔式的建築物。像大洋邦一樣，其餘兩國也有老大哥型的領袖。他們的經濟系統，也是為了維持連綿不絕的戰爭而存在。

由此可以看出，三強若把任何一方併吞，不但沒有好處，反而危及本身。他們像一個三腳架一樣，你支持着我，我也扶持着你，大家互相依靠。就像大洋邦的內黨黨員一樣，其餘兩國的統治集團既洞悉世界大事真相，可又一無所知。他們獻身征服世界大業，同時也清楚戰爭不能停止，打仗不能希望打贏。既然本土永無被征服的可能，歪曲現實的勾當就可為所欲為。這不但是英社的特色，其餘兩個對手也各有一套掩人耳目的把戲。我們在這裏得重複説過的話：連綿不絕的戰爭把戰爭的基本性質改變了。

在從前，戰爭之所以為戰爭，無非是它早晚有完結的一天，誰勝誰負，騙不了人。過去的戰爭也是人類社會直接接觸到物質現象的一種經驗。不錯，任何時代的統治者用盡各種手段去瞞騙老百姓，不讓他們知道外間情況的真相。但這也有個限度。如果局勢的發展牽涉到軍事上的勝負，就不能再講假話了。打敗仗就會失去自由，就要接受其他悲慘的後果。統治者因此得對老百姓提出嚴重警告：我們不能吃敗仗呵！物質的事實不能裝着看不到。在哲學、宗教、倫理和政治的範疇中，二加二可以等於五，但你設計一支手槍或飛機，二加二只能等於四。不切實際、毫無效率的國家遲早會被人征服的，而錯覺與幻覺無助於效率精神的發展。一個國家要有效率，得要有鑑往開來的習慣，向歷史學習。過去的歷史書和報紙，難免有其歪曲與誇張的部分，但像今天那樣偽造歷史的，卻絕無僅有。戰爭的威脅可以幫助我們保持頭腦清醒，而對統治階級而言，戰爭也是個最嚴重的考驗。無論戰勝戰敗，統治階級都有責任。

上面說的是古老的戰爭。今天打的既是連綿仗，戰爭已無威脅可言。亦談不上有什麼軍事需要。科技發展可以停頓，而最顯明的事實可以否認或置之不理。我們前面說過，勉強可以稱為科學的與武器研究有關的計劃，還在進行着。但我們上面也說過，這類研究與做白日夢差不多。這是只問耕耘不問收穫精神的寫照。一切效率，包括軍事的，都不重要。在大洋邦除了思想警察外，其他機構，都是拖拖沓沓，懶散不堪。既然三強永遠不怕被對手征服，因此各成獨立天地，可以放手去散播自己的異端邪說而不用擔心別人斥其謬誤。只有在日常起居生活中你才會感到現實的壓力：餓了要吃飯、渴了要飲水、冷了要穿衣、晚來要找居室……還有是提防別誤飲毒藥或不小心自高樓跳出窗門。當然，在生與死之間、肉體的快感和痛苦之間，還存着明顯的分別，但這幾乎也是人類感覺中剩下來的唯一明顯的分別了。

大洋邦的居民既跟自己過去的歷史和外國的世界隔絕，就無形中變成浮游星際的太空人，真的不分南北與東西了。這類國家統治者的權力是絕對的，古埃及的法老王或羅馬的凱撒大帝無法望其項背。他們的責任是不讓人民吃得太飽，但也不能讓他們餓死得太多，否則自己就不好辦事。事實上，他們要維持跟對手一樣低的水準。這個最低的標準一旦達到後，他們就可為所欲為，把地球說成四方扁平都無所謂。

三強所打的仗，如果我們拿以往戰爭的標準看，實在是裝腔作勢而已。這正如某種反芻動物打架時，頭上的角度預先調好，所以看起來雖然搏鬥得轟轟烈烈，實際上不傷皮肉。但裝腔作勢的戰爭，也有其意義。一方面它可以消耗剩餘物質，另一方面又可維持等級社會所需要的精神狀態。我們不難看出，這樣的戰爭實在是內戰一個新花樣。從前各國的統治者，大概認清了大家共同的利益，與敵國交戰時也會手下留情，不把破壞面擴得太大。但他們真的打仗，戰勝的一方在戰後總會掠劫戰敗國一番。我們今天的戰爭可不一樣，打的不是敵國的人馬，而是自己的子民。戰爭的目的不是防止侵略或侵略別人，而是保持現存的社會結構一成不變。戰爭這名詞因此容易使人誤解，因為既然一天到晚都有戰爭，就等於無戰爭了。戰爭給從新石器時代到二十世紀初的人類那種特殊的負擔已經消失，代之而起的是一種截然不同的壓力。我們應該注意的是，即使三強從此互不侵犯，和平共存，各保領土完整——這種壓力的效果仍然不減絲毫的。因為在那情形下，各國還是自成天地，不會讓令自己國民大開眼界的事物與影響滲進來。持久的和平就等於持久的戰爭。雖然大部分黨員只是一知半解，但這就是黨的口號——「戰爭是和平」——的精義所在了。

看到這裏，史密斯把手上的書放下。遠處有火箭彈爆炸之聲。在沒有裝電幕的房間閉門讀禁書，這種幸福感仍在心中蕩漾着。疲倦的身體靠着柔軟的椅背，窗外飄來的微風拂着面頰，一個人安全的獨處斗室，這真是一種刺激性的感受。這本書把他迷住，或者可以說這本書增加了他的信心。不錯，書上所說的事，對他說來都不是新知，但這正是迷人的地方。如果他有機會把自己凌亂的思想組織起來，他要說的話大概也是這樣。這書的作者思想跟他接近，但氣魄大多了，而且更有系統，更膽敢直言。最好的書就是描寫你已經熟悉的事情的書，他想。他正要倒翻到第一章時，就聽到朱麗亞在樓梯上的腳步聲，乃連忙站起來迎接她。她把褐色工具袋扔在地上後就投到他臂彎來。他們已有一個多星期沒見面了。

「那本書我已拿到了。」吻過後，他說。

「真的？那好極了。」她隨口說，顯然沒有多大興趣，跟着就跪在油爐旁邊煮咖啡。

他們在床上躺了半小時之後才舊話重提，談到那本書。入夜涼意漸濃，他們拉起被罩蓋着身子。樓下傳來熟悉的歌聲和皮鞋磨擦着石板路的聲音。史密斯第一天到這裏時看到的那個手臂渾如圓桶的婦人，好像是後院一個經常的擺設一樣。只要還有一絲光線，你就可以看到她在洗衣盆與曬衣繩之間走來走去，口裏不含着衣夾時就郎呀妹呀高歌一番。朱麗亞躺在一邊，好像隨時要入夢了。他伸手把地上的書撿起，靠着床頭的木板坐起來。

「我們要把書看完，」他說：「我們就是你和我。兄弟會所有會員都要看。」

「你唸吧，大聲點。這方法最好，因為你一邊唸可以給我一邊解釋。」說着，她眼睛已閉起來了。

時鐘指着六點，那就是說十八點。他們還有三四小時在一起。他把書攤在膝上唸起來：

第一章：無知是力量

有史以來，或者說，自新石器時代結束以來，世界上可分為三類人：上等、中等和下等人。這三類人個別還有各種分類，稱謂也各有不同，人數和一種人對另一種人的看法雖然各代不同，但社會上的基本結構卻從來沒改變過。雖然歷經變亂，這基本的模式卻不走樣，正如陀螺儀一樣，無論你朝哪邊推得多遠，最後還是回到老地方。

「朱麗亞，你是不是還醒着？」

「我在聽着呵，你唸下去吧，精彩極了。」

他接着唸下去：這三類人的目標永難協調。上等人要維持現狀。中等人要搶上等人的位子。下等人呢，如果還有目標的話，就是要消除等級的分別，創造人人平等的社會（但下等人有一特色：他們被勞役所纏，只偶然才會注意到自己日常生活以外的事情）。自人類有歷史以來，一種軌跡大致相同的鬥爭來回復現着。上等人掌權到一段相當長的時間後，早晚會突然失去自己的信仰，或懷疑他們是否還能有效率的統治下去，或兩者一齊發生。這個時候中等人就假為自由和正義而戰之名，把下等人拉到自己的陣線，推翻上等人。目標既達後，中等人就把下等人一腳踢下深淵，回復他們原來的牛馬生活。自己呢，就升格為上等人。

今天有一中等人集團從上等人或下等人階級分裂出來，但可能兩者都有。於是鬥爭又重新開始了。這三類人，只有下等人從來沒達成他們既定的目標。那就是說，人類沒有嘗過一天人人平等的滋味。如果我們說有史以來人的物質生活從來沒改善過，那未免誇大其詞。即使在今天衰退的環境中，一個普通人的物質生活還是比幾個世紀以前的祖先要好。但財富的增加、掌權人態度之改善、社會的改革或歷經流血的革命，一樣沒有把人人生而平等這理想實現一分一毫。從下等人的觀點看，歷史上所有的變遷只有一個意義：主人的名字換了。

到了十九世紀末期，上述那種鬥爭模式越見顯著。當時有不少新興學派出現，認為歷史的發展是週期性的，並肯定人類不平等的現象是無可改變的法則。這種說法自然古已有之，不同的是現在的議論方式和以前卻有顯著的分別。以前為等級社會存在必要說話的，幾乎全是上等人。除了王侯巨卿外，還有寄生在他們身上的神職界和法律界。他們的言論通常都提到天國之類的最後歸宿，作為人生缺陷的補償。中等人呢，只要他們還在奪權過程中，就常常引用自由、正義和博愛之類的字眼。現在可不同。只希望將來能掌權但實在尚無權力的人，一開始就攻擊博愛這個觀念。過去的中等人打着平等的旗幟去搞革命，雖然他們幹的實在是以暴易暴的勾當。

新的中等人集團更進一步。他們在鬧革命前就公然露出自己暴政的面目。社會主義的理論出現於十九世紀初，是接連古代奴隸叛亂的最後一個思想環節，更深受過去烏托邦思想的影響。但一九〇〇以後出現的社會主義各種門派都有這個共同點：它們差不多都揚棄了建立自由平等的理想。二十世紀中葉的運動，無論是大洋邦的英社也好、歐亞國的新布爾什維克思想也好、東亞國的死亡崇拜也好，無不着意奠定「反自由」和「反平等」的基礎。當然，這些新運動是從舊運動衍生出來的，除了沿用舊名外，還偶然耍出它們的意識形態作幌子。但新運動背後當權者的真正目標是要抑止進步和在對自己有利的時刻凍結歷史。跟舊例一樣，歷史的鐘擺搖到一邊。但這次不同的是，鐘擺就停頓在那一邊。過去的歷史軌跡，也重演了一部分：上等人給中等人推翻；中等人變了上等人。但這一次飛上枝頭的上等人出了奇謀，他們將永遠盤踞高位，永遠不被推翻。

社會主義之能夠興起，部分原因乃由於我們的歷史感日趨成熟，對歷史的知識也日見豐富。這種情形在十九世紀前是不可能出現的。歷史週期說的概念現在可以理解了。既然可以理解，就可以隨意調整。但最基本的原因是這樣：到了二十世紀初，人人平等這理想最少在技術上説來是可以實現的。不錯，各人聰明才智有別，工作也因此有專門化，某甲比某乙待遇好些勢所難免。但階級分明、財富懸殊太大的情形，再無必要了。以已往歷史發展的各階段看，階段的分歧不但無可避免，而且絕對需要。不平等的制度是追求文化得付的代價。機器發明了以後，這情形改變了。雖然不少其他工作還需要人來做，但這些人再用不着像祖先一樣在社會上和經濟上過着各種不同階級的生活。

從快要奪權的新中等人集團的觀點看來，人人平等這觀念再不是要追求的理想，而是需要避免的危機和威脅。在古老的社會中，因為正義和平的事實無法出現，大家卻相信這樣的社會可能存在。幾千年來，人的想像力一直被「桃花源」式的樂土所吸引：居民過着守望相助的生活，無法律束縛，更無需替人家做牛馬。這個憧憬對歷代政權變遷後的受益者也一樣有吸引力。就拿法國、英國和美國革命分子的後代來説吧，他們談到人權、言論自由和法律之前人人平等這種觀念時，他們也多少相信自己是誠意的，而他們的作為也多多少少受到這些觀念的影響。

可是到了二十世紀四十年代，所有政治思想的主流都是獨裁主義的張本。正當在人間建樂土的可能性日漸成熟時，就受到詆譭。每一種新政治學説，異名同旨，都大開倒車，引導當政者回歸到等級社會和高壓統治。大約到了一九三〇年，「收緊」空氣開始蔓延，許多放棄了多年的措施(有些近幾百年)，又開始變得普遍起來：未經審判就抓人下獄、強迫戰犯做奴隸、公開處決、刑求迫供、關禁人質和把整個地區的人口放逐。最令人意想不到的是，為這種措施辯護的人中，竟有不少自稱為開明進步的分子。

經過了十年的外戰內戰，經過了世界各地發生的革命和反革命活動，英社、布爾什維克思想和死亡崇拜才慢慢演進成一套完整的政治理論。實際上，這些理論早在本世紀初各種獨裁制度中萌芽。不但如此，三強日後劃分的世界版圖，亦早在那時看到輪廓了。哪一種人最後統治世界，也一樣看得清清楚楚。新貴族階級大部分由下列各種人組成：官僚、科學家、技師、工會領袖、公共關係專家、社會學者、教師、新聞從業員和職業政客。這種人的出身，要不是受薪的中產階級就是工人階級的菁英，現在由中央政府和壟斷企業把他們一一收買，為新政服務。與他們以前的同業相比，他們的貪婪心沒有那麼重，也不那麼容易受物質的引誘。可是：他們對權力的慾望卻大得可以。最顯著的分別還有一點：他們自知地位特殊，也因此更熱中打擊對手。最後兩種分別關乎重大。拿今天的獨裁政權與過去的相比，以往的獨裁者實在幼稚得像玩票。舊時的統治集團，常常或多或少的受到自由思想所感染，什麼地方出了漏洞，聽其自由。他們也懶得理會其子民心中打什麼主意。事情不表面化，從不緊張。

以今天的標準衡量，中世紀時的天主教教會也顯得有容乃大。過去政府對人民的箝制不像今天有效，其中一個原因就是當時的執政者沒有可以二十四小時監視其子民的工具。印刷術的發明，方便操縱民意。電影和收音機出現後，更收事半功倍之效。兩路電幕面世後——一部可以同時播送收聽的機器——再無私人生活可言。每一個公民（或者説每個值得監視的公民）的一舉一動，盡收在警察的眼底。黨發動宣傳攻勢時，一天二十四小時你聽到的就是播音員的聲音。一個政府可以強迫人民乖乖的聽話，可以叫他們以執政者的旨意為己意，這是人類有史以來前所未有的事。

五六十年代革命時期度過後，社會又依上中下老例重組一番。但新的上等人集團不再像前輩那樣依本能來統治，他們非常明白要保護自己的權勢需要採用什麼手段。他們老早就認識到寡頭政治最穩定基礎是集體領導。由一個小集團擁有財富和特權，把守比較容易。本世紀中葉喊得震天價響的口號，「消滅私有財產」，其實際的意義是：把所有他人的財產消滅，奪到少數人的手上來。我們得注意的是，這少數人是一個集團。分開來講，黨員除了身邊瑣碎物件外，不能擁有任何東西。集體來説，黨擁有大洋邦的一切，因為它不但管制一切，而且還可以隨意調動一切。革命後那幾年，黨在這方面所採取的措施沒有遭受什麼反對，因為他們把這種行動説是捐私歸公的程序。大家都知道資產階級一清算後，社會主義就跟着到來。資本家真的清算得一乾二淨：工廠、土地、礦場、房子、交通工具一一沒收。既然這些東西再不是私產，於是就變成公產。英社由早期的社會主義運動衍生出來，承襲了這運動的名詞術語，也是第一個執行社會主義公產化的政權。結果是事先預料到的：經濟不平等現象永久化。

但要奠定等級社會的萬世基業，可不這麼簡單。一個統治集團被推翻，只有四個可能性。國家被外國征服。管制不嚴，民眾謀反。疏於防範，讓強大而對現實不滿的中等人集團坐大。最後一個是失去自信，無心戀棧權力。這四個因素很少獨立出現，通常都是併發的，只是程度不同而已。任何統治集團如果能夠防止上述四種問題發生，就可永遠掌權。由此可見領導人的心態是黨存亡的關鍵。

本世紀中葉後，第一個危險因素已不存在。三個分割世界的超級大國事實上誰也征服不了誰。假若其中一國的人口有劇烈的轉變，那會出問題，但政府權力既然無遠弗屆，這種人為差錯可以防止。第二個可能性僅是理論上的問題。民眾從來不會自動自發的去造反，他們更不會因為受到壓迫而作亂。其實，他們既然與世隔絕，沒有其他標準來比較，又怎會知道自己是受人壓迫呢？舊時代常常出現的經濟危機不但已無需要，而且不准發生。但這不是說再無脫節混亂的局面出現，而是出現了也沒有什麼政治後果，因為老百姓縱有冤情，也無路可訴。至於有關生產過剩問題，可說是自工業革命以來一直存在於我們社會的問題。但這問題可用連綿戰略解決（詳見第三章），連綿戰對提高老百姓士氣作用極大。因此從我們現在的統治者眼光看，目前最大的危機是那個能幹、權力慾強而又懷才不遇的新集團的分裂。要是自由主義思想和哲學上的存疑精神散佈到他們的圈子去，後果不堪設想。簡單的說，這問題是教育性的。答案是：應該經常改造決策分子和直屬其部下人數較多的執行分子。其餘羣眾，只要給他反面的影響就成，如女的唱靡靡之音，男的看色情書報或諸如此類的感染。

既有這幅背景，你就可以推論到大洋邦是怎樣一個社會。金字塔的頂峯就是老大哥。老大哥是全知全能，永不犯錯誤的。每一種成就、戰果、科學發明、所有人間的學問和智慧、快樂和德行，都是拜老大哥的領導和啟發才在人間出現。誰也沒見過老大哥。他是招貼紙上一個面孔、電幕上一個聲音。我們幾乎可以肯定的説老大哥長生不老。他在哪年生的，誰也説不清。老大哥就是黨對外的代言人。他的功能是包羅愛、懼、敬各種情感於一身。這也對的，對一個人投射這種情感總比對一個組織容易。

老大哥以下是內黨，黨內限於六百萬人，或人數不得超過大洋邦人口的百分之二。內黨之下是外黨。如果內黨是首腦，那麼外黨就是四肢了。外黨之下是民智未開的羣眾，我們慣稱「普理」，人數約佔全人口百分之八十五。用我們前面提過的分類法稱呼，普理是下等人，因為赤道附近的奴隸人口，主子經常更替，不能作為大洋邦社會一部分。

照理論講上這三組的黨員資格並不是世襲的。內黨黨員的子女長大了不一定就是內黨黨員。入黨是要通過考試的。應試的年齡是十六歲。黨員資格不受種族限制，亦無地域偏見。猶太人、黑人、南美洲的純種印第安人等均有在黨內位居要津的代表。某一區的行政長官，通常都是在該區域產生的。無論你住在大洋邦哪一角落，你都不會覺得自己是殖民地身分的人，受首都的權貴遙遙控制。大洋邦根本不設首都，而掛名的領袖行踪誰也不知道。

語言方面，英語是大家通曉的語言，新語是官方語言，但除此以外再無其他限制。維持黨領導一心一志的力量，靠的不是血統，而是共同的主義。無可否認的，我們的黨驟看來階級分明，形同世襲。一個階級跟另一個階級的人，極少往來，比資本主義當政時或工業革命前的日子有過之無不及。在黨的兩個組織之間，偶爾也通訊息，但目標不外是把內黨的膿包踢開，或把野心勃勃的外黨黨員引進，不讓他們因對現狀不滿而找麻煩。實際上，普理是沒辦法升格到黨內來的。他們中若有才華特高的(因此也最可能成為不滿情緒的核心)，思想警察就格外留意，伺機清除。

但這種事情也不是一成不變的，也與原則無關。黨並不是舊文義所說的「階級」，也不會像從前那樣把權力「傳授」給兒女。因此到了真的無法找到最能幹的人負責領導工作時，它是隨時願意從普理圈子中招募新一代的好手。在非常時期，黨的非世襲制度發生過很大消解反對勢力的作用。老一派社會主義者，一生致力於反抗他們所謂「階級特權」，他們有這麼一個假定：凡是非世襲的制度都不能持久。他們錯了，沒想到寡頭政治的延續不靠父子相傳那一套。他們更沒有靜下來想一想，世襲的貴族制度都是短命的。像天主教教會這種拔選繼承人的組織反而綿延不絕。寡頭政治的真義不在個人的私私相授，而是某種世界觀和生活方式的持久延續。這是一種死人控制活人的政治制度。統治集團之所以為統治集團，就是因為它有權提名繼承人，黨無意保留誰的命脈，它只要保全自己的政治生命。只要等級結構保持不變，誰掌權都無關重要。

所有反映我們這時代特色的信仰、習慣、趣味、感情和心態，一方面固然是為了要維持黨的神秘性，但更大的用意是不讓人家看到我們現有社會的真相。武裝造反，或任何造反的初步動向，現在是無可能的事。普理是沒有什麼可怕的。你讓他們自生自滅的話，他們將一代傳一代的活下去，工作、繁殖、死亡。他們沒有謀反的衝動，因為他們沒有能力理解到除了大洋邦外還有其他社會與國家。假若工業技術進步到某一程度，黨非提高他們的教育水準不可，那時説不定會有危險。但是正如我們前面説過，大洋邦的軍事和商業既無名副其實的對手，普理的教育程度普遍下降。黨的領導對普理的意見是不屑一顧的。普理可以享受知識自由——因為他們根本無知識可言。黨員就不同，即使他們對鷄毛蒜皮的事稍持異見，黨也不會放過。

黨員由生到死都在思想警察監視之下。即使他一個人獨處，也不敢肯定真的再沒有人看着他。不論他在哪裏，睡着、醒着、工作或休息時、在浴缸或床上——思想警察可以完全不讓你知道查清你的底細。他一舉一動，都有參考價值。他交的朋友、消遣方式、對妻子和孩子的態度、獨處時面上的表情、做夢時説的夢話，甚至他身體轉動時特別的姿勢——一一收入關心你的人的眼底。這還不算。除了你犯的過失他們查得出來外，你的怪癖(即使毫不傷大雅)、你突然改變的習慣、你緊張時的小動作(這可能是你內心衝突的徵象)——他們都觀察入微。黨員無任何選擇的自由。可是另一方面，他的行動又不受任何法律或書面制定的守則限制。大洋邦不設法律。你某些行動與思想，被偵查出來後難逃一死，但你並沒有犯法，因為從沒有人告訴過你這是犯法行為。同樣，黨歷年搞的整肅運動、所逮捕的人、刑求、監禁、蒸發等等，都不是為了懲罰他們所犯的罪，這不過是清除將來可能要犯罪的人。

黨員因此不但思想要正確，而且還要敏覺。黨要他們保持的觀念與態度，從來不會明明白白的説出來，因為一説出來就難免露出英社內在的矛盾。如果一個人天生思想正確(新語叫「好想者」)，那麼在任何情況下他們不用思想也曉得什麼是真正的信仰或正確的情感。但話又説回來，一個自孩提開始就受嚴格思想訓練的人——在新語所説「罪停」、「黑白」和「雙重思想」範圍打轉的人——長大後就不會願意也不可能就任何問題深思熟慮的了。

作為一個黨員，應摒絕一切個人情感。他對黨的事情，熱心不懈；對外國的敵人和國內的叛國者，永遠仇視。黨的勝利就是自己的勝利。在黨的權力與智慧面前，自己永遠渺小，微不足道。任何因無聊而荒涼的生活而產生的不滿之情，都可由兩分鐘仇恨節目消解。任何因玄思的習慣可能產生的懷疑或反叛心態，都可由他早期所受的思想訓練壓制下去。這種訓練的第一課簡單不過，連小孩子都可接受。新語叫「罪停」，意思是說危險思想還沒進大腦前就有自動關閉思路的本能。籠統的說，受過這種訓練的人都有思無邪的習慣。他們觸類不會旁通、看到是荒謬的邏輯錯誤，可以視若無睹、聽到對英社不利的言論，可以故意誤解；自己的思路若有走上歧途的危險時，馬上就會覺得面目可憎。

簡單的說，罪停就是保百年身所需要的愚蠢。但光是愚蠢還是不夠的，因為正確思想的全面意義有這麼一個假定：你控制你腦筋活動的能力，應該像柔軟體操專家控制自己身體肌肉那麼活動自如。大洋邦社會就是依靠老大哥全知全能和黨永不犯錯這個信念支持的。事實上老大哥既非全知全能，而黨也犯錯誤，因此處理事實時就需要處處因時制宜，經常保持靈活的伸縮性了。「黑白」一詞，應運而生。和其他許多新語的字眼一樣，此語有兩個自相矛盾的意義。用在對手身上，就是說某某有顛倒黑白的習慣，強詞奪理，不顧事實。用在黨員身上，這表示某某對黨的忠誠，為了黨的需要不惜把黑說成白。但這也表示某某有相信黑是白的能力、承認黑是白的本性、和一股腦兒忘卻自己曾經有過黑白分明的習慣。歷史為什麼要經常改寫，其理至顯。而這種改史的工作由受過黑白訓練的專家擔任，是名副其實的「得心應手」。黑白思維邏輯，在新語中叫雙重思想。

改史的理由有兩個。一是輔導性的，也可説是防範性的。原來黨員的心理也跟普理差不多。他們能夠在現實生活任勞任怨，無非是對過去的日子一無所知，因此無從比較。不讓他們看到歷史的理由跟把他們與外國人隔絕的道理完全一樣。這樣子他們才會相信他們的生活比祖先過得幸福，而物質生活標準也經常提高。

可是這還不算是最重要的理由。改史的最大任務是保證黨永遠不犯錯誤。單是訂正演辭、統計數字和所有紀錄以證明黨的估計與預測完全正確還不夠。黨規的轉變或和別國締約撕約的事，也得證明從來沒有發生過。承認自己改變過主意或修訂過政策方針，無疑是承認自己有弱點。譬如説，歐亞國或東亞國今天是我們的敵人，那麼這一國家從來就是我們的敵人。如果事實不符，那麼事實就得修正。迷理部每天製造偽史，既為維持大洋邦的安定，也為方便迷仁部執行鎮壓與監視的工作。

歷史可以重寫是英社的基本信條。他們認為已發生了的事件，除了存在於文字紀錄或人的記憶中，別無客觀存在的實證，記憶中的事情若與有關紀錄相脗合，那就是歷史了。既然黨不但控制了所有紀錄，也控制了每個黨員的思想，因此黨要歷史怎麼説，歷史就怎麼説。由此推演，我們可知歷史雖然可以修改，但黨從來沒修過歷史。因時制宜的版本一旦創造成功後，這一版本就是歷史，過去其他有關記載從不存在。明白了這一點，你就曉得同一樣事件，常常在一年之內三更四改，最後變得面目全非的道理了。黨永遠代表絕對真理，而絕對的真理只能有一個面目。

若要控制過去，就得調整記憶習慣。要把所有文字紀錄符合當時的正統思想，只是純技術性的問題，不難解決。要緊的是我們把自己的記憶訓練到只記應該記的事情。如果我們發覺為了需要，得把記憶調整一下，或得把文字紀錄修正一下，那麼我們不要忘了把這種過程也得忘了。正如其他心智活動一樣，這種技巧是可以學習的。大部分黨員都學會了，其他思想正確而又聰明的人當然也一樣可以學習。在舊語的詞彙中，坦白的説，這叫「現實控制」。新語叫雙重思想，雖然雙重思想包括的範圍還要廣。

雙重思想就是讓兩種矛盾思想並存於腦中的邏輯。黨內的知識分子既然知道自己的記憶中哪一部分需要調整，當然也明白自己在瞎改事實。但只要他稍一運用雙重思想的邏輯，就可以安慰自己説：我並沒有違背現實呵！他運施雙重思想的過程中，一定得非常清醒的，否則思想就不邏輯。但清醒之中同時得帶有幾分糊塗，否則自己會因作偽而覺得不安。雙重思想是英社立國之本。黨主要的信條因此是：清清醒醒地騙人、糊糊塗塗地存真，因為對自己也不誠實是不會產生堅定信念的。這種習慣培養下來，大家都學會了這把戲：瞪着眼睛說鬼話，自己卻相信這是真話；忘記任何對黨不利的事實，但到有需要時又從記憶勾回來，派過用場後又遣之回去；否定客觀的現實存在，但同時又不忘研究這個已經否定了的現實真相。這種種手段都是絕對需要的。譬如說，你提到雙重思想這個觀念時，就得運用雙重思想的邏輯。為什麼？因為你既用雙重思想這個名詞，無疑就承認自己會揑造事實，但只要用雙重思想一「想」，就想通了。雙重思想就是這麼運作下去，謊話永遠比真理走前一步。黨就用這種手段去凍結歷史的，而就我們所知，今後幾千年還可能繼續凍結下去。

過去的寡頭政權失勢的原因，可能是由於老化或軟化。他們要不是昏庸無能、剛愎自用，因追不上時代而被推倒，就是後來變得優柔寡斷，該用武力鎮壓時卻手軟起來。最後也被推翻。因此我們可把他們的失敗歸納為兩類：糊裏糊塗型和自討苦吃型。

黨的特別成就不外是創製了矛盾自動統一的思想系統。再沒有任何知識基礎可以像雙重思想那麼可保英社的萬世功業。一個統治者要繼續統治下去，就得把現實感轉移，權術也者，不外是揉合了對自己永遠正確的信心，加上從過去的過失取得教訓的能力。

不消說，雙重思想的實踐者中，最到家的莫如那些發明雙重思想而又知道這是一套心智騙術的人，在我們社會中，對世事懂得最多的往往也是對真實的世界茫然無所知的人。通常說來，懂得越多，迷惑的程度也越大。智慧越高，頭腦越糊塗。這事實可用對戰爭的反應來說明。社會地位爬得越高的人，歇斯底里情緒也越高漲。對戰爭的看法最接近理性的人，就是那些居住在爭端地區的奴隸。對他們說來，戰爭不過是連綿不絕的災難，像浪潮一樣，一個接一個的把他們的身體沖去。他們對哪邊取得勝利，實在毫無興趣，因為新主人來了，除了他們的名字外，什麼都沒有改變。他們的工作如常，所受的待遇也如常。

比奴隸地位稍微高一點的就是我們所說的普理。他們只是間歇性的記得戰爭的存在。有此需要時，你可把他們的恐懼與憎恨的情緒煽動起來，但如果你不管他們，他們一下子就可以忘記有過戰爭這回事。對戰爭顯得最熱心的，是黨內各階層，尤其是內黨黨員。明白征服世界是不可能的人，卻又堅決要征服世界。這種把兩種相對的觀念混為一談的習慣(知識對無知、犬儒思想對盲從附和)，是大洋邦社會一大特色之一。即使無實際的需要，官方的意識形態也是充滿矛盾的。譬如說，黨打着的是社會主義的旗幟，卻不遺餘力的去排斥原是社會主義運動所揭櫫的所有原則。黨對工人階級的藐視，史無前例，可是它給黨員穿的制服卻是工人裝。它一方面有系統地破壞家庭向力的中心，可是自己的領袖卻叫「老大哥」。

直接管理我們生死的四個部門名稱，也是故意藐視事實的證據。和平部管理戰爭。真理部供應謊言。仁愛部包辦酷刑。裕民部出產飢荒。這些矛盾既非意外，亦非普通的欺詐行為：這是雙重思想深思熟慮的結晶。只有矛盾統一了以後才可永保權力。也只有這樣才可避免重蹈過去寡頭政權執政者的覆轍。如果要永遠壓制人類平等的出現，如果高等人要永保其位，那麼只好讓半癡半醒的心態持續下去了。

可是我們一直忽略了這個問題：為什麼阻止人類往平等的道路發展？假定上述我們交代過的各種手段都屬正確的話，那麼我們禁不住要問：為什麼花這麼大的心血去在某一特定時間凍結歷史？

這就是秘密的所在了。我們上面已看到，黨的神秘性，特別是內黨的奧妙處，完全繫於雙重思想的邏輯。但這還是解釋不了奪取權力的衝動、雙重思想和思想警察制度的建立、無休無止的戰爭和其他黨坐定了以後才出現的措施。要了解此中原因，非先弄清埋藏後面的動機不可。這動機就是……

史密斯看到這裏，發覺到身旁的人動也沒動過。人對新鮮的聲音敏感，對沉靜也一樣敏感。朱麗亞側着身子睡，從腰以上是赤裸裸的。她一邊臉頰枕着手臂，幾縷烏絲垂到眼前。胸脯規律的起伏着。

「朱麗亞？」

沒反應。

「朱麗亞，你睡了？」

還是沒反應，她睡了。他把書掩上，慎重的放在地上，然後扯起被罩，替她也蓋起來。

他還是不知道那書所說的「秘密所在」是指什麼。他只知道「怎麼做」，卻不知道「為什麼要做」。就像第三章一樣，第一章沒有告訴他任何他以前不知道的事實，只是書上說的比自己想的有系統而已。這兩章文字給他最大的收穫就是：他知道自己並沒有發瘋。一線夕陽的紅光透過窗戶，射到枕邊來。他閉上眼。陽光照在面上，加上朱麗亞柔滑的身軀緊貼着自己，使他除了睡意之外，還有一種堅強的自信心。他覺得很安全，不會出什麼亂子。

臨睡前他還喃喃唸着：「一個人的頭腦是否清醒，與統計數字無關。」好像這句話包含着無限真理似的。

18

史密斯醒來時，在感覺上好像睡了好久，但看看那個古董鐘，才二十三點。他打了一會盹。院子下面又有熟悉的歌聲傳來，中氣充沛極了。

本來不存希望，

心事化作春泥。

誰人巧言令色，

使我意馬難收？

這懶洋洋的調兒一直大受歡迎，歷久不衰，不像〈天仇〉那麼短命，朱麗亞聞聲而起，伸了個舒服的懶腰後就起床。

「肚子餓了，」她說：「我們做些咖啡吧！媽的，油爐熄了，水也冷了，」說着，她把油爐拿起來搖了搖：「油也燒完了。」

「大概可問查靈頓先生要一點吧。」

「奇怪的是，我上床之前還是滿滿的。我先穿了衣服吧，有點冷了。」

史密斯亦跟着起床，穿上衣服。

院子裏的歌聲又飄到耳邊來：

誰説時光最能療創，
誰説舊仇轉眼遺忘，
舊時笑聲淚影，
歷歷在我心上。

史密斯一面扣着制服的腰帶，一面走到窗前。太陽一定沉在屋子後面了，院子再沒有陽光。石板路濕濕的、好像剛洗擦過一樣。天空也是剛洗擦過吧，史密斯想。你看，煙囪管帽之間的那片藍，多柔和明朗！女歌手來回踱着，又唱又停，一塊又一塊的尿布的懸着，一點沒有疲倦的樣子。史密斯搞不清她是靠洗衣服維生的呢，還是二三十個孫子的奴隸。

朱麗亞已站在他旁邊，他們一起出神的看着院子內那個大塊頭。他遙望着這女人慣有的動作，她舉着渾圓的手臂夠上曬衣繩，牝馬似的屁股翹得高高的。史密斯第一次感覺到，這女人好美。他生平沒有想過，一個年逾五十女人的身體，先因生兒育女而變得臃腫，後又因工作需要而受風吹雨打——居然還能看出美來。但既然他覺得這是美，那又有什麼不對？這個結實如花崗石的紅皮膚身體，當日也有過含苞待放的日子。如果少女的身體如玫瑰花，那麼她就是薔薇果。為什麼她要受歧視？

「她真美。」史密斯説。

「她的屁股少說也有一公尺寬。」朱麗亞說。

「這就是她美的特色。」

他輕摟着朱麗亞柔軟的腰身。從臀部到膝蓋，她半邊身緊緊的靠着他。他們兩人合過體，但注定不能有兒女。這是他們絕不可以做的事，他們傳宗接代的方法，只靠口訊，只靠心靈的照會。院子裏那歌手，沒有頭腦，只有肌肉發達的軀殼、仁慈的心腸和多子多孫的肚皮，史密斯真想知道她究竟生了多少個兒女。少說也有十五個吧？她有過如春花燦爛的短暫時光，說不定有過一年嬌豔如野玫瑰的日子。後來呢，突然發胖得有如加工施肥培養出來的果實，變得粗糙不堪。以後的日子就是在洗衣燒飯、擦地板、縫縫補補的日子中度過的。先替兒女做牛馬，後來又替兒女的兒女做牛馬，三十餘年如一日。

她的歌聲由頭到尾沒停過。史密斯對她產生的一種神秘的虔誠感，漸漸竟然與烟囪管帽後面萬里無雲灰濛的天空混在一起了。大家都以為天空到處都是一樣的，在歐亞國和東亞國如此。在大洋邦亦如此。而在日光底下生活的人，也是大同小異的。普天之下，千萬百萬的人民就像在大洋邦一樣。對別的同類生活一無所知，為仇恨與謊言所隔離。但亦正如大洋邦的國民一樣，儘管他們無知、不會思想，他們的心中和身體中卻蘊藏着有朝一日可以改變世界的力量。如果還有希望，得寄託於普理身上！他雖沒有把「那本書」看完，但他猜想到這一定是戈斯坦最後的意思了。未來是屬於普理的。但他又怎麼知道，普理將來創造的世界不會像黨所創造的世界一樣對他陌生？可能的，但最少那不會是個瘋狂的世界。有真正平等的地方就不會有瘋狂現象出現。力量最後變為理性——這是早晚要發生的事。普理，是不朽的，你只要看看院子內那勇者的形象就會深信不疑。他們覺醒的時日一定會到來。在此以前，雖然說不定要等一千年，他們會像鳥獸一樣的在各種逆境中生存，一個傳一個把黨不能分享也不能消滅的原始精力遺傳下去。

「你還記不記得我們見面的第一天，那隻在林邊對着我們唱歌的鶇鳥？」史密斯問。

「牠才不是對着我們唱歌呢，」朱麗亞說：「牠是給自己唱歌。可能這也不對。牠為唱歌而唱歌就是。」

鳥唱歌、普理唱歌，就是黨員不唱歌。在倫敦、在紐約、在非洲、在巴西、在神秘的邊境以外禁地、在巴黎和柏林的街道上，在無邊無際俄國平原的村落上、在中國和日本的市集上——在全世界各地你都可以看到同樣一個不可征服的普理母親，結結實實的站着，雖因生兒育女和苦工的折磨而變得體態粗大，卻一直歌唱下去。有覺醒性的一代一定是從這種強健的腰身誕生出來的。你已經死去；未來是他們的。但你若能在精神上像普理一樣世代繁衍下去，相傳二加二等於四的真理，那麼這個未來你一樣可以參與。

「我們已經死了。」史密斯說。

「我們已經死了。」朱麗亞漫應着。

「你們已經死了。」一個聲音在他們後面冷冷的説。

他們馬上跳開。史密斯感到自己的心肝膽肺一下子化成冰雪。他看到朱麗亞眼角泛白，臉色變得奶黃，頰骨上殘餘的胭脂還在，吊得高高的，好像要脱離臉上的皮膚升起的樣子。

「你們已經死了。」那個像鐵石一樣冰冷的聲音重複一次説。

「在圖畫後面。」聲音和着説：「站着別動，聽候命令。」

大限終於到了。除了你眼望我眼，一籌莫展。他們連想也沒想過要在別人出現前逃命。抗拒牆後的鐵石聲音是不可想像的事。喀嚓一聲，好像是門扭轉動，跟着就是玻璃墜地的聲音。畫框掉下來了，後面原來是電幕。

「現在他們可以看到我們了。」朱麗亞説。

「現在我們可以看到你們了，」那聲音説：「站到房中間來，背對背，手叉在腦後，你們誰都不要碰誰。」

他們的身體沒有接觸，但史密斯好像感覺到朱麗亞身子發抖。或者説不定自己在發抖。他勉強可以忍着不讓牙齒打顫，但兩條腿卻不由自主。樓下屋子內有皮靴踩踏的響聲，院子裏好像來了不少人。他聽到有重物被拖過石板地的聲音。婦人的歌聲曳地停止。接着有一陣長長的好像是東西滾動的聲音，好像是洗衣盆被人一腳踢翻滾過庭院的樣子。怒罵申斥的聲響四起，一陣痛苦的呼喊過後，聲音就停止了。

「屋子四面被包圍了。」史密斯説。

「屋子四面被包圍了。」鐵石的聲音説。

他聽到朱麗亞牙關的聲音。

「我們乾脆就在這裏説再見吧。」她説。

「你們乾脆在這裏説再見吧。」聲音説。跟着一個不同的聲音響起。這聲音有點單薄，但相當文雅，史密斯好像以前聽過。這個新出現的聲音説：「對了，既然話已經説開了——『這是亮你床頭的蠟燭，那是斷你人頭的砍刀！』還記得麼？」

有東西掉到史密斯背後的床上來。一張梯子的前端已破窗而入，有人爬上來。一下子房間就站滿了身穿黑制服、足登鑲鐵皮靴、手執警棍的彪形大漢。

史密斯已經不發抖了，眼睛也不轉動游移。此時別忘記這一點：規規矩矩的站着，別給他們揍你的藉口。站在他面前的就是一個下顎長得像職業拳師模樣的漢子，拇指與食指間扭着警棍，等的就是顯身手的機會。史密斯跟他打了個照面。自己的手叉在腦後，身體完全外露，這種感覺真像赤條條的，很不好受。

那漢子伸出舌尖，舐了舐嘴唇，就走過去了。又有一聲爆裂聲，原來其中一個漢子撿起玻璃紙壓擲到壁爐的牆壁去。

一塊珊瑚的碎片，脆弱得像蛋糕上面糖製的粉紅色玫瑰蓓蕾，在地板上滾動。這東西原來一直是這麼渺小的嗎？史密斯想。他聽到後面砰然一響，跟着是「哇」的一聲叫喊，而自己的足踝此時被人重重的踼了一腳，幾乎使他失去了平衡而倒下來。

朱麗亞的太陽穴被一個漢子摃了一記，痛得她彎下腰來，最後倒在地上，拚命的舞動手足，喘着氣。史密斯不敢轉頭看她，但她蒼白的臉和喘氣的樣子，好像就在他面前出現。史密斯自己雖然懼怕得不得了，但朱麗亞承受的痛楚，他真的感同身受。痛苦當然難受，但朱麗亞目前馬上要做的，是把呼吸恢復過來。

兩個漢子分別扳着她的腿和肩膊，然後像扛麵粉袋一樣的扛了她出去。史密斯側眼看到她翻過來的臉，蠟黃而微帶痙攣，眼睛關閉，頰上殘脂猶在。這是最後的一瞥了。

史密斯木然站着，他還未捱打。一些毫無意義的思想不由自主的浮現腦際。不知查靈頓先生有沒有落網？院子裏唱歌的普理媽媽呢？不知他們怎樣對付她。他小便急得不得了，也真怪，兩三個鐘頭前才上過廁所。壁爐上的鐘指着九點，那就是說二十一點。為什麼天還沒黑呢？八月的晚上到了二十一點應該黑了。是不是他和朱麗亞都把時間搞錯了，一睡睡了一夜還以為是二十三點，其實已是第二天早上的八時三十分。可是他不想推想下去了，一點意思都沒有。

走道傳來輕快的腳步聲。查靈頓先生進來了，黑制服漢子的態度馬上變得恭順起來。查靈頓先生的外表亦有轉變。他目光落在擊得粉碎的玻璃紙壓上。

「把碎片撿起來。」他用命令的口吻說。

一個漢子應命俯身收拾。查靈頓先生說話時再無濃重的倫敦口音。呀，這就是他剛才在電幕後聽到的文雅口音！他仍穿着舊天鵝絨外衣，但原來斑白的頭髮現在已變成黑色。對，他的眼鏡也不見了。他目光淩厲的打量了史密斯一眼，好像對他說「你沒看錯人」，然後沒再理會他了。

查靈頓先生的外貌雖然還可辨識，但事實上等於換了一個人。身體站得挺直，連個子看來也比以前高大。他的臉整容的部分不多，但給人的觀感卻大大不同。原來濃濃黑黑的眉毛現在變得疏淡。皺紋不見了，因此整個臉的線條也隨着改變。連鼻子也不那麼鷹鈎。現在的查靈頓先生是個年約三十五歲、冷靜而警覺的人。

史密斯突然想到，這是他這輩子第一次正眼看到一個表明了身分的思想警察。

第三部

栗樹蔭下
我出賣你，
你也出賣我……

19

史密斯不知身在哪個部門。可能在迷仁部吧，但也難說。獄室的天花板很高，沒有窗戶，四邊的牆壁是閃亮的白瓷磚。燈光從哪裏來雖然看不到，但映在瓷壁上，寒氣侵入。室內不時傳來陣陣的嗡嗡聲，想是與空氣調節的機器有關。除了進門的地方，牆壁四周是剛夠屁股坐下來的板凳。門的對面是個沒有坐板的馬桶。每一面牆都設有電幕。

他腹中隱隱作痛。自他們把他捆起，用小型貨車送到這裏來後就一直沒停止過。除了痛楚外，他也餓壞了。想來整整二十四小時沒吃過東西。説不定還不止。三十六小時吧。他現在還搞不清楚（也許永遠都不會搞清楚）他們逮捕他時究竟是白天還是晚上？總之自那個時候開始一點東西也沒下過肚就是。

他雙手搭在膝蓋，靜靜的坐在板凳上。如果你稍微移動一下，他們就在電幕上喝斥你。他只得乖乖的規規矩矩的坐着。飢餓越來越難忍，他多希望吃到一塊麵包呵！他忽然想到制服的口袋裏可能還有些麵包屑。腿部不時有些什麼東西摩擦着他，想來是一塊不小的麵包皮呢。最後他受不住誘惑，冒險伸手到口袋去。

「史密斯！」果然電幕上有人大叫說：「六〇七九號史密斯！手不准插在口袋！」

他只得把手拉出來，搭在膝上。他們押他到這個地方前，先把他關禁在一處看來是普通牢房或巡邏警察臨時羈留所的地方。他不知道在那裏究竟躭了多久，但最少也有幾個鐘頭吧。既無時鐘，也不見天日，也就沒有時間觀念了。那地方不但嘈雜，而且氣味難聞。他關禁的牢房跟現在的差不多，但骯髒多了，而且十多個人擠一個房子。這些人大部分是普通罪犯，但其中也有幾個是政治犯。

跟現在一樣，他在那牢房中也是動也不動的坐着，背靠着牆。新押進來犯人骯髒的身體在他面前蕩來蕩去。雖然他心中恐懼，肚子又痛，再難有興趣注意到周圍發生的事了，但黨員罪犯和普通罪犯的舉止分別實在太大了，他不用特別注意也看得出來。黨員怕得不敢作聲，普理卻是一無所畏。他們不但有膽量對獄卒破口大罵，自己隨身的東西被扣押時，吵得幾乎要動起粗來。地上隨處可以看到他們寫下來的洩憤髒話。電幕的指導員要他們遵守秩序時，反被他們奚落一番。他們還有其他的驚人之舉：在衣服裏偷運食物進來大飽口福。

但並不是所有的犯人都對獄卒無禮的。有些實在跟他們親熱得很，交談起來時直呼他們的諢名。有的則跟他們說盡好話，無非希望獲賞一兩根香烟。獄卒對這些普通犯人可說是諸多容忍，雖然職責所在有時難免下手重一點。史密斯在這牢房內常常聽到他們提到勞改營，大概是他們最後會被送到那裏去吧。勞改營也沒有什麼可怕的，他想，只要你懂得門路，認識規矩。走後門、拉關係、偷鷄摸狗、男的斷袖分桃、女的出賣色相，總之各式各樣的勾當都在勞改營發生。你甚至可以買到用馬鈴薯釀造的私酒。在那兒掌權的，都是普通罪犯，特別是流氓和殺人兇手這類人物，他們可說是勞改營的貴族階級。所有吃力的工夫都交給政治犯去做。

牢房諸色人等的流動性很大：販毒的、小偷、土匪、奸商、酒鬼和娼妓等，真可說是繼往開來。有時闖進來的酒鬼兇悍不堪，得由幾個人聯手起來才能制伏。史密斯看見四個警衛扛着一個年約六十的老太婆進來。她兩個下垂的乳房大得像葫蘆，踢着、喊着，一頭白髮因激烈的掙扎披到面前來。四名警衛擰開了拚命踢着他們的靴子後，就順勢把她丟在史密斯膝上，幾乎把他的股骨折斷。那婆娘撐起半身在他們後面破口大罵「× 你這些野種」不停。警衛離開後她才發覺自己坐的地方有些不平，連忙挪開屁股，坐在板凳上去。

「真抱歉呵，小心肝，」她說：「不是我坐在你身上的，你是看到那些野種把我摔下來的，是不是？他們真會欺負女人，對不對？」說到這裏她頓了頓，拍拍胸脯，打了個嗝，接着又說：「抱歉，真失禮。」

她彎下腰往地上吐個不停。

「呀，舒服多了，」她閉着眼睛靠着牆壁說：「我說呀，別忍在肚子裏，想吐就吐出來。」

她精神恢復過來後就打量了史密斯一眼，馬上對他產生了好感。她伸出粗大的手臂摟着他的肩膊，把他拉近身前，啤酒和嘔吐的氣味直噴他面上。

「小心肝，你叫什麼名字？」她問道。

「史密斯。」

「史密斯？怪了，我也姓史密斯。誰曉得，」她用慈祥的聲音補充說：「我可能是你的母親。」

可能的，史密斯想。年紀差不多，身形也差不多，再說，勞改二十年人的樣子也會改變的。

除了這老婦人外，再沒有人跟他說過一句話。令他奇怪的是普理監犯對同室的黨員竟然不理不睬。普理對史密斯這類人不但沒興趣，而且還有點藐視，稱他們為「吃黨飯的」。黨員自己害怕得不敢跟人說話，更怕跟另一個黨員說話。只有一個小例外。有一次，兩個女黨員擠坐在板凳上，史密斯在人聲嘈雜中聽到她們交頭接耳匆匆低聲的說了一兩句話。說的是什麼他聽不清楚，但好像特別提到「一〇一室」的。但一〇一室究竟代表什麼，他也毫無頭緒。

他們把他轉移到這獄室來，想是兩三個鐘頭以前的事吧。腹中的隱痛一直沒停過，時好時壞，他的思緒也隨着這肉體感受的變化而一收一斂。痛得厲害時，他忘記了一切，只想到食物。痛苦減輕時，心中就充滿了恐懼。有時他預想將要發生的事，情況逼真得令他呼吸停頓。他幾乎聽到了警棍拷打他肘子的聲音，或鑲了鐵片的皮鞋踩踏他小腿的噼啪聲。他痛得咬着打碎了的牙齒，跪在地上尖聲求饒。他很少想到朱麗亞，因為他的思想無法集中在她身上。他愛她，不會出賣她，但這僅是一個事實，一如他所知道的算數法則是個事實一樣，沒有感情的存在。他也很少關心過：朱麗亞現在怎麼樣了？

他倒常常懷着一絲希望的想到奧布賴恩。他一定知道自己被捕吧？對的，他早就説過兄弟會從來不搭救落難會員的，但如果可能的話就會送刀片進來。如果他要自盡，他大概有五秒鐘的時間，因為獄卒一看到就會搶進來。刀片割血管時，將會給他一種灼熱而冰冷的感覺。拿刀片的手指，説不定也會受傷，刀鋒戮到骨節。他原是個不能忍受任何肉體痛苦的人，一想到這裏，渾身已覺得正受酷刑煎熬。即使刀片送到手裏，他也不知道有沒有勇氣自殺。雖然明知最後難逃毒打，還是有一分鐘就活一分鐘吧。

為了打發時間，他試數過牆上的瓷磚，可是每次數不到一半就把數字混亂了。他經常想着的，是自己置身何處，或現在是什麼時間了。一會兒他認定了外面準是大白天，可是轉瞬間他又相信天已黑了。他的直覺告訴他，這地方的燈火是永遠不會關閉的。這是個沒有黑暗的地方。現在他明白為什麼奧布賴恩這麼快就聽出他話中的暗示來。仁愛部整棟大樓是沒有窗戶的，他的牢房可能就在這建築物的中心，但也可能靠着牆邊。

它可能埋於地下第一層，也可能在樓上第三十層。他的思想在這大樓內到處漫遊，靠身體的感受去推測自己究竟是浮於空中呢，還是深埋於地底。

外面皮靴操步走過的聲音，接着鋼門喀嚓一聲打開了。一個年輕的警官步伐輕快的踏了進來，跟着向幾個獄警打了手勢，要他們把押來的犯人引進。這警官一身剪裁適中的黑制服，皮靴擦得亮亮的，映在燈下，使人看來他整個人也沐浴於光輝中。他輪廓整齊的臉，蒼白得有如戴上蠟製的面具。

進來的犯人是詩人阿普福思。

門砰的又關上了。

詩人怯怯的在房內來回的踱了一下方步，然後停下來，好像猜想到這房子另有出口似的。不久他又開始踱步了。他沒注意到房內還有別人，因為他的眼睛凝視着離史密斯頭上約一公尺的牆壁上。他沒穿鞋子，又髒又大的腳趾從破襪的洞口鑽了出來。看來幾天沒刮鬍子了，從面部到頰骨長了密麻麻的短髭。這種粗豪的流氓氣概，與他神經兮兮的舉動和瘦弱的大個子身材很不對稱。

史密斯勉強振作起來。他得冒着電幕喝止的危險跟阿普福思說一兩句話。說不定兄弟會的人就是託他帶刀片來的。

「阿普福思？」他招呼着說。

電幕居然沒有干涉。詩人愣了一下，有點吃驚，目光慢慢轉移到史密斯身上。

「呵，史密斯！想不到你也來了！」

「你犯了什麼罪？」

「不妨跟你說實話，」他笨拙的在史密斯前面的板凳坐下來：「罪名只有一種，對不對？」

「你犯了？」

「顯然我犯了。」

他伸手揉了揉太陽穴，好像要回憶一些什麼事情似的。

「這種事情很難避免，」他淡淡的說：「我想起了一個例子——一個可能當作例子的例子。我們正準備出版吉卜林詩集的確定本，而我在一行原詩的韻腳保留了『上帝』一字。這實在沒辦法呵！」他幾乎有點氣憤不平的補充說，抬頭看着史密斯。「這一行不能改的，因為原韻是『棍棒』。你知道，我們的語言中只有十二個韻腳是可以和『棍棒』的。我搜索枯腸多天，仍然沒辦法。」

說完後，詩人面上的表情也轉變了。先前煩躁不安的神色已逝，代之而起的是一種沾沾自喜的光彩。學究發現了一些毫無實際價值的證據時，露出的就是這種洋洋自得的滿足神色。史密斯感覺到阿普福思知識分子的熱情，透過密密麻麻的鬍子和污垢發射出來。

「你知不知道，」詩人又開腔了：「整個英詩的發展都受到英語缺少韻腳變化的限制？」

史密斯沒有直接回答他。他確實不知道，而他對這問題也一直沒有注意。此時此地，像韻腳不韻腳這種問題，不但索然無味，而且無關重要。

「你知不知道現在是什麼時間？」史密斯問道。

阿普福思顯得有點吃驚，隨後答說：「哎呀，我想也沒有想過。他們是兩天前，也許是三天前，把我抓來的。」說着他的目光在四面牆壁瀏覽了一會，好像要找窗戶的樣子。「白天也好，黑夜也好，有什麼分別？我們在這裏還能算什麼時間？」

他們隨便的聊了幾分鐘，突然聽到電幕喝令他們住口的聲音。史密斯馬上靜下來，交叉着手坐着。阿普福思塊頭大，在狹小的板凳上坐得老不舒服，因此老是改變坐姿，雙手一時摟着這邊膝蓋，一時又轉到另一邊去。電幕有人喊話，命令他坐得規矩些。時間靜悄悄的過去——二十分鐘、一小時。但誰算得清楚？

皮靴踏步的聲音又響起了，史密斯的心臟幾乎停頓。快了，快了，再過五分鐘吧，這些皮靴聲說不定就是衝着他而來的。

門開了，那冷面的年輕警官踏進來，向阿普福思招招手說：「一〇一室。」

詩人笨拙地跟着幾個獄警茫然地走出去。

又過了一段漫長的時間。史密斯腹中的痛楚又變本加厲了。他的思想老是繞着這六個方向兜圈子：肚子的疼痛、麵包、鮮血和呼喊聲、奧布賴恩、朱麗亞和刀片。皮靴聲又來了，史密斯的肚皮又抽搐了一下。門開處，隨着空氣飄來一陣強烈的汗臭。柏森斯蕩了進來，身上穿着卡其布短褲和運動衫。這可令史密斯驚異得張大了嘴巴。

「怎麼你也來了？」他說。

柏森斯看了史密斯一眼，既不覺得驚奇，也不顯得有興趣。他目光流露的，只是自己受苦受難的神情。一進來後他就沒有安靜過，還是那副跳跳蹦蹦的樣子，但每次他把那圓胖胖的膝蓋伸直時，你可以看出他實在是發抖。他眼睛張得大大的，好像無法制止隨時隨地要審視周圍一切的衝動。

「你犯了什麼罪？」史密斯問。

「思罪！」柏森斯幾乎嗚咽着回答說。他聲音的腔調意味着兩種截然不同的心態：一方面是坦承自己的罪行，另一方面似乎連自己也不敢相信自己竟會犯思罪！

他站在史密斯面前，懇切地向他陳情：「照你看，他們不至於要槍斃我吧？對，他們不會殺只有思想有毛病，但無實際犯罪行為的人。你說對不對？思想嘛，有時自己也控制不了。我相信他們會給我公平的審判，這一點我有信心。他們有我過去行為的紀錄，對不對？你也知道我是哪一類的人，頭腦可能簡單一些，但辦事熱心呵！我為黨服務，竭盡所能，對不對？照你看，勞改五年就成了，是不是？再不然就是十年。像我這個人勞改營也用得着的。生平的差錯就是這麼一次，他們是不會殺我的，對不對？」

「你有罪麼？」史密斯問。

「當然有罪！」柏森斯面對電幕，裝出一副卑屈的樣子，故意大聲叫道：「黨怎會冤枉好人？」他的青蛙臉較前平靜多了，現在用近乎虔誠的聲音說：「思罪可怕，防不勝防。你知我怎樣受害的？在我睡覺的時候！對啦，這是事實。我十年如一日的做着我份內的事，鬼才知道壞主意怎樣鑽到腦袋來。嚇，我睡覺時竟說夢話！你知道他們聽到我說了些什麼？」

他壓低了嗓子，表情就像一個病人為了健康的理由，不得不聽醫生的吩咐破口說髒話一樣。

「我說了『打倒老大哥！』對了，一點不錯，而且可能不止說了一次。我不妨告訴你，我真感激他們，因為他們及時救了我。你想想看，這心中的魔鬼不及早剷除，還得了？你知我在法庭時要跟他們講些什麼話？我會說：『謝謝你們呵，你們及時救了我！』」

「誰檢舉你的？」

「我的小娃娃，」柏森斯傷感的聲調揉合了驕傲的成分。「她在鑰匙孔聽到了我說夢話，第二天就向巡邏警察告發。才七歲的小鬼，挺伶俐的，對不對？我對她不但不怨恨，反而以她為榮，這證明我給她的教育完全正確。」

說完後，他又恢復了先前坐立不安的動作，好幾次把目光投在馬桶上，然後把褲子拉下，說：

「別見怪，實在忍不住。」

說時遲那時快，他肥大的屁股已蓋在馬桶上。史密斯連忙以手掩面。

「史密斯！」電幕叫了：「六〇七九號史密斯！把手放下來！在監房不准掩着面孔。」

史密斯手放了下來。柏森斯開始方便，嘩啦嘩啦的響個不停。碰巧馬桶排水的設備壞了，室內臭得昏天黑地，歷久不散。

柏森斯被解去了，新的犯人又來，不久又被解去。一個女犯被押到一〇一室受理。史密斯注意到她一聽到「一〇一」的數字時，渾身發抖，臉色也變了。他不知道自己是什麼時候押到這兒來的。如果是上午，那麼現在該是下午了。如果是下午，那麼這時是深夜。

現在連他一起一共有男女犯人六名，都靜靜地坐着。史密斯對面是個看來沒有下巴的男人，因此牙齒特別突出，整個人就像一條柔順的嚙齒動物。他肥厚的雙頰滿是斑點，成袋形的垂了下來。裏面準藏了吃的東西，史密斯想。他淺灰的眼睛在各人面上溜了一下，一看到別人對他注意時就連忙別過頭去。

門開了，又有新犯人進來，史密斯一看這男子的面貌，心裏不禁打了個寒顫。這人看來有點陰險，樣子卻是普普通通的，可能是個工程師或是個技工，但最令人寒心的是他的臉瘦削得不見肌肉，簡直就像一具骷髏頭。正因為臉上無肉，嘴巴和眼睛大得怕人。他目露兇光，好像對某人某事懷着無可化解的仇恨似的。

那漢子在離史密斯不遠的板凳坐下。史密斯不再看他了，但那人瘦削痛苦的臉孔彷彿一直就在他眼前動盪。突然他明白過來了：那人快要餓死。除了史密斯以外，其餘的人似乎也同時認識到這一點，因為他看到各人的身子都不安的移動了一下。那沒下巴的人目光不斷往骷髏頭似的臉孔打量。看了一眼，又別過頭去，然後好像受到強烈引誘似的又看一眼。他在板凳上一直坐立不安。最後他忍不住站起來了，顫巍巍的走到骷髏頭面前，探手到制服的口袋去，靦腆地掏出一片麵包來。

馬上就聽到電幕怒吼的聲音。沒下巴的人立即跳回原位。骷髏頭也慌忙把手伸到背後，以證明自己的清白，並沒有拿那片麵包。

「本姆斯特，」電幕的聲音喝道：「二七一三本姆斯特，把麵包放下來。」

沒下巴的人就把麵包丟在地上。

「就站在那裏，對着門口，別動。」電幕的聲音說。

沒下巴的人應命站着，他那個袋形的臉頰不由自主的顫動着。

門開了，年輕的警官閃身進來後，跟着就有一個虎背熊腰的獄卒出現，站在沒下巴的人面前。警官以手示意後，就見他使盡渾身氣力，重重的朝沒下巴的人口鼻摑了一記。這一下打得好狠，沒下巴的人身子倒地後，滑過半個房間，停在馬桶的前面。他好像昏迷過去了，血自他口鼻滲出來，嘴巴發着嗚嗚咽咽的聲音。好一會他才搖搖擺擺的爬起來，口裏冒着鮮血，兩塊假牙托子也掉在地上了。

其餘的犯人靜悄悄的坐着，手搭在膝蓋上。沒下巴的人爬回他原來坐着的板凳，一邊臉孔已呈瘀黑。他嘴巴已腫脹成猩紅的一塊，中間是個黑洞，血水不時滴到制服的胸口來。他眼睛還是溜來溜去，只是現在的犯罪感更顯明了，好像要看看別人是否因他所受的侮辱而更瞧不起他。

門又開了。年輕的警官向骷髏頭略一抬手，說：「一〇一室。」

史密斯身邊的人「呃」的喊了一聲，倒跪在地上，雙手合抱求饒道：

「同志！長官！你用不着送我到那房間呵！我不是什麼都告訴了你麼？你還要知道什麼？我知無不言，言無不盡。你問我好了，我原原本本的告訴你。你準備什麼供詞，我都簽名，但請不要送我到一〇一室。」

「一〇一室。」長官說。

骷髏頭本來臉白如紙，現在竟變成了綠色，使史密斯難以置信。

「你要怎麼處置我，就請便吧！」他嚷道：「你們已餓了我幾個星期，乾脆就讓我餓死算了！再不然，一槍把我斃了、或者把我絞死、判我二十五年徒刑！你要我檢舉什麼人？你說名字吧，我什麼都告訴你。我不管這人是誰，也不在乎你怎樣折磨他。

我除太太外還有三個兒女，最大的一個還不到六歲。你高興的話，把他們全部帶來，在我面前割斷他們的喉嚨，我不會哼一聲。但請不要送我到一〇一室！」

「一〇一室。」警官說。

骷髏頭發了狂一樣環視室內各犯人一周，好像要找替身似的。最後他目光落在剛才給他麵包吃的沒下巴的人，伸出瘦削的手臂指着他咆哮說：

「這個才是你要的人，不是我！他挨打後背後說的話你們沒聽到，只要給我一個機會，我會一字不漏的告訴你。他才是反黨的人，不是我！」

警衛上前，骷髏頭又慘叫道：「他說的話你們沒聽到，電幕出了故障。我不是你們要的人，是他！」

兩個彪形大漢低下身子挽他的手臂，可是他突如其來的一個箭步走到板凳前面，躺在地上，緊握着一條板凳的鐵腳不放。他像野獸一樣喘氣吼着。警衛上前要把他扭開，可是他緊握着鐵柱的手力氣奇大。三個人糾纏了約莫二十秒鐘。其餘犯人手搭膝蓋的靜靜坐着，直視前方。吼聲停了，那人除了緊握鐵柱外，連叫的氣力也沒有了。不久突聞淒厲的呼聲，原來其中一個警衛用皮靴一腳踢斷了他一個手指，跟着就把他拖起來。

「一〇一室。」警官說。

骷髏頭踉蹌地跟着出去了，低着頭看着壓碎了的手，再無任何抗拒的氣力了。

又過了一段很長的時間。如果骷髏頭離開時是午夜，現在該天亮了。如果是早上，現在是下午。室內只剩下史密斯一人，已經好幾個鐘頭了。在窄板凳坐了這麼久，痛苦不堪，他只得站起來走動。幸好電幕沒有喝止。那片沒下巴的人丟下來的麵包仍在地上。開始時他忍不住頻頻往地上看，後來覺得口渴更要難受。嘴巴膠着，氣味難聞。空氣調節機的嗡嗡聲和室內一直未轉換過的光源，使他有點暈眩，腦袋空空的。骨痛難忍時他站起來，但馬上又坐下，因為暈眩得實在無法站定身子。

肉體的痛苦稍微減輕時，恐懼馬上又佔據他心中。他寄予奧布賴恩的一絲希望還沒有死去，尤其是他說過的那張刀片。如果他還有東西吃的話，刀片可能就藏在食物內。有時他也會模模糊糊的想起朱麗亞來。她一定在什麼地方受折磨吧，而且可能比他還要痛苦。這一分鐘說不定就是她大聲嘶喊的時候。「如果我增加我的痛苦可以救朱麗亞一命的話，我願不願意做？會的，我願意。」他想。但這僅是一個知性的決定，他願意為她多受苦難，因為他知道應該這麼做。可是他心中並沒有這種感覺。在這裏除了痛苦和預知痛苦快來，你什麼感覺也沒有。還有一個問題：正當你受苦時，你可不可能為了某種原因希望增加自己的痛苦呢？這問題目前還沒有答案。

皮靴的聲音又起了，門開處，奧布賴恩走進來。

史密斯吃驚的站起來。奧布賴恩出現得太突然了，使自己完全失去警戒之心。這是多年來他第一次完全忘記電幕的存在。

「他們把你也弄到手了！」史密斯驚呼。

「他們老早就把我弄到手了。」奧布賴恩用一種近乎歉意的嘲弄口吻說。

他說完後站在一旁。後面是個裸着上身的警衛，手執一條長長的黑棍子。

「史密斯，別騙自己，你老早就知道有今天的結果的。」奧布賴恩說。

對的，他現在明白過來，他老早就知道有今天的，只是現在沒時間想了，注意力全集中在那條黑棍子上。這東西隨時會擊下——天靈蓋、耳邊、肩膊，或手肘——

手肘！他頹然倒下，跪在地上，用另一隻手握着受傷的肘子，幾乎全身癱瘓，眼前的東西都冒着黃光。真是不可想像呵，一棍下來竟教人這麼痛苦。

黃光漸散，他看到奧布賴恩和那警衛俯視着他。後者看到他因痛苦而扭彎的身體獰笑起來。這一悶棍最少解答了一個問題：不管為什麼理由，你絕不能希望增加自己的痛苦。受折磨時你只期望一件事情：停止痛苦。世界上沒有比肉體痛苦更難受的事情了。「在痛苦面前是沒有英雄的。」他抱着受傷了的左手在地上痛苦的打滾，心中還想着這句話。

20

他躺着的地方好像是一張行軍床，只是離地面頗高，而他手腳被縛，不能動彈。強烈的燈光照在面上。奧布賴恩站在他旁邊，密切注視着他的反應。站在另外一邊的是個穿着白外衣的男子，手執皮下注射器。

他現在眼睛雖然張開，卻沒有馬上打量四周的環境。他覺得自己好像是從另外一個世界游到這房間來的。那是一個深埋水下的海底世界。自己在那世界耽了多久呢，他就不清楚了。自被捕以來，既沒見過陽光，也沒看過黑夜。再說他的記憶也是無連貫性的，有時他的意識完全空白，連做夢時那種殘存的意識也沒有。空白過後，意識又恢復過來。但這片空白的時間究竟是一週，一日或僅僅幾秒鐘，他就無法知曉了。

打在手肘上那一棍，是惡夢的序幕。他後來才了解到，提堂審訊不外是種形式，每個犯人都得經過。罪名長得很——為敵國探取情報和從事破壞活動等。這是每個犯人都循例招認的罪名。雖然招供是種例行手續，但皮肉之苦卻是真的。史密斯一共被打過多少次，每次打多久，已記不起來了。但他記得每次都有五六個穿黑制服的人一同出現施刑。有時用拳頭，有時用木棍、鐵桿子或皮靴。他像一隻不知廉恥的野獸在地上打滾，本能地要躲過皮靴的踏踢。這一來對方踢得更多更狠，踢在肋骨、肚皮、手肘、小腿、腹股溝、陰囊和背後的尾龍骨。

他就是這樣接二連三地抵受皮肉之苦。到了最後，他覺得最殘忍和最不可原諒的事情，倒不是這些漢子心狠手辣，而是自己怎麼不會昏死過去。有時他的神經完全失去控制，拳頭未下，他已開始求饒，把已犯過的和想像出來的種種罪行一一招供。但有時正好相反。他下定決心，拒絕招供，如非痛楚難忍，一字不露。有時他預先準備了要一讓步，對自己說：「招供是逃不了的，但慢慢來，能多忍受一分鐘就一分鐘。他們再踢兩下、三下，那個時候我才招認。」有時他被揍得再站不起來，那些漢子就像摔一袋馬鈴薯的樣子把他丟在地窖的石板地上，讓他休息幾個鐘頭然後從頭再來。

有時他們讓他恢復體力的時間會長一些，雖然實在有多久他自己也不清楚，因為他要不是昏迷不醒就是睡着了。他記得自己被關在一小室內，有木板床，牆上有個突出來的架子和一個錫臉盆。吃的有熱湯和麵包，有時還有咖啡。這期間，有一個脾氣暴躁的理髮匠進來給他剪過髮、刮過鬍子。穿着白制服的人也進來過，職業性的按了按他的脈搏、測量了他的神經反應、翻了翻他的眼皮、探手摸他的身體看看骨頭有沒有被打斷。檢查了以後，就在他手臂上打一針讓他睡覺。

毒打的次數減少了，但威脅性仍然存在，史密斯怕的就是自己說的口供萬一不滿意，又再落在那幾個漢子手上。問他話的人，不再是穿黑制服的老粗，而是戴着眼鏡的黨的知識分子，長得矮矮胖胖，行動卻異常敏捷。他們輪班來折磨他，每次總在十小時以上吧，他想。這些戴眼鏡的訊問人，雖然照樣要他受皮肉之苦，但他們真正的用心，顯然不單是要在肉體上折磨他。他們摑他耳光、扭他的耳朵、扯他的頭髮、命他單腿站着、不准他小解、用最強烈的燈光照他面上，使他眼淚直流。但這僅是一種手段，目的在奚落他和摧毀他思考與爭辯的能力。

他們最厲害的武器倒是疲勞審訊，一個鐘頭接一個鐘頭的問下去，一方面要他自露破綻，另一方面又把他說的話扭曲一番，讓他把謊言看成真理。到最後，他竟放聲哭出來。精神疲勞固然是個原因，但對自己感到慚愧也是原因之一。有時審訊一次，他會哭上六七次。大部分的時間他們用污言污語侮辱他，他回答時略一遲疑，就恐嚇說要把他送回老粗的地方去「修理」。可是有時候他們的腔調一變，稱他同志，以英社和老大哥的名義去感化他，問他現在對黨的忠誠如何，希不希望有機會洗擦以往的罪行等等。經過連續幾小時的疲勞審訊，神經已臨崩潰，所以即使這種溫言溫語也一樣引出史密斯的眼淚來。

疲勞審訊的方式果然比黑衣漢子的拳腳有效。他的意志力全部垮了，他們要他說什麼他就說什麼，要他簽什麼他就簽名。他目前最關心的是要猜出他們要他招認什麼罪行，一猜到就在他們發問前先供出來。因此，他的罪名包括：暗殺黨內顯要黨員，散發煽動性傳單，盜用公款，出賣軍事情報給敵國和各式各樣的陰謀顛覆行動。他招供了自一九六八以來就做了東亞國十多年的奸細；招認了自己奉信宗教、崇拜資本主義、是個在性行為上有墮落嗜好的人。此外，他還招認了自己是個殺妻罪犯，雖然他和審問他的人都知道凱思琳還好好的活着。在口供上，多年來他跟戈斯坦過從甚密，是個地下組織的會員，會員包括了所有他認識的人。招認所有想像得出來的罪名、拖每個認識的人下水，實是輕而易舉的事。再說，這也沒有冤枉自己。他不一直就是黨的敵人麼？在黨的眼中，思想與行動是不能分開的。

在他模糊的記憶中還有其他斷斷續續的片段，連貫不起來。

他在一個小室裏，暗的亮的已記不起來了，因為他除了一雙眼睛外什麼也看不見。附近有一個儀器，規律性的滴答滴答的響個不停。那雙眼睛越來越大，發着亮光。突然他自椅子浮起，滑入那雙眼睛內，被吞沒了。

他被縛在一張椅子上，燈光射眼，四面是鐘面形狀的控制盤，有一男子在看管。門外有沉重的皮靴聲，門開處，那蠟面的警官帶着兩個獄卒進來。

「一〇一室。」警官說。

那看守着控制盤的男子沒有轉身，也沒有看史密斯一眼。他只看着控制盤。

史密斯在一個金光耀眼、一公里寬的特大走廊滾下來，瘋狂的笑着，大聲的把自己的罪名叫出來。他什麼都招了，連苦刑也迫不出來的話也說了。他對着已熟悉他一生的聽眾覆述自己的身世。在走廊上滾下來的，還有獄卒、訊問者、奧布賴恩、朱麗亞和查靈頓先生。他們也像他一樣，瘋狂地大笑着。有些預料到將要發生的恐怖事情，不知為了什麼原因，最後竟然沒有發生。他已無問題了，不會再受折磨，他一生中每一細節已經公開，也獲得諒解和寬恕。

他好像聽到了奧布賴恩的聲音，拚命要從板床上掙扎起來。自受刑求以來，史密斯總覺得奧布賴恩就在他身邊，只是自己看不到他而已。奧布賴恩猶如一部電影的導演。指揮黑衣老粗去毒打他的是奧布賴恩、及時制止他們不要下手太重的又是他。決定史密斯該受多少折磨、哪時可以喘一口氣、哪時吃飯睡覺、哪時接受皮下注射——都是他一個人發的命令。問題是由他出的，答案也是他提供的。總之，奧布賴恩是他的折磨者、保護人；審判官、朋友。有一次他聽到一個聲音在耳邊說話，雖然他不知道自己是打了針後昏睡時聽到的、正常睡眠狀態中聽到的、或清醒時聽到的。這聲音對他說「溫斯頓，別擔心，你在我手上。我監視你七年了。現在已到了轉捩點。我會救你的，會把你變成完人。」他不敢決定這就是奧布賴恩的聲音，但可以肯定的是，這聲音與七年前在夢中對他說「我們將會在沒有黑暗的地方見面」的聲音完全一樣。

盤問怎樣結束的，他記不起來了。在黑暗的地方耽了一陣子後，就被移到現在這小室來。他平臥着，身體每一重要部分，包括腦後，都像被什麼東西縛着，動彈不得。奧布賴恩帶着一種既嚴肅又憂傷的神色，俯視着他。從下面往上看，奧布賴恩的面顯得粗糙而憔悴，眼皮打摺，鼻子到下巴盡是皺紋。他看來比史密斯想像的老，大概是四十八至五十歲的樣子吧。他手下面是一個有把手的鐘面控制器，上面是數字。

「我對你說過，如果我們還會見面的話，地方就在這裏。」奧布賴恩說。

「我知道。」史密斯答。

奧布賴恩也沒有給他什麼警告，手略一轉動，史密斯渾身刺痛。這種痛苦可怕極了，因為他看不到痛苦是從哪兒來的，只覺得身體已受到嚴重的傷害。他不知這種痛苦是真的，還是電波製造出來的。但不管真的假的，他覺得身體各關節慢慢脫位就是。額前一直冒着冷汗，但令他最覺得恐懼的卻是脊骨會不會因此折斷。他咬着牙，用鼻子深呼吸，決定能多捱一分鐘，就沉默一分鐘。

奧布賴恩細看着他面部的表情，說：「現在你害怕的是下一秒鐘身體某一部分會折斷，是不是？你最擔心的是脊骨，你在腦中幾乎可以清清楚楚的看到椎骨一節一節折斷的情形，脊髓液跟着流光。你想着的，就是這個，對不對？」

史密斯沒有答腔。奧布賴恩扭動了轉盤，痛楚馬上消失了。

「剛才你受的痛苦是四十度，」奧布賴恩又說：「你可以看得出來，這轉盤最高的數字是一百。好，你記着，等會我問你話時，你知道我可以隨時有使你受苦的能力，而你痛苦的輕重，也完全由我控制。如果你跟我說謊，或答話時支吾以對、或裝糊塗——因為我知道你的知識水平如何——你馬上就要吃苦的。這一點你明白了？」

「明白了。」

奧布賴恩聽後，態度柔和多了。他推了推眼鏡，踱了幾下方步。說話聲音溫文，也顯得非常有耐心，態度和口吻像個醫生、教師或牧師，旨在勸導，不在懲罰。

「溫斯頓，」他說：「我願意在你身上花心血和時間，因為你值得我這麼做。你自己也知道問題出在哪裏。多年來，你對自己的情況自然了解，只是一直不肯承認而已。你的問題就是神經不正常。記憶力衰退，該記得清楚的事你記不起來，而從來沒發生的事，你卻自以為是，掛在心上。幸好這種病態是可以治療的，你沒有及早治好，只不過是你不願意而已。其實，只需稍微調整一下你的意志力就成，可惜連這一點你都不肯做。我可以看得出來，即使在這一分鐘，你還是不肯放棄你的病態思想，因為你以為那是一種了不起的德行。好吧，我們舉一個實例。目前大洋邦跟誰作戰？」

「我被捕時，是東亞國。」

「東亞國，對。大洋邦的敵國，一直就是東亞國，對不對？」

史密斯深深吸了一口氣。他張開嘴巴要說話，但說不出來。他的眼睛一直看着控制盤上面的數字。

「溫斯頓，說實話，說你知道的實話。」

「我記得的就是在我被捕前的一個星期，東亞國還是我們的盟友。我們的敵人是歐亞國，關係維持了四年。在此以前——」

奧布賴恩舉手制止他。

「我們舉別的例子。多年以前，你產生的許多幻覺中，最嚴重的莫如你相信因叛國與叛亂罪名而被正法的黨員瓊斯、阿諾遜與盧瑟福死得冤枉。你認為你看過證據充足的文件，可以證明他們的供詞全是偽造的。你還看到了一張同樣使你產生幻覺的照片，認為物證既在自己手上，假不了的。那張照片就像這個樣子——。」

奧布賴恩的手指揑着一張報紙的剪報。大約有五秒鐘吧，史密斯看得清清楚楚，對了，就是那張照片，不會錯的。瓊斯、阿諾遜和盧瑟福因黨務到紐約開會的照片。十一年前，他把玩了一下就馬上毀屍滅跡的照片。它在他眼前只出現短短的幾秒鐘，又消失了。可是要緊的是，他看到了，真正的看到了。他掙扎着要坐起來，可是半分也動不了。這一刻他連控制器的恐怖也忘了，只希望能再揑着那照片半分鐘，或者最少再看一眼。

「這證據是存在的。」他喊了出來。

「誰說？」奧布賴恩反問道，一邊走到房子的對面。牆上有思舊穴。他拉開蓋子，一聲不響地把那張剪報投進去。紙片隨着暖流而下，頃刻化成灰燼。奧布賴恩轉過身來。

「煙消灰滅，」他說：「這照片從來沒存在過。」

「它存在過！現在也存在我們的記憶中。你記得，我記得！」

「我不記得。」奧布賴恩說。

史密斯的心不覺一沉。這是雙重思想。這真令他陷於困境了。如果他知道奧布賴恩在撒謊，那還可解釋。但要命的是，奧布賴恩真的可能完全忘記這張相片存在過啊！如果這假定不錯，那麼他已經忘記否認過相片存在這回事。當然，也忘記曾經忘記否認……你又怎能肯定這是欺詐的伎倆呢？也許人類的思想真的可以隨時調整。他覺得已敗下陣來。

奧布賴恩若有所思的望着他。他的神色越來越像一個善心誘導迷途但素質極佳孩子的老師。

「黨有一句有關控制過去的口號，」他說：「請你唸出來吧。」

「『誰控制過去，控制未來；誰控制現在，控制過去。』」史密斯應命唸道。

「『誰控制現在，控制過去。』」奧布賴恩認可的慢慢點頭說：「那麼，溫斯頓，依你看來，過去有沒有真正的存在的證據呢？」

史密斯又一次陷於困境了。他向控制盤瞄了一眼。他不但不知道為了減輕痛苦，究竟該說「有」呢還是「沒有」呢。最苦惱的是：他連自己也不知道哪一個才是真正誠實的答案。

奧布賴恩淡淡的笑道：「溫斯頓，看來你也不是什麼玄學家。我不問你，大概你也沒有想過『存在』究竟是什麼一回事吧？好，我說得更具體點。過去會不會在空間存在？過去會不會在某一個地方，某一個實在的世界繼續發展下去？」

「不會。」

「那麼過去如果存在的話，到哪裏去找？」

「文字的紀錄，所有書寫下來的有關記載。」

「好，還有呢？」

「在我們的腦中、人類的記憶中。」

「這說得有理。好吧，我問你，如果我們黨控制所有紀錄、控制人類的記憶，那麼算不算也控制了過去呢？」

「但黨又怎能消滅人類記憶的習慣？」史密斯嚷着說，又一次忘記控制器的存在了。「記憶的習慣是與生俱來的，不由自主的，你怎能控制別人的記憶？不說別人，我的記憶你就控制不了！」

奧布賴恩臉色變得沉重起來，他的手按在控制盤的把手上。

「正好相反，控制不了記憶的是你自己。你被捕到這裏來，就是為了這個原因。你既不謙虛，也不知自律。你不肯拋棄私見，服從大我，因此你選擇的是瘋子的道路，是少數中的少數。溫斯頓，我告訴你，只有受過訓練的頭腦才看到現實。你相信現實是客觀的、外在的、不求外證的、自成天地的。因此，你如果從幻覺中看到一樣東西，你就會假定在現實中也會看到同樣的東西。

「可是，溫斯頓，我要告訴你的是，現實不是外在的。現實只存在人的腦中——但這『腦中』不是指個別的頭腦，因為個人會犯錯誤，而且早晚要滅亡。黨的頭腦不同，它是集體的，因此也是不朽的。黨認為是真理，那就是真理。除了用黨的觀點去看的現實是現實外，此外再無其他現實。溫斯頓，這就是你得從頭學起的地方了。這牽涉到意志力的運用，因為你需要消滅自我。在你頭腦變得清醒前，你得否定自己。」

奧布賴恩說到這裏頓了頓，好像要給史密斯足夠的時間去消化的樣子。

「你還記得你在日記上寫過的話麼？」他接着說：「自由就是說二加二等於四？」

「記得。」

奧布賴恩舉起左手，伸出四隻手指，大拇指屈起來，不讓史密斯看見。

「我豎起來的手指有多少？」

「四個。」

「如果黨說不是四個，是五個——那你說有多少？」

「四個。」

話未說完，史密斯已痛得喘着氣。控制盤的指針指着五十五。他渾身冒着冷汗。吸進肺裏的空氣，化作痛苦的呻吟聲吐出來。他咬着牙，但一點也減不了身上的痛楚。奧布賴恩目不轉睛的望着他，還是豎着四個手指。他按了按扳手，史密斯的痛苦稍微減輕了點。

「多少個？」

「四個。」

指針跳到六十。

「多少個？」

「四個！四個！你要我怎麼說？四個！」

指針一定又跳高了，但這次他沒有看。他看到的只是奧布賴恩森嚴的面孔和他豎起的四個手指，像擎天的巨柱一樣挺立在他眼前，有時朦朧，搖擺不定，但數目錯不了的：四個。

「溫斯頓，多少個手指？」

「四個，別再用那東西折磨我了！四個！四個！」

「溫斯頓，多少個？」

「五個！五個！五個！」

「那沒用，溫斯頓，你在撒謊，你還是相信看到四個。好，再來一次，多少個手指？」

「四個！五個！四個！你要我說多少就多少吧，只要不讓我受苦就是。」

他醒來時突然發覺奧布賴恩的手臂環抱着他坐着。纏繞着他身體的電線之類的東西已經鬆開了。他大概是昏過去幾秒鐘吧。冷極了，他身上一直發抖，牙齒格格作響，淚流滿面，他像孩子依偎母親一般靠在奧布賴恩粗大的臂彎，出奇的感到舒服。奧布賴恩是他的保護人，痛苦從別的地方來，只有奧布賴恩才會及時制止他的痛苦。

「你學東西學得很慢，溫斯頓。」奧布賴恩溫和地説。

「我有什麼辦法？」他哭泣着説：「我眼睛是看東西的，看到了四怎能説五？」

「有時二加二等於四，溫斯頓，但有時是三，有時是五。有時同時是三四五。你還得努力學習，要清醒不容易。」

奧布賴恩又扶他躺下，他身體又被縛得緊緊的。痛苦已略微減輕，也不再顫抖了，只感到虛弱和寒冷而已。

奧布賴恩用頭向穿着白制服的人示意。這傢伙一直站在旁邊，沒有哼過聲，現在低下頭翻了翻史密斯的眼皮，按了按他的脈搏，聽了聽他的胸口，敲敲這裏，摸摸那裏，然後向奧布賴恩點了點頭。

「好，再來一次。」奧布賴恩説。

史密斯馬上又全身陷於痛苦中。控制盤上的指針，大概指着七十或七十五的數字吧。他閉上眼睛。他知道奧布賴恩的手指還是豎着，還是四個手指。現在最要緊的事是忍着痛苦，等痙攣過去。他已懶得理會自己有沒有叫出來，陣痛逐漸退去，他張開眼睛，看到奧布賴恩把轉盤數字減低。

「多少個手指，溫斯頓？」

「四個，我假定了四個，如果可以的話，我希望看到五個，我現在正努力。」

「那你選擇哪條路：教我相信你看到五個、還是真的看到五個？」

「真的看到五個。」

「再來一次。」奧布賴恩下令說。

指針上的數字，是八十或九十吧。史密斯一定昏醒過多次，因為他只能斷斷續續的記起為什麼身上受着痛苦。眼瞼下好像出現了一個手指叢林，徐徐舞動，時而消失，轉瞬復現。他試着數過這些手指，雖然自己也不明白動機何在。這些手指是數不清的，他自己也知道，因為這牽涉到四與五之間這個神秘的觀念問題。

痛苦又減輕了。他張開眼時，所見的還是剛才的印象：數不清的手指，如會走路的樹，在自己左右兩邊交錯移動。他又閉上眼睛。

「我現在豎着多少個手指？」

「我不知道，真的不知道，只知道你再來一次的話，我就死去。四個、五個、六個——最老實的答案就是不知道。」

「有進步了。」奧布賴恩說。

白衣人在他臂上注了一針，史密斯馬上覺得有一股暖流透過全身，舒服極了，使他幾乎忘記剛才的痛苦。他張開眼睛，感謝的望着奧布賴恩。看到他那張既醜陋又聰明的粗線條的面，史密斯禁不住對他產生敬愛之心。如果他能動的話，他一定會伸出手搭在他臂上表達這個意思。他對奧布賴恩敬愛之情，從沒像這分鐘那麼強烈過。這不單為了他制止了他的痛苦。他對這人原先的感情又回來了，那就是奧布賴恩究竟是敵是友，都無所謂。要緊的是這人談得來。也許一個人對知己的渴求，比愛情尤甚。奧布賴恩把他折磨得近乎瘋狂狀態，而他也知道，等一會就送自己上死路。可是這都沒關係。在某種意識來講，他們的關係超越一般友情：他們的確是推心置腹之交。雖然誰都沒有提到這點，但他相信他們將來總會在什麼一個地方再見，然後好好的聊一番。

史密斯注意到奧布賴恩俯視着自己時，面上有一種特有的表情，好像在說：你的心事我完全了解，因為我也這麼想。

奧布賴恩再開口說話時，神態悠閒得像在聊天。他問史密斯：

「你知身在何處？」

「不知道，但我猜是仁愛部吧。」

「那你知不知道在這裏耽了多久了？」

「不知道。幾天、幾個星期、幾個月 ——我想是幾個月吧。」

「你知我們為什麼把犯人帶到這兒來？」

「迫供。」

「不對，這不是理由。再試試看。」

「懲罰。」

「不對！」奧布賴恩叫道。他的腔調變了，面色雖然凝重，但掩蓋不了興趣勃勃的神情。「我們帶你來這裏，既不為了迫你招供、也不是要懲罰你。要不要我說出來？你在這裏，因為我們要治療你，不讓你發瘋！你得明白，溫斯頓，到這裏來接受我們治療的人，沒有一個不是霍然而癒的。你所犯的各種愚笨的罪行，我們一點也沒有興趣。黨注意的不是表面的行為，只關心行為後面的思想。我們不但消滅敵人，我們還要改造敵人。你懂嗎？」

奧布賴恩彎下腰去看史密斯。從史密斯的角度看去，他的面奇大奇醜，也許是距離太近的緣故吧。除了大與醜外，史密斯還注意到他面上另一特色：一種你常在瘋人眼睛看到的亢奮。史密斯的心不禁又下沉了。如果可以的話，他真想鑽到床底。「說不定他一時興起，又轉動控制器了。」他想。但奧布賴恩在這個時候卻走開，踱着方步。跟着激動地說：

「你首先要了解，在這個地方是沒有烈士和殉道者的。你一定讀過歷史上有關宗教迫害異端分子的記載吧，譬如說天主教在中世紀的大審判。那種行動注定要失敗。目的在剷除異端，結果正好相反。異端不但沒有消滅，反因此連綿不絕。他們在刑架燒死一個異教徒，成千成萬的同類繼之而起。」

「為什麼？因為宗教法庭公開殺害它的敵人，在他們沒有悔過前就燒死。正確的說，正因為他們不肯悔過，不肯放棄他們真正的信仰，才會被燒死。自然，所有榮耀屬於犧牲者，而惡名則由施刑者擔當。」

「二十世紀則有所謂極權主義者的例子，如德國的納粹黨和俄國的共產黨。俄國人對付異端分子的手段，比天主教宗教法庭殘忍得多。他們以為從歷史上得了教訓。平心而論，他們至少學會了這一點：不能製造殉道者。在提犯人公審前，他們用盡心機，摧毀了犯人最後一點尊嚴。他們施酷刑之餘，還把犯人隔離關閉，直弄到每個落在他們手上的人都變得搖尾乞憐、面目可憎，要他們供什麼就供什麼。他們除了指控別人，也會辱罵自己。」

「可是，過了幾年後，結果又與宗教迫害異端分子一樣。死去的人成了烈士、殉道者。他們當時受淩辱的過程，已為人淡忘。我們不禁又要問：為什麼？首先，誰也看得出來，他們的供詞是苦打成招的結果，因此不是真的。我們這裏不犯那種錯誤。在這裏吐出的供詞，都屬實情，因為我們要它變成實情。但最重要的一點是：我們不讓死者有起來反抗我們的機會。因此，溫斯頓，你不要做白日夢，以為後世會為你平反。後世永遠不會知道你是誰。你在歷史上的痕跡將會被刮得一乾二淨。我們把你煉成氣體，倒入平流層。你毫無痕跡留下：名冊上沒有你的名字，沒有一個活着的人會記得你。過去沒有你，將來也沒有你，你從來沒存在過。」

那為什麼又要折磨我呢？史密斯禁不住怨恨的想。奧布賴恩好像聽到了他心事似的，突然停了步。他的醜面靠近，眼睛半瞇着說：

「你在想，既然我們打算把你毀滅得不留痕跡，既然你說的做的最後毫無分別，那麼我們又何必花這麼大的工夫盤問你呢？你心裏想的，就是這疑問，是不是？」

「是的。」史密斯說。

奧布賴恩微笑着答道：「溫斯頓，你是我們模式中一個缺陷，一個必須擦去的污點。我不是才跟你講過我們跟過去的迫害者不同麼？我們對口是心非的順從和可憐兮兮的馴服，不會滿意。到你最後向我們投降時，得正心誠意。我們不會毀滅一個抗拒我們的異端分子。他抗拒一天，我們就讓他活一天。我們要轉變他的信仰、控制他的思想、改造他。我們把他心中的毒素和幻想洗滌乾淨，把他誘導到我們這邊來，不但表面屬於我們，整個心靈也得認同我們。在我們殺他前，先把他變為我們自己的人。

「我們不能忍受世上任何一個角落有錯誤的思想存在，即使它是隱秘的、不會惹起問題的。即使在犯人就刑時，我們也不容許他犯錯誤。中世紀時的異教徒，他們踏上刑架時還是個異教徒，大聲說邪話，一副求仁得仁的嘴臉。俄國整肅知識分子時，也一樣。犯人步上法場吃子彈時，滿腦子都是反抗思想。我們不同，我們在犯人腦袋開花前，先把他思想洗得乾乾淨淨。

「古代專制政權的誡條是：『毋以身試法。』極權主義者叫的口號則是：『你應為我們的信仰犧牲。』我們比較乾脆。我們會說：『你是我們的人！』不是麼？我們帶進來的人，從沒有一個抵抗過我們的。每個人都變得思想純正。瓊斯、阿諾遜和盧瑟福這三個可憐蟲，你不是曾經相信過他們是無辜的麼？我告訴你，他們一一都垮下去了。我審問過他們，因此親眼看到他們的意志力怎樣逐漸消失——他們匍匐在地、哭着、嗚咽着。到最後，他們的表情再不是痛苦和恐懼，而是後悔。我們審問完畢時，他們只剩下了軀殼，除了悔意和對老大哥的愛心外，再無其他感情。他們對老大哥的愛意，看了令人感動。他們最後要求儘早行刑，這樣可以保證他們死時還是思想正確的人。」

奧布賴恩的聲音變得有點如醉如癡，面上露出的狂熱仍然不減。他不是在演戲，史密斯想。他相信自己說的每句話，因此不是個説謊的人。最令史密斯受不了的，是相形之下覺得自己的智力渺小。他看着這個塊頭雖大，但姿態異常優雅的人在自己的視野內走來走去。奧布賴恩無論在哪一方面都比自己強大，他想。沒有一種他想過的、或可能想到的觀念不為奧布賴恩洞悉先機，不為他排斥。他的思想涵蓋了史密斯的思想。但如果這是真的話，奧布賴恩又怎會是瘋子呢？一定是自己瘋了，史密斯想。

奧布賴恩停下步來，俯視着他，聲音又變得冷峻起來。

「溫斯頓，你千萬別做白日夢，以為你向我們無條件投降就可以挽救你自己。我們從來不放過走入歧途的人。即使我們讓你度過餘生，你也逃不過我們的掌握。你在這裏經驗的事，因此也一輩子洗脫不了。這一點，你得先弄清楚。我們將把你壓得扁扁的，你永不能翻身。即使你活上一千年，也無法恢復烙在你身上的傷痕。你將永遠不會體驗人類普通的情感。你的感情將如槁木，失去了對愛情友情的本能、失去了求知慾和道德勇氣，因此也談不到什麼人格的完整了。總之，到時你連歡笑的能力也沒有，因此也無法享受什麼生命的樂趣。你將是個空洞的人，我們將你擠得空空的，然後把我們的成分將你填滿。」

奧布賴恩說到這裏，頓了頓，向白衣人舉手示意。史密斯感覺到有什麼儀器塞到他腦後來。奧布賴恩坐在他的床邊，因此他的面幾乎與史密斯同一水平。

「三千。」他吩咐白衣人說。

兩塊微濕的墊子貼在史密斯兩邊的太陽穴。他嚇得縮了縮身子。將要嘗到另一種花樣的痛苦了。

奧布賴恩用一隻手按着他，似乎要他不要擔心。

「這一次不會有什麼痛苦，」他說：「你看着我的眼睛吧。」

史密斯聽到一陣轟天動地的爆炸聲，或者可以說像是爆炸聲，因為他不知道是否真的有聲音發出來。但他看到刺眼的強光，這倒是假不了的。他沒有受傷，只覺得好像被什麼東西推倒地上，雖然他本來就躺着的。他的腦袋亦受到影響。他的視力恢復過來時，他記得他是誰、身在哪裏、面前凝視着自己的是誰，但在感覺上，好像有一大片空白，恰似腦髓給人挖了一塊一樣。

「等會就好了，」奧布賴恩說：「望着我的眼睛。大洋邦跟哪一國打仗？」

史密斯想了想。他知道大洋邦是什麼意思，也知道自己是大洋邦的國民。他還記得有東亞國和歐亞國這兩個國家，但誰跟誰打仗就搞不清了。事實上，他根本不知道有過戰爭。

「我不記得了。」

「大洋邦現在跟東亞國交戰。你記起來了？」

「是的。」

「大洋邦一直跟東亞國交戰。自你出生以來、自黨存在以來、自有歷史以來，我們一直與東亞國交戰，戰爭從未停過。你記起來了？」

「是的。」

「十一年前，你創造了有關三個因叛國罪被判死刑囚犯的神話。你以為看到了一份可以證明他們無辜的文件。這份文件從來沒存在過。是你杜撰出來的，後來連自己也相信是真的。你還記得你最先發明這份文件的情形，是不是？」

「是的。」

「剛才我給你看掌中的手指。你看到五個，記得麼？」

「記得。」

奧布賴恩舉起了左掌，大拇指屈在掌心。

「這裏有五個手指，看到了沒有？」

「看到。」

他真的看到，雖然時間不長。他看到五個手指，奧布賴恩的左掌一個手指也不短少。可是一下子眼前景物變了，他只看到四個手指。正常的感情——恐懼、仇恨與迷茫，復現心頭。但剛才奧布賴恩問他話時，確有一段時間(半分鐘吧，他無法肯定)，他對二加二等於五這類邏輯深信不疑。奧布賴恩的每一個提議，把他腦中的空檔填滿，變成絕對真理。二加二等於五不成問題，等於三也一樣不成問題。雖然這種望四成五的能力轉瞬即逝，雖然他無法再回到這種境界去，但這經驗他記得很清楚，猶如一個人到了晚年憶起童年一些印象深刻的事情一樣。

「現在你看清楚了，」奧布賴恩說：「二加二等於五是可能的。」

「是的。」史密斯說。

奧布賴恩滿意地站起來。史密斯看到他左邊的白衣人鋸斷一個注射劑的瓶子，把針管插進去。奧布賴恩轉過身，推了推眼鏡，面帶笑容的對史密斯說：「你還記得你在日記上說，不論我是你的敵人或朋友都無所謂，因為最少我懂得你，可以談得來？你對了，我愛跟你談話，因為我對你的思想有興趣。你的思想與我的相近，只是你瘋了。你願意的話，在這一節結束前，你可以提出幾個問題。」

「任何問題？」

「對的，」奧布賴恩看到他的眼睛一直注視控制盤，乃補充的說：「已經關了。你第一個問題是什麼？」

「你把朱麗亞怎麼處置了？」

奧布賴恩的面又露笑容了。「溫斯頓，她出賣了你，毫無保留、不經考慮就出賣了你。我沒見過這麼容易就範的人。你如果有機會再看到她，再不會認得她了。她的叛逆性、狡猾性格、愚昧和髒思想，全被我們洗擦得乾乾淨淨。她的改變，完美得像是教科書的例子。」

「因為你用刑迫她。」

奧布賴恩沒有理會他。

「下一個問題。」他說。

「老大哥存在麼？」

「當然存在。黨存在，而老大哥就是黨的化身。」

「他存在的方式，是不是跟我一樣？」

「你不存在。」奧布賴恩說。

史密斯又一次陷於苦惱中。他固然知道，或最少可以想像出來，證明他不存在的邏輯，但那不過是語言上或文字上的遊戲，荒謬之至。奧布賴恩明明看到我，卻說「你不存在」，這種話不就是邏輯謬誤麼？但說出來又有什麼用？一想到奧布賴恩會用一種無可反駁的瘋狂辯證法把他擊倒，他已經洩了氣。

「我想我存在的，」他疲累的說：「最少我體認到我的存在。我坐下來，將要死去。我有手有腳，在宇宙間我佔據了一個獨特的地方。沒有一個固體可以同時佔據相同的空間。老大哥是否在這個意識存在的？」

「那無關宏旨，他存在就是。」

「老大哥會不會死？」

「當然不會。他怎會死？下一個問題。」

「那麼兄弟會呢？存不存在？」

「溫斯頓，這個你就永遠不會知道了。如果我們把你的事辦完後，決定放你走，即使你活到九十歲，你這問題永遠不會得到答案。你活一天，這就成為你腦中無法解答的謎。」

史密斯無言的躺着，胸口起伏急速了一點。他還沒問一開始就想問的問題。這非問不可，但話一到嘴邊就膠着。奧布賴恩面上顯現出一種近乎觀看他表演的神色，連他的眼鏡也露出嘲弄的光芒。他已經知道我要問的是什麼了，史密斯突然想到。這麼一想，話就漏了出來：

「什麼是一〇一室？」

奧布賴恩面上的表情沒有變，冷冰冰的說：

「溫斯頓，你知道一〇一室是什麼。每個人都知道一〇一室是什麼。」

他說完後就對着白衣人擺擺手，看來這一節完了。針管插在史密斯臂上，幾乎馬上就睡着了。

21

「你的重建過程，分為三階段，」奧布賴恩說：「那就是學習、了解和接受。你現在進入第二階段。」

史密斯像在第一階段時一樣，仰臥在床，但縛着他的帶子比以前鬆弛些。除了腳可以略微移動外，他還可轉頭四邊張望，手肘也可舉起來。控制盤也沒以前那麼恐怖了。如果他思想敏捷些，還可以躲過它的襲擊，因為奧布賴恩只有在他愚不可及時才開動機掣。有時歷時一節奧布賴恩也沒有使出殺手。

他不知道一共有多少節，總之全部過程好像無休無止的就是。可能是幾個星期吧。有時從一節到另一節要等幾天，但有時僅是一兩個鐘頭。

「你躺在這裏，」奧布賴恩說：「一定覺得奇怪，為什麼仁愛部要在你身上花這麼多時間？我記得你還單刀直入的問過我一次。即使我們釋放了你以後，你還是解答不了這個疑團的。你可以了解到你所處社會的運作程序，但你不會知道其基本的動機。你在日記上不是寫過麼：『我知道怎樣去做，但不明白為什麼要做？』你一想到『為什麼』時，就會懷疑自己的神經是否正常。你看過『那本書』，戈斯坦的書，即使沒看完，也看了一部分。這書有沒有告訴你一些你從前不知道的事？」

「你看過了？」史密斯問。

「書是我寫的，或者說，我跟別人合作寫的。你該知道，沒有人可以單獨寫出一本書來。」

「那書上講的，是不是真的？」

「就其所描述的部分而言，可說是真的。但它所談到的計劃，都是廢話。什麼秘密的積聚知識、逐漸開導民智、最後促成老百姓造反、推翻黨的領導等等——書不用看完，你也可以預想到這就是它要說的結論了。我告訴你，這都是鬼話。普羅階級永遠不會造反，一千年一萬年也不會。因為他們不能造反。我相信不用告訴你此中道理，你自己已知道。因此，如果你抱過什麼平民起義暴動的幻想，從此可以死心了。黨是推不倒的。黨的領導是千年萬代。你的思想應以此為出發點。」

他走近史密斯床前，又再重複一次說：「黨的領導千年萬代！好，我們現在回到『怎樣』與『為什麼』的問題。黨怎樣維持它的權力，你了解得很清楚。現在你告訴我，為什麼我們抓着權力不放？我們的動機是什麼？我們為什麼要權力？說吧！」他看到史密斯沒有說話，催促他說。

史密斯還是沒作聲，他精神已疲倦不堪。相反的，奧布賴恩卻越說越起勁，那種瘋子特有的狂熱又流露在他面上。他猜得到奧布賴恩要說的話：黨不是為了本身的利益而追求權力；黨要權力，乃是為了羣眾的好處。羣眾是軟弱的、無能的動物，既不能面對真理，又不會珍惜自由，因此必須受人統治，受比他們強的人欺騙。人類只有兩個選擇：一是自由、二是幸福。對大多數人來講，幸福比自由重要。黨是弱者的永遠監護人，犧牲自己的幸福成全他人，背負做壞事的名義，為的就是日後給大家帶來好日子。

最可怕的是，史密斯想，最可怕的是奧布賴恩要是對他說這種話，他一定自己也會相信。你從他面上就可看出來。奧布賴恩什麼也知道。他比史密斯知得更清楚，世界的真實情況是怎麼樣的、老百姓過的是哪一種非人生活、而黨又用什麼手段與謊言去統治他們。奧布賴恩了解到這些問題，也衡量了這些問題，覺得這不是什麼大不了的事，因為既求目標，就不擇手段了。你面對一個比你聰明的瘋子，又有什麼辦法呢，史密斯想。這瘋子禮貌的聽過你的申辯後，又繼續堅持他的瘋狂信仰。

「黨是為了我們的好處才統治我們，」他軟弱的說：「黨相信人類無能管理自己，所以 ——」

他說不到一半，就幾乎大叫起來。他渾身刺痛。奧布賴恩把控制器推到三十五。

「那是笨得不可以再笨的話，溫斯頓！」奧布賴恩說：「你怎可以說這些蠢話？」

他把扳手拉回到零位。接着說：

「現在我只好告訴你答案。你聽着，黨追求權力，完全是為了權力的本身。我們對別人的利益一點也不感興趣，我們只對權力感到興趣。財富、奢侈及物質享受、長生不老或幸福的生活，一點不吸引我們——除了權力，赤裸裸的權力。」

「什麼是赤裸裸的權力，等下你就會知道。我們跟以前寡頭政權不同的地方，就是我們知道我們所做的是什麼。其餘的人，就算他們跟我們有相像的地方，相較起來都是懦夫和偽君子。德國的納粹黨和俄國的共產黨在方法上跟我們很接近，但卻從沒有勇氣承認他們的動機。他們假裝——說不定他們自己也相信——他們是為了不得已的理由才奪權的，為時不會太久，因為只要他們執政不久，人間就會出現一個自由平等的天堂。」

「我們跟他們不一樣。我們深信，沒有人會奪了權後會自動放棄的。權力是目的，不是手段。沒有人會為了捍衛革命而去成立獨裁政權；革命的目標就是為了成立獨裁政權。迫害的目的就是為了迫害。苦刑的目的就是苦刑。權力的目的就是為了權力。你現在開始懂我的意思了？」

史密斯又一次為奧布賴恩疲勞憔悴的面容吸引住了。粗看來，它的特色沒有什麼改變，仍是那麼堅強、粗豪、殘忍，充滿了智慧。你還可以看出他為了控制心中那股激情所作的努力。但他確是累了，眼底起褶，頰上皮膚鬆弛。奧布賴恩俯下身，故意讓他看清楚自己憔悴的臉。

「你一定在想着，」他說：「這傢伙的臉又老又憔悴，一天到晚講權力，卻無法制止自己身體的衰老。你有沒有想到，溫斯頓，個人只是一個細胞？細胞的衰老正是有機體健康的明證。你把指甲剪去，人卻死不了，對不對？」

說完後他又離開了史密斯，一隻手插在口袋，踏着方步。

「我們是權力的祭司，上帝是權力，」他說：「目前對你來講，權力只是個名詞，因此你也該了解權力的真正意義是什麼了。首先，你要知道，權力是集體的。除非個人認同集體的意志，否則他就沒有權力。黨的口號你是知道的了：『自由是奴役。』你有沒有想過，這口號可以倒過來？奴役是自由！赤手空拳的話，一個自由自在的人終被打敗。這是改變不了的事實，因為人注定要死。這也是人類最大的挫折。」

「可是如果他願意與黨合成一整體，換句話說，放棄自己的身分與黨完全認同，那麼他的權力不但大得無法衡量，而且長生不老。第二件你得認識的事：權力就是控制人類的權力。控制人的身體固然是權力。但最重要的還是控制人的思想。控制事物，或者，如你所說的，控制外在的現實，並不重要。我們對事物的控制已到了隨心所欲的絕對境界。」

史密斯一下子忘了控制器的威脅，扭動着身子要坐起來，結果徒勞無功，反弄得渾身疼痛。

「你怎能控制事物？」史密斯嚷道：「天氣冷熱，你管得了？地心吸力的定律，你打得破？還有疾病、痛苦、死亡——」

奧布賴恩舉手制止他說下去。

「我們控制了思想，就是控制了事物。什麼是現實？還不是景由心生。溫斯頓，你慢慢就會懂得的。我們沒有什麼不能做的事。飛天遁地，無所不能。如果我願意，我可以把這層樓像肥皂泡沫一樣吹起來。我沒有做，因為黨不要做。你乾脆把十九世紀的宇宙定律忘了吧，因為我們創造自己的定律。」

「你就是不能創造自己的定律！你還不是這行星的主人！歐亞國和東亞國呢？你還沒征服。」

「那無關重要。我們哪時高興，哪時就征服他們。但即使我們按兵不動，那又有什麼分別？我們可以把他們摒諸存在之外。大洋邦就是世界。」

「但這世界小如塵埃，而人更渺不足道。人的存在有多久？地球上荒無人跡的日子，有幾千萬年！」

「胡說，我們多老，地球就有多老。地球又怎可能比我們老呢？有人的意識存在，才有事物的存在。」

「但地球的地層不是藏有無數原始生物，如恐龍、柱牙象等的化石麼？人類那時還沒出現呢！」

「你看過這種化石麼，溫斯頓？當然沒有。化石是十九世紀生物學家發明出來的。在人類出現以前，什麼東西都不存在。如果人也有絕種的一天，到時什麼東西也不存在。除人以外，再無東西。」

「可是宇宙在我們之外！你看看夜間的星星吧，有些離我們一百萬光年，我們一輩子也接觸不到。」

「什麼是星星？」奧布賴恩漠然的說：「那不過是幾公里外的

星火。如果我們有需要，當然接觸得到，或者乾脆把它們炸掉。地球是宇宙中心，太陽和星星繞着地球行走。」

史密斯又一次痛苦地扭動身體，可是這次他沒說話。奧布賴恩好像聽到了他無言的抗議似的，接着說：

「當然，為了某些目標，我們說太陽繞着地球運行是不對的。我們的船隻在海洋行駛時，或者我們預言日蝕的時間，為了方便，得假定地球繞着太陽走，也得相信星星離我們百萬光年。但那又算得什麼了？你以為我們不可以使用兩種不同的天文學原理麼？看我們的需要而定，星星離我們可遠可近。你認為我們的數學家做不來麼？你忘了雙重思想的邏輯？」

史密斯頹然的癱在床上。不管他說什麼，結果總被對方一棒打回。但他知道，他心底知道，自己是對的。認為人的意識是唯一衡量現實的標準，這種說法一定有什麼辦法可以擊破的。這種理論，不是老早就證明站不住腳麼？這套學說還有個名字，可惜一下又忘了。

奧布賴恩嘴角露出淺淺的笑意，他俯下頭來看他，說：

「溫斯頓，我不是老早講過，哲學不是你的拿手把戲。你要找的字眼，是『唯我論』。可是你錯了，我們的一套不是『唯我論』。如果你一定要找個名詞，或者可以叫『集體唯我論』吧。但那也不對。事實上正好相反。但我們說得太遠了。」他改換了口氣說：「我們日夕爭取的權力，真正的權力，不在控制事物，而是控制人。」

他頓了頓，然後又用小學老師的口吻，對一個可造之材的學生發問：

「溫斯頓，一個人要怎樣使用權力才能教另一個人乖乖聽話？」

史密斯沉吟了一下，說：「讓他受苦。」

「對了，讓他受苦。單是順從還不夠。除非一個人身上正受着痛苦，你無法知道他是跟着你的意志走還是我行我素。權力因此是使人痛苦，使人羞辱。權力是把別人思想拆得片片碎，然後再按自己的模式重組起來。你現在開始了解我們要創造的是什麼樣子的世界沒有？

「我們創造的世界，正好與舊日冬烘先生想像出來的烏托邦相反。烏托邦是極樂世界。我們的世界則充滿了恐懼、背叛、痛苦，你踐踏別人也被別人踐踏——一個在轉變過程中手段會越來越殘忍的世界。我們世界中所說的進步就是痛苦的升級。以前的文化老愛自稱建立於仁愛與正義的基礎上。我們的，則建於仇恨上。在這個世界上，除了恐懼、憤恨、打倒別人的快樂和自羞自辱外，人類再無別的情感。因為我們將會把其餘的情感廢掉。

「事實上，我們已把革命前遺留下來的思想習慣改變了。我們割斷了父母子女的親情、人與人之間的道義關係。丈夫不敢信任太太、父母不信任兒女、朋友的定義已不存在。將來連太太與朋友都不需要。孩子一生下來就被黨收養，一如我們從母雞的窩中拿雞蛋一樣。性本能將被淘汰。繁殖行為是一年一次的公事，就像每年的配給證得重新簽發一樣。我們將會消除男女在性交時感受到高潮的能力。這方面的工作，我們的神經學家已着手研究。

「除了對黨得要絕對的忠誠外，任何人或事都可以出賣。要愛，就愛老大哥。歡笑的聲音，只有一個人在看到對手倒下來時才會出現。藝術、文學、科學 —— 絕跡人間。我們那一天到了無所不能的地步，也就用不到科學了。美與醜也無分別。好奇心與享受生命的能力也將消失。所有競爭性的快樂也被消滅。但溫斯頓，別忘記，永遠不會消失的快樂就是對權力的迷戀，而且會越迷越深，越來越微妙。任何時刻你都可以體驗到勝利者的刺激：踩在一個已無還手之力的敵人的刺激。你如果想知道未來如何，就想像一下皮靴踩踏在一個人臉上的滋味吧。不是踐踏一下就收回來，而是永遠踐踏下去。」

奧布賴恩停了下來，好像他預料到史密斯要發問似的。史密斯真希望能夠蜷縮在床，因為他的心好像冰結了。他沒說話。奧布賴恩乃繼續說下去：

「記得了，永遠永遠踐踏下去，因為那張臉一直等待着我們的皮靴。異端分子的臉、社會公敵的臉隨時出現，也隨時被擊敗、被淩辱。自你落在我們手上後所經歷的一切，不但會重演，而且還會變本加厲。偵察犯人的行為、互相出賣、逮捕、苦刑、死刑、失蹤 —— 這種事永遠不會停止。將來的世界，既是恐怖的世界，也是勝利者的世界。黨越強大，越不容異己。反對的勢力越弱，鎮壓的手段越強。

「戈斯坦和他的邪說也會永遠存在。每時每刻他們都被我們打敗、侮辱、奚落，但他們將與黨共存。過去七年來我和你合演的戲，會不斷重演，一代一代的演下去，而且演技會越來越高超。異端分子落在我們的手上，經由我們擺佈，痛得呼天搶地後，垮了，變得無廉恥了，最後悔恨交加，自動爬到我們的跟前來。這就是我們準備迎接的世界，溫斯頓，一個捷報頻傳的世界，一個不斷觸到權力癢處的世界。我想你已慢慢認識到這個世界的面目。但最後你不但會認識它，而且還會接受它、歡迎它、變為其中一部分。」

史密斯的精神逐漸恢復，乃微弱的抗議說：「你不可以！」

「你這話是什麼意思，溫斯頓？」

「你不可以創造一個像你剛才描述的世界。這僅是夢想，事實上是不可能的。」

「哦，為什麼？」

「一種政制不可能建築於恐懼、仇恨和殘忍上，因為這不會持久。」

「為什麼？」

「因為這樣一種政制下的文化無活力，最後會瓦解，自趨滅亡。」

「鬼話。顯然你是認為仇恨比愛更消耗精力，是不是？就算你對，那有什麼關係？好，假設我們選擇加速生命進展的調子，結果未老先衰，三十歲不到就變了老人。我來問你，那又有什麼分別？你還不懂麼，個人的滅亡不算死亡，黨才是不朽的。」

正如他預料的一樣，奧布賴恩的邏輯使他毫無反擊之力。再說，他真怕跟奧布賴恩再糾纏下去的話，又得受皮肉之苦了。可是，他就不能保持緘默。他不想跟奧布賴恩辯論，而除了對他剛才說的話感到難言的恐怖外，他實在再無其他理論根據，但他還是用微弱的聲音把話說了：

「我不知道你說的話是否有理，而且，我也不想計較。只是我覺得你終歸要失敗的。總有一些事情會擊倒你。生命會戰勝你。」

「我們控制生命，溫斯頓，控制生命每一部分，每一層次。你一定以為有些什麼叫人性的東西，會受不了我們的作為，最後必然會反對我們。但我們創造人性！人是可以揑造的。再不然你又想舊事重提，回到你的普羅階級或奴隸造反理論去。你是白費心思了，溫斯頓，他們像野獸一樣孤立無援。黨就是人類。其餘不值一提。」

「我不管，他們會打敗你就是。他們早晚會看出你的真面目，然後就把你們撕得片片碎。」

「你看到什麼跡象認為這種事一定會發生？你有什麼理由相信這種事一定要發生？」

「沒有。可是我相信事情早晚要發生。我知道你要失敗。宇宙間有一種東西，我說不出來，是精神也好、原則也好，總之這種東西你征服不了就是。」

「溫斯頓，你信上帝麼？」

「不。」

「那麼，這種我們征服不了的東西是什麼？」

「我不知道。是人的精神吧。」

「你認為你是人麼？」

「當然。」

「如果你是人，溫斯頓，你是最後一個人了。你的種類已絕後，我們是繼承人。你知不知道你是孤立的？你已身處歷史潮流以外，因此不存在。」說到這裏，他的態度改變了，語言也尖銳些。「而由於我們手段殘忍，瞞騙欺詐，所以你認為在道德上你比我們高一等？」

「對，我認為我比你們高一等。」

奧布賴恩沒有說話，因為錄音機已響。過了不久，史密斯認出其中一個聲音是他的。這是他入兄弟會那天晚上跟奧布賴恩對話的錄音。他聽到自己答應願意說謊、偷竊、偽造、謀殺、分發毒品、迫良為娼、散佈性病，在孩子的臉上倒硫酸……。奧布賴恩不耐煩的擺了擺手，好像覺得此事實在多此一舉似的。跟着他按了開關，聲音就停了。

「起床吧。」他說。

繩子鬆了，他移身下地，顫巍巍的站着。

「你是最後一個人，」奧布賴恩說：「你是人類精神的監護人，好好的看一下你自己的樣子吧。脱去衣服。」

史密斯把縛着他制服的繩子解開。制服本來有拉鍊的，但早已扯斷了。自被捕以來，這可能是被迫脱光衣服的第一次。制服底下是幾片髒髒黃黃的破布，依稀可以看出是內衣褲的形狀。他把這些碎布脱下時，注意到房間盡頭有個冂字形的三面鏡。他移步上前，還沒走到一半就忍不住驚叫出來。

「再走近點，」奧布賴恩說：「站到兩邊鏡子的中間，這樣你才看清楚自己的側面。」

他剛才停步，因為給鏡中的影子嚇壞了。一個僂着背、顏容灰槁、骷髏骨樣子的怪物朝自己這邊走來。這怪物已經樣子可怕，但更可怕的是他知道眼前的怪物就是他自己。他又上前一步。這怪物因為彎腰站着，所以面部輪廓特別突出。這是一張老囚犯的臉，額前一直禿到髮頂、鷹鈎鼻、嶙峋的頰骨上面是一雙帶着警惕的眼睛。兩頰盡是皺紋，嘴巴深嵌。這張臉當然是自己的，只是外形的改變想不到比內心的改變還要怕人。這張臉所刻劃的滄桑痕跡，跟他心中的感受不大一樣。

他的頭已禿了一半。起初他以為頭髮也變得灰白，但靠近一看，才知道灰白的實在是頭皮。除了他的手和面上一小塊，他全身髒得積了污泥。污泥下面有不少傷口的疤痕。足踝上的靜脈疽紅腫得發脹，旁邊的皮膚片片脱落。可是最令他吃驚的倒是自己形銷骨立的樣子。胸部已看不到肌肉，只剩下節節的肋骨。腿部乾瘦如柴，乍看起來膝蓋比大腿還要大。現在他明白奧布賴恩為什麼要他看看自己的側影了。原來自己的脊骨向後彎曲，肩膊的骨頭聳出，胸膛像被挖空一樣，皮包骨的脖子被腦袋壓得不勝負荷。如果面前站着的不是自己，他一定會說這怪物年約六十，患有不治之症。

「你不是認為我的臉，一個內黨黨員的臉，形容枯萎麼？」奧布賴恩說：「你自己的臉又怎樣？」

他一把執着史密斯的肩膊，把他扭過來面對着自己。

「你看你的樣子，」他說：「渾身都是污垢。你看看你的腳趾縫、你足踝上流膿的傷口！你臭得像一頭山羊，你知不知道？相信你自己也聞不出來就是。你瘦得還像個人麼？你的二頭肌小得可以夾在我食指拇指之間。你的脖子脆弱得像胡蘿蔔，一彎就斷。自你落在我們手上後，你知你體重減了多少？二十五公斤！你的頭髮也是一把一把的掉下來。你看着！」

他伸手到史密斯髮上一拉，果然扯下一束頭髮來。

「張開嘴巴，」他接着說：「九、十 —— 一共還剩下十一個牙齒。你進來時有多少個？剩下來的也快掉光的。看！」

他用食指和拇指揑着史密斯僅有的一個門牙。史密斯的下顎感到一陣刺痛，奧布賴恩已把他本來動搖的牙齒拔了出來，隨手就往地上一丟。

「你已在腐爛！」他說：「身體各部就像頭髮和牙齒那樣掉下來。你是什麼東西？臭皮囊而已。好，轉過身來，你看到鏡子裏面是什麼東西？那就是最後一個人了。如果你是人，那鏡中物就是人類。穿上衣服吧。」

史密斯用緩慢而僵硬的動作穿衣服。如果不是看到鏡子，他真不知道已消瘦得這麼可憐。此時他只想到一件事：他在這裏度過的時間，一定比想像中還長。就在穿內衣褲的時候，他突然為自己被折磨得不成人形的身體感到可憐。跟着不由自主的倒在床邊一張小凳子上，放聲的哭出來。他自己知道樣子多醜，舉動多失禮，一把蓋在髒衣服的瘦骨頭在強烈的燈光下像孩子一樣哭起來，但他實在沒有辦法抑壓自己。

奧布賴恩走過來，幾乎可說是好心的用手摟着他的肩膊。

「這種事情不是永遠的，」他說：「你什麼時候選擇要它停止，它就會停止。一句話，全看你了。」

「你幹的好事，」史密斯飲泣說：「你把我弄成這個樣子。」

「不，溫斯頓，你是咎由自取。你開始與黨作對時，就接受了這種命運。從你第一次反黨行動開始，就撒下了日後的種子。後來發生的一切，都是你可以預料到的。」

他頓了頓，又繼續說：

「我們收拾了你，溫斯頓。我們把你毀了。你已看過你的身體像個什麼樣子。你的心智也是一樣。我想你心中已無傲氣。你被人踢過、鞭打過、侮辱過、你痛得叫苦連天，你在灑滿了你的血液和嘔吐物的地板上打過滾。你哭着求饒過，你出賣了每個人和每件事。你想得到一件比這些更墮落的事還未發生在你身上麼？」

史密斯哭聲已停，雖然淚還是滾下面頰來。他抬頭望着奧布賴恩。

「我沒出賣朱麗亞。」他說。

奧布賴恩低頭看了他一眼，然後沉吟說：「對，你沒有出賣朱麗亞，這倒是真的。」

史密斯對奧布賴恩那種牢不可破的敬畏心情，又一次湧現心中。多聰明呵，多聰明呵，他想。他的話只消說一半，奧布賴恩就會明白。任何人站在奧布賴恩的地位，必會對他說：「你早就出賣她了！」在酷刑下，他還能夠隱瞞什麼東西？有關朱麗亞的一切，他已從實招來，她的嗜好、性格和以往的生活。他和朱麗亞每次幽會的經過和細節，也供得清清楚楚，包括黑市買來吃的東西，他們間的姦情和他們略微談過的反黨計劃。可是，依照他和朱麗亞對「出賣」所下的定義而言，他沒有出賣她。他還愛她，而他對她的感情也沒有改變。奧布賴恩聰明的地方，就是不用聽他解釋就明白他的意思。

「請你告訴我，」他說：「他們什麼時候才槍斃我？」

「可能要等一段日子呵，」奧布賴恩說：「你這案子很複雜。但別失望，每個人早晚都會痊癒的。最後我們才會槍斃你。」

22

史密斯的精神和體力日見起色——如果時間仍可以「日」來算的話。體重亦有增加。

小室內的燈光和空氣調節機的嗡嗡聲還是一樣令人難受，但這是他被禁以來所躭過的地方設備最好的。木板床上有墊子、有枕頭。此外還給了他一張小凳。他們讓他洗了一次澡，也讓他不時的在室內的小錫盤洗臉洗手。水居然還是溫暖的呢。內衣褲和制服也配了新的。靜脈疸也有藥品敷上。剩下的幾個牙齒已拔掉，鑲了假牙。

這種日子一定過了好多星期，或好幾個月了。如果他現在有興趣計算時間之消逝，也不是不可能的，因為每隔一段時間他們就送吃的東西來。他猜想是每天三頓吧，只是他實在搞不清楚哪一頓是在哪一個時間吃的。飯菜出奇地豐富，第三頓一定有肉類。有一次他們還送來一包香煙。他沒有火柴，只是獄卒每次送東西來都給他點火。過了這麼久沒碰過香煙，因此第一次抽進嘴裏幾乎把他嗆死。但他沒有放棄，還省着的抽，每頓飯後抽半根。

他們給了他一塊書寫用的石板，半支粉筆，可是起先他碰也沒碰它。即使在清醒的時候，他的腦筋還是呆滯的。他常躺在板床上，非到吃飯時間不願起來，躺着的時間中，有時是在睡眠，但有時是醒着做白日夢，只是眼睛不張開來就是。他已習慣了在強烈的光線下睡覺了。他現在發覺在亮處暗處睡覺實在沒有什麼分別，唯一可能不同的是，在強烈的燈光下睡覺，做起夢來比較有連貫性而已。

在這段日子中他做了好多夢，而且多是甜蜜的夢。他要嘛是夢到金鄉，或者是夢到和母親、朱麗亞和奧布賴恩同坐在陽光普照的廢墟內，漫無目標，愛談什麼就談什麼。他醒着時想到的，就是夢境。現在皮肉之苦的恐懼已經消除，他思想的能力也似乎跟着喪失了。他並不覺得無聊，也沒興趣跟人談話或做些幫助打發時光的事情。如果吃的喝的不缺、不受盤問和毒打、能夠保持身體清潔，總之，如果能讓他獨個兒躺在那裏不受干擾，他已覺得滿足了。

慢慢地，他入睡的時間減少了，雖然還是不願意走下床來。他要靜靜的躺着，讓自己感覺到體力一點一點的復元。他不時用手指摸摸這裏、壓壓那裏，為的就是要證明他日漸結實的肌肉和皮膚不是一種幻覺。最後他自己也相信真的胖了，大腿確實比膝蓋粗了。有了這種信心後，他就每天做運動，雖然開始的一兩天真的是勉為其難。他在室內兜圈子走路，不久就發覺到居然可走三公里左右的路程。到他的脊骨也漸漸挺直後，他試着做一些比較複雜的運動，但不久就發覺自己真的是心有餘而力不足，除了在房間踱步，什麼東西也做不來。譬如說，他不能拿起凳子平舉，不能「金雞獨立」的用一條腿站立。他要蹲在地上，結果弄得大腿小腿疼痛不堪，只好連忙站起來。

他最初做伏地挺身時，也是痛苦不堪，可是他沒有放棄，幾天後居然成功了。有時還可以一起挺身六次。自此以後，他對自己的身體感到非常驕傲。他相信自己的臉也正在慢慢復元中。只有偶然伸手摸到頭髮光禿的地方，他才會想起在鏡中看到的怪物。

他的思想也恢復了活動。他坐在板床上，背靠着牆，石板放在腿上，打算認真的開始改造自己。

他已向黨投了降，這已是無可否認的事。現在想來，事實上遠在他決定採取反黨行動之前，他早已準備要投降的了。他一踏入仁愛部的門檻——不，應該說他和朱麗亞一起站着聽電幕聲音命令時開始——就了解到自己要和黨作對是多麼淺薄無聊的事。七年來思想警察對他的監視，就像實驗室的人用顯微鏡看甲蟲一樣明察秋毫。他的一舉一動，一言一語，無不紀錄有案。他的思路如何，也可由他的小動作推論到。他在日記簿上面放了一粒白砂，自以為聰明絕頂，可是他們在看了他的日記後，把砂粒放回原位，自己卻蒙在鼓裏。

他們放錄音帶給他聽、拿照片給他看。對了。有些照片是他和朱麗亞在一起的。對了，連那些動作也拍了出來。他實在不能跟黨作對下去了。再說，黨是對的。黨一定對。不朽的、集體的頭腦怎錯得了？你能用什麼外在的標準去衡量黨的措施？腦筋清醒與不清醒實在是數字上的觀念。只要你的思想模式跟他們一樣就成了，只是——

手上的鉛筆越來越覺得沉重。他用笨拙的字體把腦中想到的事情記下來：

自由是奴役

跟着不經思考的在一這句子下面寫道：

二加二等於五

寫完後他的腦筋馬上覺得有點什麼不對似的，好像是要逃避一些什麼東西，精神無法集中。他知道下面要出現的是什麼，只是一時記不起來。但結論既然知道了，推理就不難。

權力是上帝

他什麼都接受了。歷史是可以改寫的。但大洋邦卻從來沒改過歷史。大洋邦在跟東亞國交戰、大洋邦一直跟東亞國交戰。瓊斯、阿諾遜和盧瑟福三人罪有應得。他從來沒看過可以給他們翻案的照片。這照片從來沒存在過，是他偽造的。他記得自己曾經記得過反面證據，但那種記憶是不可靠的，是自欺心態的產品。你看，多輕而易舉的事。只要你投降，其他一切不就順理成章了麼？這等於一個逆流游泳的人，突然轉變方向順水浮沉一樣。除了你自己的態度外，什麼也沒有改變。注定要發生的事情，總是要發生的。真想不通自己為什麼要跟黨作對。

每一件當初認為困難的事情最後都變得這麼容易，除了——。

任何事情都有可能的。地心吸力的定律胡說八道。「如果我願意，」奧布賴恩不是說過麼：「我可以把這層樓像肥皂泡沫一樣的吹起來。」

史密斯現在想通了。如果奧布賴恩認為他已把這層樓吹起，而同時我也認為已親眼看見他吹起，那麼這層樓就已經吹起來了。

突然他的思想像一塊沉埋海底的破船木板一樣冒出水面來。「房子沒有吹起，只是我們想像它吹起而已。這是幻覺。」但馬上他又把這塊木板壓下去。這個思想上的謬誤顯而易見，因為它假定思想以外某一處地方，還有一個「真實」事情發生的「真實」世界存在。但這樣一個世界又怎會存在呢？除了經過我們意識的認知，我們還懂得別的東西麼？一切現象都在我們腦中發生，而同時在每個人腦中發生的事，那就是真事了。

這種謬誤，他不會犯，而且永遠不應發生在他身上。人的腦筋結構應該有一個警告訊號系統，危險的思想一出現，馬上就會自動的亮紅燈。新語叫「罪停」。

他開始做罪停的練習，給自己出了許多命題，如「黨説地球是扁平的」和「黨説冰比水要重」等。這些練習就是訓練自己對這些命題的矛盾視而不見。這實在不容易呵！光是推理的能力還不夠，你還要善於機變。像「二加二等於五」這種數學上的玄機就遠超他智力範圍之外了。罪停訓練出來的腦筋特別靈活，因為它一會兒得借重邏輯上最巧妙的辯證法，一會兒又得對邏輯上最粗淺的謬誤視若無睹。總之，懵懂在這訓練中的比重，與智慧不相伯仲，也一樣難臻善境。

他一邊做着練習，一邊想着自己的死期。什麼時候他們才會一槍結束自己呢？「得看你自己了。」奧布賴恩説過。但他知道，即使他願意早些死去，也無法自己決定。説不定十分鐘後他們就蒸發他，但也可能等上十年。他們可能就這樣的幽禁他幾年，或送他到勞改營去。再不然就像對付瓊斯等人一樣，先放他出來，慢慢再收拾他。

更可能的是，在槍斃他前，舊事重演一次：逮捕、審問、毒打……。唯一可以肯定的就是你永遠不知道自己的死期。這是一個傳統，一個從來不會明言但你自己知道實有其事的傳統——他們總會在你在走廊上從一個牢室走到另外一個牢室時，在你腦袋後面給你吃子彈。

一天，可能是半夜吧，他突然墮入夢境。他在走廊上走着，等候着吃子彈。他知道這次是吃定了。心中再無懷疑、恐懼、爭議和痛苦，什麼事都想通了，解決了。他身體健康，步伐輕健，心情愉快得像是在陽光下散步的感覺。這走廊不像仁愛部的那麼狹小，而是一條陽光普照的大通道，差不多有一公里寬。越走越興奮，彷如吃了刺激藥品一樣。他又來到金鄉了，沿着牧場上的小徑走，腳下是柔軟的小草，頭上是溫暖的陽光。牧場的盡頭是榆樹林，隨風舞盪。再遠處，就是柳蔭下的池塘，雅羅魚漫游其中。

他突然驚醒，脊骨滿是汗水，因為他聽到自己高聲叫了出來：

「朱麗亞！朱麗亞！我的愛人！」

有一剎那間他真的覺得她就站在自己面前。她不但跟他在一起，而且還像穿過他的皮肉，走進了他的身體。就在這一剎那，他覺得自己從來沒有像現在那麼愛她。他知道她還活着，需要他幫助。

他躺在板床上，極力去平衡自己情緒。天哪，我怎麼搞的了？這幾秒鐘暴露出來的弱點會給自己帶來多少年的災難？

説不定不久就會聽到門外的皮靴聲。這種事當然是要受懲罰的。他們現在已知道自己的心事了。他服從黨的命令，但心中還是憎恨黨。以前他表面唯唯，思想卻是反動的。現在他後退一步：思想交給了黨，但心要自己留着。我知道自己錯了，但即使錯了也不願把心交出去。他們會看出來的，最少奧布賴恩會看出來。這一聲呼喊把他什麼心事也坦白了。

他們可能要他由頭做起，説不定會拖上幾年。他用心摸摸臉，要摸熟自己目前的面貌。兩頰的皺紋很深、頰骨隆起、鼻子坦平。自上次照過鏡子後，他換了假牙。你要裝出面無表情，首先就得知道自己的面是什麼樣子。他現在就是不知自己的樣子。不過，單是控制你面部的表情還是不夠的。他現在才了解到，如果你不要讓人家知道你心裏的秘密，首先就是不讓自己知道有這個秘密。這意思是説，你可以知道有這個秘密存在，但在非要吐露之前，你不能讓它在你意識中浮現，不要讓它有成型而可以名之的機會。

從現在開始，他不但思想要正確、感覺也得正確、夢境也得正確。他對黨仇恨之心，得像身體上一個囊胞一樣的埋藏起來，既是自己一部分，但與其餘各部分無關。

他們總有一天會槍斃他的。雖然你不知道確實的時間，但來臨前的幾秒鐘你不難感覺出來。你走在走廊時子彈從後面射來，十秒鐘就解決了。就在這十秒鐘出現前，他內心的世界會天旋地轉。偽裝的面具會突然掉下。內心隱藏的仇恨會爆發，像火焰一般吞食着他。而幾乎是同時地「砰」然一聲，他的腦袋開花。這顆子彈，來得太遲了，或可説太早了。腦袋從此遠離他們控制之下，異端思想沒有悔改，也沒受到懲罰。而這顆子彈，也在他們完美無缺的制度中開了一個破洞。死時還在恨他們，這就是自由。

他閉上眼睛。正確的思想、正確的感覺、正確的夢境——這實在比任何知識訓練難接受。你要作賤自己、粉碎自己。你要忍受最髒最臭的事情。而最髒最臭、最恐怖最噁心的事情是什麼？他想到老大哥。那張龐大的臉(因為常常在報紙上看到，他想這臉少説也有一公尺寬)、濃黑的小髫子、跟着你身體左右移動的眼睛，又浮現到眼前來。他對老大哥的真實情感究竟怎樣？

皮靴聲在門外響起。鋼門砰地打開。奧布賴恩進來了，後面是蠟面警官和獄卒。

「起床到我這兒來。」奧布賴恩説。

史密斯站在他面前。奧布賴恩用手按着他的肩膊，審視着他。

「你心中有瞞着我的念頭，」他説：「你太笨了。腰挺起來，看着我的眼睛。」

奧布賴恩頓了一下，然後用較柔和的口吻説：

「你確有進步，思想方面已沒什麼問題了，只是感情上你毫無進展。告訴我——記着，溫斯頓，別説謊，你知你瞞不了我——好，告訴我，你對老大哥的真實情感究竟怎樣？」

「我恨他。」

「你恨他，那很好，現在到了你受訓的最後階段。你得愛老大哥。服從是不夠，你得愛他。」

他把史密斯向獄卒的方向推了一下，説：「提到一〇一室。」

23

在史密斯被關禁的各階段中，大概由於氣壓不同的關係，他差不多可以猜測到身在仁愛部哪一個地方。老粗拳打腳踢的牢室，應該在地下。奧布賴恩審問他的地方，則高高在上，靠近屋頂。現在的位置，深埋地下。

房間好像比以前的都大，雖然他對周圍的一切並沒有怎樣留意。他只看到自己前面有兩張小桌子，鋪上綠檯布。一張離他只有十二公尺；另外一張則較遠，靠近門口。他被縛在一張椅子上，動彈不得。腦部後面好像托了一個墊，也是縛得緊緊的，迫得他只能向前看。

他一個人坐了一會，奧布賴恩就推門進來了。

「你曾經問過我一〇一室裏面是什麼東西，」奧布賴恩說：「我告訴過你答案你是知道的，而且也是每個人都知道的。一〇一室裏面是世界上最可怕的東西。」

門又開了，獄卒走進來，手上拎着一個用鐵線織成好像是個籠子之類的東西。他把這東西放在靠門的桌子上，就離開了。奧布賴恩站的地方剛好擋着他的視線，史密斯不知道裏面究竟是什麼東西。

「世界上最可怕的東西，」奧布賴恩說：「是因人而異的。活埋、火燒、淹死、釘在柱上⋯⋯總之是各式各樣的死法。可是有時候最可怕最可怕的事卻是微不足道的，而且不一定會致命。」

他身子移動了一下，讓史密斯看到桌上擺着的是什麼東西。這是一個橢圓形的鐵籠子，上面有個攜帶用的把手。籠子的前面有個像練習擊劍的人戴的面罩，中間凹了進去。這籠子離他雖有三四尺，但他看得清楚裏面分了兩個間隔，每一格都有動物在內。

原來是老鼠。

「就你來講，」奧布賴恩說：「世界上最可怕的東西就是老鼠。」

史密斯初見籠子時，心中就有恐怖的預感。這刻看到籠子前面的面罩，奧布賴恩的意思再明白不過了。他渾身冷得發抖。

「你不能這樣做，」他用沙啞的聲音嚷道：「你不能！你不能！這是不可能的。」

「你還記得麼？」奧布賴恩說：「你還記得你夢中常常出現的痛苦時分？你前面是一道黑牆，耳邊聽到吼聲。牆後面是世界上最可怕的東西，你一直知道那是什麼，可是就沒勇氣拉它出來。牆後面的東西就是老鼠。」

「奧布賴恩！」史密斯盡力壓抑自己的聲音說：「你實在不必用這種手段。你要我做些什麼事？」

奧布賴恩沒有直接答他的話。他再說話時，態度與口吻又像個課堂上的老師。他眼睛向前望，好像聽眾都擠在史密斯身後似的。

「痛苦不一定能夠使每一個人就範，」他說：「有些人忍受痛苦的能力極強，至死不改。可是每個人總有一些他不能忍受的事情，連想像也不敢想像。這與勇氣不勇氣毫無關係。你自高處跌下時，有繩子可以救命，自然該抓住這根繩子。這種行為不算懦弱。這等於快淹死的人一冒出頭來就拚命呼吸的道理一樣。這不過是不可違背的本能反應而已。對你來說，老鼠是無可忍受的東西、一種你無法抵抗的壓力。我們要你做什麼，你就做什麼。」

「你要我做什麼？你不告訴我，我又能做什麼？」

奧布賴恩拎起了籠子，小心翼翼的放在史密斯面前的桌子上。史密斯聽到自己的血液在體內奔流。他感覺到一個人孤獨的坐在曠野上，陽光耀眼，遠處傳來各種聲音。但鼠籠跟他的距離還不到兩公尺。籠中的老鼠碩大無比，毛色深褐而非灰白，正是牙齒最銳利性格最兇悍的年齡。

「你知道，」奧布賴恩繼續面對那群無形的聽眾說：「老鼠是食肉動物，雖然牠屬嚙齒類。你亦聽說過本市貧民區中發生過的事，譬如說在某些街道上，做媽媽的不敢把孩子放下來五分鐘，怕的就是老鼠。她們的顧慮是有理由的，因為老鼠準會偷襲，在短短一個時間內就把孩子吃光，剩下一把骨頭。其實老鼠不單危害嬰兒，也襲擊病人和快要死的人。牠們真靈，分得出哪種人是孤弱無助的。」

籠子內吱吱之聲大作，但聽來好像是遠處傳來的。老鼠在裏面打架，要衝過籠內的間格拚個你死我活。史密斯聽到一聲痛苦的呻吟，但好像不發自自己的口中，而是由遠處傳來的。

奧布賴恩拿起籠子，在什麼部位按了一按，馬上發出咔嗒一聲。史密斯拚了氣力想從椅子站起來，但分寸也動不了，他身體每個部位都縛得緊緊的。奧布賴恩把籠子移近了一點，現在距離史密斯的臉不到一尺了。

「我已經按下了第一個杆，」他說：「你是知道這籠子的結構的。籠子前面的面罩剛好套住你的頭部，蓋得密不通風。我按第二個杆時，籠子的閘口就會升起，裏面餓壞了的東西就會跳出來。你有沒有看過老鼠跳高？他們一跳就跳到你面上，有時先吃眼睛，有時先咬破臉頰，再吃舌頭。」

鼠籠已貼近面部，史密斯聽到頭上有一陣吱吱聲。他極力保持鎮靜。快想，趕快想辦法啊。突然老鼠身上的腥臭味撲鼻而來，他五臟翻騰，嘔心得要吐，幾乎失去了知覺。眼前一片漆黑，他像瘋子一般哮叫着。就在這一瞬間他想到了一個唯一自救的主意。他非得找另外一個人的身體介入他和老鼠之間不可。

面罩的周圍很大，一套上了就看不到其他的東西了。這時閘口離他的面不到一尺。這些陰溝裏的老祖宗知道開懷大嚼的時間到了。其中一隻爬上爬下，另外一隻則站起來，手攀鐵線，鼻子四面嗅着。史密斯已看到牠嘴上的鬚和牙齒，剛才那種黑色的恐怖又襲心頭。他看不見東西，腦筋一片空白，完全不知所措。

「這是中國封建時代一種很普通的刑罰。」奧布賴恩輕描淡寫的說。

面罩已套上頭，鐵絲擦到頰上……可能還有半分希望吧，但也許太遲了。但這個時候他突然了解到，在這世界上他能把自己的苦難轉移過去的，只有一個人——只有一個身體可以介入他和老鼠之間。

他瘋狂的叫着，叫着……。

「讓老鼠去咬朱麗亞！不要咬我！咬朱麗亞！我不管你把她怎樣折磨，讓老鼠吃掉她的臉，我不會哼一聲，但不要咬我！不要咬我！」

他倒向後面，倒向深淵，遠離老鼠。他還是縛在椅子上，但自己已掉入樓板，穿過仁愛大樓的牆，穿過地心、海洋、大氣、太空、浮游於星際之間——遠離老鼠的腥臭味。他已離開不知多少個光年，但奧布賴恩一直站在他旁邊。貼在他頰上的鐵絲還是涼涼的，但在黑暗中他聽到咔嗒一聲。他知道閘門是關上了。

24

栗樹咖啡館冷清清的，一線斜陽透過窗玻璃投在灰塵濛濛的檯面上。這是寂寞的十五點。電幕滲出細細的音樂。

史密斯在他慣常的角落坐着，望着空杯子發呆，不時舉起頭來望着牆上貼着那張大面孔。「老大哥在看管着你。」也不用他招呼，侍者就來把他面前的空杯子倒滿勝利杜松子酒，又從另外一個瓶子搖了幾滴糖精和丁香油進去。這是栗樹咖啡館的招牌酒。

史密斯靜聽着電幕的聲音。現在播放的雖然是音樂，但和平部可能隨時中斷音樂節目，發出特別新聞簡報。這一陣子非洲前線傳來的消息令人擔心，他也為此事一天忐忑不安。歐亞國（大洋邦和歐亞國交戰；大洋邦一直就和歐亞國交戰）大軍南移，速率驚人。午報雖沒有說明任何正確地點，但剛果海岸可能已成戰場。首都布拉柴維爾和金沙薩城都受到威脅。我們不用看地圖也知危險出在哪裏。戰事發展下去，大洋邦不但可能丟了中非，而且第一次在本土受到威脅。

一種無以名之的強烈感情湧上心頭，但不久又冷下來了。他決定不再為戰爭的事情煩心了。自獲釋以來，他無法為任何問題集中思想。他端起杯子，一飲而盡。他對勝利杜松子酒的反應還是跟以前一樣，酒精一下肚就打冷一顫，有時還想要吐。這東西真可怕。丁香油和糖精本身的氣味就不好受，不但不能中和杜松子酒的油膩膩感覺，反令它變本加厲。最可怕的就是這種氣味在他身上日夜不散，使他腦中不時聯想到那東西的氣味。

即使在腦中，他也不敢把這東西的名字叫出來，也儘量不去想牠的樣子。他只是隱約的知道這東西的存在，曾經爬近他面上，腥味撲鼻。酒精上升，他打了一個嗝。自獲釋以來，他體重增加了，氣色也恢復，比以前紅潤多了。也許應該說：太紅潤了。他面上的輪廓變得粗厚，鼻子和頰上的皮膚瘀紅。連那塊禿了的頭皮也近瘀紅。

一個侍者也是沒有等他招呼就給他一份當天的《時報》和一個棋盤。報紙上有一欄是棋譜。這時侍者看到他酒杯已空，又給他添了酒。他們已搞清楚他的習慣，不用吩咐就自動送來。他一進栗樹，橫盤等着他，角落的位子也等着他。即使客人來多了，這位子還是他的，因為沒人願意靠近他。他喝了多少杯酒，自己也懶得去數了。偶然侍者遞給他一張髒髒的紙條，據說是賬單，但他相信他們少收他的錢。不過，即使倒過來，他們報假賬，多收他的錢，他也覺得無所謂。這些日子他有的是錢。他還有一份可說是拿乾薪的工作，待遇比以前的差事還要好。

電幕音樂停了。史密斯抬頭諦聽，但播出來的卻不是前線軍事新聞，而是迷裕部的簡報。原來上一季第十個三年計劃中，鞋帶超產達百分之九十八之高。

他翻開棋譜來看。這是黑白二馬的殘局。「白子進二將死」。史密斯舉頭望了望老大哥。白子為什麼老是能夠將死黑子呢？沒有例外，從來如此。自世界開始以來，所有的棋譜中都是白子棋高一着的。這是不是象徵永遠不變的真理，善最後必能勝惡吧？他又看了看老大哥一眼。那張大臉也在凝視着他，充滿了無言的威力。白子總是贏的。

電幕的聲音頓了頓，然後用極其嚴肅的口吻宣告：「大家聽到！請留意在十五時三十分收聽重要新聞！十五時三十分！最重要的消息！十五時三十分，萬勿錯過！」

音樂又響了。

史密斯心中一動。一定是前線來的新聞簡報了。他的直覺告訴他這準是壞消息無疑。這一天內，他一想到大洋邦在非洲受重創時，心中就有一陣激動。他閉起眼睛就似乎看到歐亞軍隊如排山倒海的螞蟻一樣衝過從未斷過的防線，捲入非洲的尖端。總有辦法包圍他們吧？西非海岸的輪廓在他腦中浮現出來。他撿起白子移前。這着走對了。正當他看到黑螞蟻羣蜂湧南移時，另一支軍隊卻像神兵天降的突然出現，從後面包圍，切斷他們的海陸交通。

他感覺到這隊神兵是從他意念產生出來的。但行動要快，因為如果歐亞國控制了整個非洲，如果他們在好望角取得空軍和潛艇基地，他們就可以把大洋邦切成兩段。後果不堪設想：失敗、傾覆、重分世界，或者是黨的末日。他深深的吹了一口氣。情感真複雜。或者應該説在史密斯心中鬥爭的情感層次真複雜，搞不清哪一層才是最隱閉的。

情緒的衝突已過，他把白子放回原位，不過他現在的精神還是不能集中研究棋譜。他又胡思亂想了，一邊漫不經心的在檯上的塵垢上用指頭寫着：

二加二等於五

「他們不能跑到你的心中。」朱麗亞説過。但他們已跑到我的心中來。「在這裏發生在你身上的事，永遠改不了的。」奥布賴恩説過。這話一點不假。你做的一些決定，所採取的一些行動，永遠無法補救。他們把你心靈灼傷，無法復元。你變得麻木不仁。

釋放後他跟朱麗亞見過一次面，談過一次話，這不會引起什麼麻煩的，因為他直覺的知道現在他們對他的作為不再感到興趣了。如果朱麗亞和他願意的話，還可以安排第二次見面的機會。

事實上他是碰巧在公園內碰到她的。那是寒風刺骨的三月天，大地硬得像塊鐵板，寸草不生。幾棵孤獨的藏紅花，好不容易從地上爬出來，一下子就被風吹折了。他的眼睛也被風吹得流着眼水，手冷得僵了，正匆匆忙忙在趕路。突然在離他不到十公尺的地方，他看到朱麗亞。他第一個感覺是：她樣子也改變了。

他們似乎像陌路人一樣的碰頭而過。最後還是他轉過頭來跟着她走，但實在表現得並不熱心。沒有問題的，他想，不會再有人注意他們的行動了。她沒說話，一逕踏着草地走着，好像有意要躲開他而最後又不能不接受他就在自己身邊的事實似的。他們終於走到一排無葉的灌木叢中，既不能隱身，又不能擋風。他們停了步。風勢猛烈，颼颼作響，撲打在灌木的細枝和殘餘的藏紅花上。他摟着朱麗亞的腰肢。

這兒沒有電幕，但一定有麥克風。再說，他們站的地方，誰也看得清楚。但有什麼關係呢？到了這個田地還計較什麼？如果他們願意，現在躺在地上就可以幹起那種事來。一想到這裏，就恐懼得僵硬起來。朱麗亞對摟着自己腰身的手臂，一點反應都沒有，也不掙開。

史密斯現在看清楚她的樣子了。她的臉色灰黃，前額和兩邊太陽穴間有一道長長的疤痕，雖然部分為頭髮掩蓋，但是還可以看出來。但真正的改變是她腰身給人的感覺。朱麗亞的腰身不但比前粗厚，而且最令他驚奇的是，僵硬異常。他記得有一次火箭彈轟炸後，他幫忙把一個屍體從斷瓦殘垣拖出來。這東西的重量且不說，最令他意想不到的倒是它僵硬的程度，簡直像一條石板，使他搬動起來諸多困難。朱麗亞的身體現在給他的感覺正是這樣。由此他想到她皮膚的組織也一定起了大變化了。

他並沒有吻她，連話也沒說一句。他們再走回草地時，朱麗亞第一次正面看了史密斯一眼——那是充滿了冷漠與厭惡的一眼。這種冷淡的眼色，是仁愛部經驗的後遺症？還是因看了他紅腫的臉和眼睛不斷流出的淚水引起的煩厭心情？

他們在兩張鐵椅子上坐下來。椅子雖然排成一線，但相隔一段距離。他看到她快要說話了。她把鞋子移動了一下，踩着一根細枝。她的腳板好像寬多了。

「我出賣了你。」她直截了當的說。

「我也出賣了你。」他說。

「有時，」她接着說：「有時他們用一些你不能忍受的、甚至不敢想像的事情恐嚇你。那時你會說：『別這樣對付我！你去折磨別人吧！』然後你就把這個人的名字說出來。後來你也許會安慰自己，這不是真的，這不過是緩兵之計。但這是假話。他們折磨你時，你真的希望有人替你受苦。你知道除此以外再無自救之道，唯一的辦法是犧牲別人。你才不管替你受罪的人結果多慘呢，因為你只想到自己。」

「因為你只想到自己。」他漫應着說。

「自此以後，你對那人的感覺就不一樣了。」

「對的，」他說：「感覺不一樣了。」

還有什麼話可說呢？寒風不斷的撲在他們單薄的制服上，貼着肌肉。兩人相對無言已夠窘的了，何況實在冷得不能枯坐不動。朱麗亞說要趕搭地下鐵路班車，先站起來。

「我們下次再見。」他說。

「對，我們下次再見。」

他並不很熱心的在後面跟着她走，兩人保持約莫一尺的距離。他們再沒說話。她並沒有故意要甩掉他，但他從她走路的速度不難看出，她實在不願意跟他並肩而走。他本來決定要送她到車站的，但突然想到在這種天氣跟着人家跑，既無聊，又難受。他覺得與其這麼無聊的跟着朱麗亞，不如回到栗樹咖啡館好了。這地方從沒有像現在這麼對他有吸引力。他多希望馬上就回到那熟悉的角落、報紙、棋盤和喝不完的杜松子酒！再說，那兒溫暖。

也真是巧合，迎面來了幾個人，把他和朱麗亞分散。他半真半假的趕上幾步路，慢下來，然後轉頭朝相反的方向走。走了五十公尺左右再回頭看。路上人並不擠，但他已失去了她的踪跡。她可能就是前面趕路的十來個人中的一個。也許因為她身體已變得像石頭一樣僵硬，無法再從後面辨認出來了。

「他們折磨你時，」她剛才這麼說：「你真的希望有人替你受苦。」

他真的這樣希望過。他不但這麼說過，而且實在這麼祈求過。他當時求奥布賴恩拿朱麗亞而不是自己去餵那東西。

電幕流出來的音樂突然變了調子，播出靡靡之音來。也許這僅是一個敏感的記憶，但史密斯此時聽來，聲音似曾相識：

栗樹蔭下

我出賣你，你也出賣我……

眼淚不由自主的湧出來。一個侍者剛好經過，注意到他的杯子空了，又替他倒滿。

他拿起杯子嗅了嗅。這東西已喝了不知多少年了，但是還是一樣不習慣，實在難以入口。但這成了他每天沉醉其中的東西。這是他生命、死亡和復活。每夜把他弄得爛醉的是杜松子酒，而每天早上使他睜開眼睛的也是杜松子酒。自出牢後，他幾乎很少在十一時前起床。醒來時眼瞼膠着，口臭難聞，背部痛得好像脊骨已折斷了。如果不是床頭隔夜就擺着茶杯和一瓶杜松子酒，他不相信自己爬得起來。

中午時他拿着瓶子，癡呆地坐在電幕前聽新聞。從十五點到打烊，他是栗樹咖啡館的常客。他做什麼事也沒有人管了。沒有哨子聲催他上班、電幕也再沒有喝叫他的名字。偶然一個星期兩次他跑到迷理部一個亂七八糟的辦公室去辦公——如果這也可認是辦公的話。他被派到小紅委員會中的一個小組委員會工作，負責處理「新語辭典」第十一版一些雞零狗碎的編輯工作。他們正忙着準備一份「中期報告」，但實在報告些什麼，他一點主意也沒有。據說這份報告將要討論到標點符號的問題：究竟逗點應該放在括號之內呢？還是括號之外？這小小委員會除他外還有四個委員，問題與他相似。有時他們煞有其事的召集開會，但馬上又散會了。大家也夠坦白，承認實在無事可做。

但有時確是慎重其事的坐下來，把討論過的細節都作了詳細的紀錄。本來，他們還打算寫備忘錄交代一番的，可是始終沒有寫成，因為他們由討論變成爭辯，越辯越複雜、越玄虛。他們為某些定義吵得面紅耳赤，重點有時離題萬丈。最後由爭辯變為私人的吵架，互相恐嚇，有些人還說要呈報上級處理。可是過了不久，他們什麼勁也沒有了，木然圍着檯子坐着，你瞪着我，我瞪着你。他們是面臨絕種的動物，是雞鳴前就得消失的幽靈。

電幕的聲音停了。史密斯抬起頭來。他以為是前方的簡報來了，可是實際上只是轉換音樂節目而已。

他的眼瞼後面好像張着一幅非洲的地圖。軍隊的動向都用箭頭在圖表上展示出來：黑箭直線南下、白箭向東橫伸，剪斷黑箭的尾巴。他抬頭看了看老大哥的玉照，好像是要向他求證自己沒看錯似的。事實上，白箭是否真的存在呢？

他不想再想下去了，對這問題已失去了興趣。他又喝了一口酒，拿起棋盤上的白子，走了試探性的一步——將軍！顯然這一着走得不對，因為——。

舊事又無緣無故的湧上心頭。他看到一個蠟燭照亮的房間、一張蓋着被罩的大床，也看到自己，一個九歲十歲間的孩子，坐在地上興高采烈的搖着骰子。他媽媽坐在對面，也是笑瞇瞇的。

那一定是她失蹤前一個月的事。大概正是他暫時忘了腹中的饑餓，回復母子親情的時候吧。那天的事，他記得清楚：大雨滂沱，雨水沿着窗玻璃流下，室內光線太暗，不能看書。兩個孩子被困在這又黑又小的睡房內，實在煩悶得不能忍受。溫斯頓又哭又鬧，吵着要吃的、在房中亂使性子、摔東西、踢牆壁，最後鄰居也受不了，也敲着牆壁警告他們。溫斯頓的妹妹在旁也是哭個沒完。

媽媽只得對他說：「別鬧，你乖一點我就給你買一個玩具，很好玩的，你一定喜歡。」說着，她就冒雨走到附近一家雜貨店，買了一套用卡紙板盒裝的「蛇爬梯」的玩具來(譯註：類似我國「陞官圖」的小孩遊戲)。他現在還記得被雨淋濕的紙板味道。這玩具看來一點不像媽媽說的那麼「好玩」，卡紙破了，木骰子刻得高低不平，擲在地上的數字難分四五六。溫斯頓看了一眼就不感興趣，眼看又要發脾氣了。

他媽媽趕忙點了蠟燭，母子兩人就坐在地板上擲起骰子來。玩了不久，溫斯頓的興致來了，他看着那些小蛇拚命向高的梯子爬，但一下手氣不好，骰子的數字又把它推回原位。他們玩了八局，每人輸贏各半。在她哥哥大笑的當兒，妹妹一直靠着墊枕觀望。她年紀小，不懂這遊戲的規矩，人家笑她跟着笑就是。一家三口，共度了一個真正愉快的下午。在史密斯的記憶中，除了在孩提時代有過類似的經驗外，這是絕無僅有的一次了。

他把這一段記憶摒諸腦後，告訴自己說這些回憶都是幻象。近來他不時為這些幻象所苦惱。不過，既然知道孰真孰假，也就不妨事了。有些事情發生了，有些卻沒有。他把注意力又轉移到棋盤上，撿起了白子，但幾乎馬上又掉下來，他感覺到好像給針刺了一下。

電幕傳來刺耳的喇叭聲。前線的簡報來了！凡是用喇叭作序幕的簡報，都是勝利的消息。栗樹咖啡館的客人像觸了電流一樣，連侍者也豎起耳朵來聽。

喇叭的聲音實在響得怕人。廣播員大概是太興奮了，說話聲音急促得不得了，一下子就給外面的歡呼聲掩蓋着。街上的普理對這個消息的反應真是如醉如癡。他從電幕消息拼拼湊湊，得知所料不差：大洋邦艦隊突出奇兵，從後面襲擊敵人，斷其後路——白子切斷黑子的尾巴。在鬧聲中，史密斯斷斷續續的聽到：「龐大的戰略部署……無懈可擊的通力合作……徹底殲滅……五十萬俘虜……徹底挫了他們的士氣……控制整個非洲……把戰爭帶到結束邊緣……人類史上最偉大的勝利……勝利，勝利！勝利！」

史密斯的腿一直在檯底下踢着、舞着。雖然他沒離開過椅子一步，他的心卻隨着外面羣眾跑，熱鬧歡呼。他又舉頭看了老大哥一眼。這個橫跨世界的巨人！這個抗拒亞洲黃禍的磐石！才十分鐘前，他心中還是信念不堅，聽到前方捷報時起初還是半信半疑。呀，大洋邦擊敗的不單是歐亞國的軍隊，也征服了他的心魔。自他被押到仁愛部受審問後，他已改變了不少，但真正決定性的、治療性的改變，卻在這一分鐘發生的。

電幕還繼續報告有關這次戰役的消息，俘虜了多少戰犯、奪取了多少物資和敵人的各種暴行等等。外面歡呼的聲音已逐漸減少，侍者也回到他們的崗位。有一個又拿瓶子來，只是史密斯此刻心中充滿了幸福感，幾乎沒注意到他給他添酒。他再不用歡呼或奔跑了。他已回到仁愛部，所有罪行得到了黨的寬恕，靈魂潔白如雪。公審時他招供了一切，也指控了每一個人。他在鋪了白瓷磚的走廊上走着，快樂得有如在陽光下漫步。後面一個武裝警衛尾隨着。終於如願吃了子彈。

他舉頭望了老大哥一眼。等了四十年，今天才曉得隱在黑鬍子後面的笑容是什麼意義。唉，以往對老大哥的誤解，多殘忍，多無聊呵！溫斯頓，你是個頑固、剛愎自用、一直要掙脫老大哥慈愛懷抱的浪子，他告訴自己說。兩滴滲着杜松子酒氣味的眼淚滾到鼻子的兩邊來。但現在什麼事都擺平了，鬥爭已經結束。他已戰勝了自己。他愛老大哥。

附錄：大洋邦新語

歐威爾的《一九八四》，論者有稱為政治預言小說、政治諷刺小說或反烏托邦（Dystopia或Anti-topia）小說。但不論我們以哪一類型小說目之，《一九八四》的預言部分，不少極能取信於人。其中一項，就是歐威爾放在「附錄」的Principles of Newspeak ——我們或可譯作「大洋邦新語要義」。

這種「新語」雖說獨創，卻非憑空想像出來，稍微懂一點英文的人都可猜測和理解。這一點與英國作家斯威夫特（Jonathan Swift, 1667–1745）在《格列佛遊記》（*Gulliver's Travels*）所杜撰的馬語或「化外之民」的語言，旨趣截然不同。

大洋邦的新語原理，雖放在附錄，但卻至為重要，因為由此可以看出歐威爾的推理——極權統治者怎樣利用文字去摧毀人民的思想。原文很長，全部翻譯出來約萬餘字，故僅將其重點簡介如下。

「新語」是大洋邦為了符合英國社會主義意識形態的需要而設計出來的官方語言。「英國社會主義」的新語叫Ingsoc，也即是「舊語」（Oldspeak）所謂的English Socialism。

即使到了一九八四年，還沒有人可以完全用新語交談或寫作。不錯，《倫敦時報》的重要文章是新語寫成，但那是個傑出的例外，因為只有一流新語專家才能勝任。

要新語完全取舊語而代之，大概要等到二〇五〇年吧。目前各黨員用新語交談的趨勢越來越明顯，這倒是事實。一九八四年流行的新語辭典，是第九和第十版，還在試行本階段。裏面許多冗言和「古字」，將來是要刪除的。我們現在要拿來做例子的，是將來要收進第十一版確訂本的新語辭典的樣本。

簡單說，大洋邦要創製新語，目標不僅為了要給Ingsoc信徒一種表達他們世界觀和思想習慣的媒介。最重要任務是要消滅其他思維的方法。要達成這個任務，得從三方面入手 —— 一是創新字；二是刪去可引起問題的字眼；三是把任何字的旁義和可能引起的聯想廢除。

我們就用Free（自由）來舉例吧。這個字在新語辭典中還有一席位，但只限於用作這一類的句子："This dog is free from lice"（「這狗身上沒有虱子」，或「這狗沒有受虱子干擾的自由」）。如果你說「政治自由」或「學術自由」，那就沒有人懂了，因為這兩個觀念早已不存在，因此無以名之。

除了刪除異端字眼與修改詞法外，減少詞彙也是目標之一。任何可省則省的字都不會出現於「新語辭典」。新語之為官方語言，並非為了拓展我們的思想領域，而是縮小我們腦筋的活動範圍。

新語的字彙可分三大類型。

第一類有關我們日常衣食住行的名詞動詞，如「飲」、「食」、「工作」、「穿衣服」、「上樓梯」、「坐車」、「燒飯」等。這些字眼，都保留下來，而且用法非常實事求是；不可能存有甚麼隱喻或象徵。

抽象名詞如「思想」(Thought)已刪去，因為Think(想)這動詞可兼作名詞用。相同的例子是動詞「切」(Cut)，用名詞「刀」(Knife)代替就成了，如「我刀一塊麵包」。

形容詞和副詞的構造，非常簡單。前者在名詞動詞後面加-ful，後者加-wise。「快」(Rapid)這個單獨存在的形容詞已經淘汰，因為在「速率」這名詞後加上「的」就是形容詞Speedful。「那人進步快」是舊語；「那人進步速率的」是新語。

任何現存的字，只要加上一個「非」(Un-)，就馬上變成反義。「非冷」(Uncold)就是暖。這原則用來得心應手。如果加強語氣，我們在任何字的前面加上「加」(Plus)就成。「很冷」就是Pluscold。

如此類推，我們可以淘汰許多字。Bad在舊語中是「壞」，實在多此一舉，因為我們本來就有「好」(Good)這個字，因此壞就是Ungood，「不好」。

「光」是Light，因此，Unlight就是「暗」。或者，反過來說，「暗」是Dark，因此Undark就是「光」。

新語簡化舊語的過程中，自然包括語法的時態，那就是「現在」、「過去」和「過去分詞」的統一法。例如「偷」的現在式是Steal，過去是Stole，過去分詞是Stolen。在新語的文法中，所有動詞的過去和過去分詞都用-ed表達。因此，「昨天偷東西」就是Stealed。

名詞的單數複數也統一。一個人是Man，兩個人以上是Men。這是舊語文法。新語文法呢，凡是複數都加s，因此「人們」就是Mans。

另外一項改良的語法是等級的比較。 舊語中的Good、Better、Best，是「好」、「更好」、「最好」。新語將之簡化為Good、Gooder、Goodest。

第二類字彙是政治氣味最濃的。每一個字都有政治上的涵義，雖然其正確的意義只有完全熟悉Ingsoc政情黨規的人才能明瞭。這一類字眼都是複合詞，那就是說用兩個或三個單字湊成。

譬如說Goodthink（好想），既是動詞又是名詞，在新語的習慣中，表示「正統」的意思。此字的各種時態是Goodthinked（過去式）、Goodthinking（現在進行式）、形容詞是Goodthinkful、副詞Goodthinkwise，而一個正統思想的人是Goodthinker。

有時一些用複合詞組成的句子，非專家不能辨識。下面是一例 —— Oldthinkers unbellyfeel Ingsoc。

用最簡單的舊語來翻譯，這意思是：Those whose ideas were formed before the Revolution cannot have a full emotional understanding of the principles of English Socialism。也就是說：「在革命

前思想已定型的人無法由衷的了解英國社會主義的原理。」

正如在第一類詞彙中的「自由」一字，已變質為「免於」的道理一樣，在第二類有不少字眼也遭相同的處理。但像下面這些含有異端的抽象名詞，已全部剷除：「名譽」(Honor)、「正義」(Justice)、「道德」(Morality)、「國際主義」(Internationalism)、「民主」(Democracy)、「科學」(Science)和「宗教」(Religion)等。

為什麼？因為新語中有幾個放諸四海而皆準的字，已把上面的觀念概括了，因此也就不必收在新語辭典中了。譬如說「自由平等」或諸如此類的字眼，只消用一個新語字就可以全部交代：Crimethink，「罪想」。那麼「客觀」和「理性」的觀念又如何呢？那是Oldthink，「舊想」。

表達人類的性行為，新語只有兩個單字Goodsex(好性)和Sexcrime(性罪)。前者指在女人不能有快感的前提下夫婦為生兒育女行的房事。後者指一切非為延後代而幹的「好事」，如通姦、同性戀或僅求性滿足而動的雲雨之情。

在第二類詞彙出現的單字，沒有一個是意識形態曖昧不明的。許多名詞，力求綺麗，雖然意思剛巧相反。如Joycamp(幸福營)，就是舊語中的勞改營；Minipax是舊語Ministry of Peace(和平部)，其實這部門好動干戈，應該叫Ministry of War(作戰部)才對。

第三類主要是科技名詞。這類詞彙範圍更為狹窄，每一個專業人員都有專為那一行業而設的專門術語，但除了自己有限的詞彙以外，他們對別的科技行業的用字，非常無知。換句話說，他們懂的僅是最貼身的名詞術語。最值得注意的是，他們的語言沒有甚麼字句可以表達出「科學」是一種思考的習慣和方法這個觀念，因此「科學」一字根本不存在。Ingsoc（英國社會主義）已包含所有科學的涵義了。

由此可見要想用新語來傳播異端邪說的機會，確是微乎其微。自然，如果我們把某些用新語寫成的句子翻譯成舊語，其效果驟看起來非常「反動」，譬如說，All mans are equal（人人生而平等）這句話。可是在只懂新語不懂舊語的讀者來看，這等於「人人生而紅髮」（All mans are redhaired）一樣荒謬。「人人生而平等」沒有甚麼文法的錯誤，只是每個人的高矮、大小、體重或氣力怎可以完全一樣？

歐威爾認為文字的威力，不下於武器，其理在此。如果我們現在不改正「不暗」並不等於「光亮」的觀念，久而久之，說不定我們有一天會接受「二加二等於五」的說法了。